[illegible]瀛歷代文舉要研究

刘晓亮 著

凤凰出版社

图书在版编目（CIP）数据

高步瀛历代文举要研究 / 刘晓亮著. -- 南京 : 凤凰出版社, 2019.1（2024.10重印）
ISBN 978-7-5506-2905-9

Ⅰ. ①高… Ⅱ. ①刘… Ⅲ. ①高步瀛（1873-1940）－文学研究 Ⅳ. ①I206.5

中国版本图书馆CIP数据核字(2019)第008419号

书　　名	高步瀛历代文举要研究
著　　者	刘晓亮
责任编辑	王清溪
装帧设计	徐　慧
责任监制	程明娇
出版发行	凤凰出版社(原江苏古籍出版社) 发行部电话025-83223462
出版社地址	江苏省南京市中央路165号,邮编:210009
照　　排	南京凯建文化发展有限公司
印　　刷	唐山楠萍印务有限公司 河北省唐山市芦台经济开发区场部
开　　本	652毫米×960毫米　1/16
印　　张	15
字　　数	188千字
版　　次	2019年1月第1版
印　　次	2024年10月第2次印刷
标准书号	ISBN 978-7-5506-2905-9
定　　价	67.00元

(本书凡印装错误可向承印厂调换,电话:022-69381996)

序

学行继程朱之后，文章介韩欧之间，此方侍郎之蕲向也。其功或有不逮，然其志甚可感佩。刘海峰继之而起，姚惜抱光而大之，义法雅洁，神理气味，其论腾嚣，门徒遍于海内。当是时也，“天下文章，其出于桐城乎！”程、周或为一时兴到之言，而姚氏借为桐城张目。爰其执教书院，讲席文坛，编为《古文辞类纂》，大张桐城之旗鼓，接绪八家之文统，其功至伟，实有迹可寻。曾湘乡慕之，于义理考据文章之外，益以经济之途，钞为《经史百家》。黎张吴薛，各呈其巧，廉卿挚甫，尤为殿军。值清末民初，宇内不宁，神州腾扰，兼之西学东渐，人怀异心，诚所谓千年未有之变局也！

易代之际，政出多途，学人去就，各随其性。或舍故而趋新，作白话以新民；或恋旧而难返，抱旧章而景从。亦有不中不西，不舍文言而颇怀新思想者，可谓与时俱进者也。霸县高阆仙先生，即其人也。先生尝出吴挚甫门下，或号为“桐城末学”，然考其文行，实非桐城所限，无门户之见，而有门径可辨。少喜萧选，终生服膺，故浸淫选文尤深，著《选文举要》、《文选李注义疏》，剖析选文之要，分别李善、五臣，大有功于昭明太子。先生骈散兼采，为文不主一家，尝著历代文举要，标举秦汉之风，撷取唐宋之韵，八家八代，皆所取材。举要者，以选而代史，以文而明时，笺疏校勘，选录评点，其意乃在考镜源流，辨章学术。其尝著《文章源流》，亦此意也。

阆仙先生号为“河北真儒”，勤勉有加，著述等身，值天下多故，其才难以尽展。其历代文举要之作，其选其评，虽散珠碎玉，已足嘉惠后学。刘君晓亮博士，河北人氏，慕其乡中先贤，以此为博士论文选题，爬罗剔抉，刮垢磨光，论其文章辨体，述其文本体例，实多胜义。晓亮君不喜俗谈，读书颇为博洽，尝从我攻博，师弟之间，常挥麈而谈，辨形神之有无，较民国于魏晋，不知日之夕矣。今成此著，索序于我，不容辞矣。是为序。

徐国荣

戊戌冬于暨南大学二南斋

目　录

绪　论

第一节　先行研究和全书架构

晚清民国的历史与人文生态，看似与今天相距遥远，然揆诸实际，又恰如昨天。审视今人所建构的 20 世纪学术史，为我们树立了一个又一个令人翘首膜拜的大师，但对一些今人不太熟悉的面孔所记尚属简略。高步瀛便是其中一位被“简略”者。

高步瀛（1873—1940）[①]，字阆仙，又署阆轩，“门生故人于举殡之日，私谥为贞文先生”[②]，河北霸县辛店乡北庄头村人[③]，是晚清民国著

① 关于高步瀛之生年，有 1872 年和 1873 年两说，其实当属计算方法不同导致。计算年岁有所谓“周岁”与“虚岁”之别。按程金造《霸县高先生行状》明确记载“有清光绪甲午，先生年二十二，举于乡”及余嘉锡所撰《高阆仙先生墓碑铭》谓“年六十有八”，此二十二、六十八均所谓“虚岁”。高步瀛卒年确为 1940 年，故高步瀛实际生于 1873 年。

② 《高步瀛先生事略》，见大陆杂志社编：《中国近代学人像传》，《近代中国史料丛刊》，台北：文海出版社，1984 年。

③ 赵成杰谓高步瀛之故乡为北头村，今北头村隶属于河北省廊坊市霸州市开发区。而《霸县志》、《霸州人物志》皆谓“北庄头村”，今北庄头村仍隶属于辛店乡。赵成杰：《高步瀛交游新证》，《牡丹江师范学院学报》2013 年第 2 期。

名的文选学家、历史学家、古文家、礼学家、考据家、教育家等。擅骈文,精古文,师承桐城派古文大师吴汝纶。历任(保定)定兴书院、畿辅大学堂①、保定优级师范学堂、国立北京高等师范教席,学部图书局主编,教育部佥事,北京女子师范大学教授,沈阳萃升书院讲席,北京师范大学教授,保定莲池讲学院教授,辅仁大学教授等职。著有《选学举要》、《古文辞类纂笺证》、《文选李注义疏》、《唐宋诗举要》、《唐宋文举要》、《文章源流》等。

一、 先行研究

在开展本选题研究之前,先对相关三方面的先行研究做一简单回顾:

1. 关于清末民初桐城古文选本及桐城派文章学理论的研究

桐城派自其初创即注重编纂选本,从方苞《古文约选》到姚鼐《古文辞类纂》,从刘大櫆《八家文钞》到曾国藩《经史百家杂钞》,再到王先谦、黎庶昌《续古文辞类纂》等等。编纂选本,既为弟子(学生)开示法门,更寓以编选者之文学思想及理论诉求。诸如"义法"、"神理气味"、"经济"等文章学思想皆通过选文得以体现。因此,时至晚清民国,桐城后学、末学仍坚守这一传统,并迎合时代需求,做出了适当的调整。

对桐城后学古文选本编纂方面的研究,论者集中于曾国藩之《经史百家杂钞》、王先谦与黎庶昌各自编选的《续古文辞类纂》,注重对这些选本编选体例的分析、与姚鼐《古文辞类纂》的对比,并且由编选体例来探析编选者的文体学、文章学理论或思想。如陈光贻《谈〈古文

① "光绪二十四年(1898 年 4 月 13 日),直隶总督王文韶上奏,请变通书院章程,创建畿辅学堂。同年清苑知县劳乃宣于西关灵雨寺行宫创办畿辅大学堂。"1902 年袁世凯将其改为直隶高等学堂。参陈宪庚、吴金贵著:《保定市北区地名志》,石家庄:河北科学技术出版社,1990 年,第 230 页。

辞类纂〉等书的选文标准》[1]、左政《曾国藩〈经史百家杂钞〉编选特色的研究》[2]、代亮《〈经史百家杂钞〉与〈古文辞类纂〉之异同》[3]、潘志和《从〈古文辞类纂〉到〈经史百家杂钞〉——论曾国藩与桐城派的承传关系》[4]、吴未意《论〈经史百家杂钞〉的文体学贡献》[5]、李和山《〈古文辞类纂〉与续补三种之比较》[6]、王高宇《〈古文辞类纂〉与续补三种的异同》[7]、孟伟《清人编选的文章选本与文学批评研究》第二章第三节《晚清的两种〈续古文辞类纂〉》[8]、孟伟《文章选本与王先谦的文章学理论》[9]等。此外石珂的《桐城末学古文选本综录》对《中小学堂古文词读本》、《国文范》等 18 种选本进行了版本及内容介绍,并分析总结了这些选本的特点。

另有论者通过选本来探讨桐城派的纵向发展、桐城选本的文学史意义、桐城选本的教育思想等,如马玉《吴汝纶与桐城派在清末民初的演变——以〈汉魏六朝百三家集选〉及其刊刻为考察中心》[10]、杨新平《选本编纂与桐城文统的建构与发展》[11]、慈波《〈古文辞类纂〉系列选本及其文学史意义》[12]、胡晓阳《晚清桐城派"古文初学选本"研究》[13]、

---

① 见载于《文献》1984 年第 4 期。
② 广西师范学院 2013 年硕士学位论文。
③ 见载于《南阳师范学院学报》2010 年第 2 期。
④ 见载于《广东技术师范学院学报》2008 年第 10 期。
⑤ 见载于《名作欣赏》2011 年第 8 期。
⑥ 见载于《上海师范大学学报》2006 年第 6 期。
⑦ 见载于《淮北煤炭师范学院学报》2007 年第 3 期。
⑧ 复旦大学 2006 年博士学位论文。
⑨ 见载于《船山学刊》2014 年第 4 期。
⑩ 见载于《湖南大学学报》(社会科学版)2015 年第 4 期。
⑪ 见载于《宁夏大学学报》(人文社会科学版)2013 年第 4 期。
⑫ 见载于《涪陵师范学院学报》2006 年第 5 期。
⑬ 安徽师范大学 2015 年硕士学位论文。

吴微《桐城文章与新学的兴起》[①]、吴微《桐城文章与教育》[②]、徐雁平《〈贺葆真日记〉与晚期桐城文派的深入研究》[③]、石珂《桐城末学的群体构成与唐宋古文接受》[④]、王兵《论清廷学术宗尚对桐城派文论及其选本实践的影响》[⑤]等。以上论著不仅论述选本本身，且由选本论及文学与政治、思想及文化等方面的关系。

晚清民初的桐城末学，能够传承桐城先哲的文章学理论及文学思想，尤其是创作技巧，并在古文创作方面形成一定风格的大家已不多，如柳春蕊《晚清古文研究：以陈用光、梅曾亮、曾国藩、吴汝纶四大古文圈子为中心》[⑥]，对晚清桐城派及其"变体"湘乡派、阳湖派古文创作进行了梳理与分析。徐雁平《桐城文章中"尚有时世"：以同光年间莲池书院之讲习为中心》[⑦]，以同光年间保定莲池书院的教学为讨论中心，揭示桐城文章中的"时世"关怀。大多数桐城后学在时代变幻的风雨飘摇中成了"不肖子孙"，但亦有如姚永朴这样的后学能够在理论方面承前启后、承旧拓新，相关研究如魏世民《桐城派理论的发展和最后总结——论姚永朴的〈文学研究法〉》[⑧]；董学文、戴晓华《文论讲疏的现代奠基之作——姚永朴的〈国文学〉》[⑨]；慈波《〈文学研究法〉：桐城派文章理论的总结》[⑩]等。以上论文重点分析了姚永朴的文章学理论及其理论的新旧转型。

---

① 华东师范大学2009年博士学位论文。
② 合肥：安徽师范大学出版社，2012年。
③ 见载于《华南师范大学学报》（社会科学版）2014年第2期。
④ 见载于《安徽大学学报》（哲学社会科学版）2011年第6期。
⑤ 见载于《北方论丛》2008年第4期。
⑥ 南昌：百花洲文艺出版社，2007年。
⑦ 见载于《清代文学研究集刊》第3辑，北京：人民文学出版社，2010年。
⑧ 见载于《安徽大学学报》（哲学社会科学版）2009年第6期。
⑨ 见载于《中南大学学报》（社会科学版）2006年第6期。
⑩ 见载于《江淮论坛》2007年第5期。

此外如柳春蕊《论晚清古文理论中的声音现象》[1]、李振声《晚期桐城"文"观念的"旧"中之"新"——中国新文学"前史"研究之一》[2]等,对桐城派古文理论的"声音现象"及"旧中之新"的研究亦有可称道之处。

桐城末学因时代变革表现出对传统学术及时代思潮的因应是学术史研究的关注所在,这方面的研究有曾光光所写的一系列论文,如《桐城派在中国近代文学史上的贡献与地位》[3]、《桐城派与清代学术流变》[4]、《晚清桐城派嬗变的文化轨迹》[5]、《桐城派的宿命与五四新文化运动》[6]等。将桐城派置于"过渡时代"的大潮中予以考察,来见出其在学术史、思想史、文化史中的位置与作用。这些讨论又无不建立在对桐城末学的文学创作、传播实践与社会活动的研究基础之上。

2. 关于清学传统及民国学人的治学方法

研究民国学人的治学成就、特点,并予以学术史观照,就不得不对清学传统进行追根溯源,同时又必须关注民国学人所表现出的共性。关于清代学术的成就和特点、民国学人的治学方法与成就等方面的论著可谓汗牛充栋,笔者在开展研究之前,主要阅读了江藩《汉学师承记》、方东树《汉学商兑》、支伟成《清代朴学大师列传》、梁启超和钱穆的同名著作《中国近三百年学术史》、章太炎《国故论衡》、刘师培《中国近三百年学术史论》等著作。今人如余英时《现代危机与思想人物》、王汎森《中国近代思想与学术的系谱》、罗志田《裂变中的传承》、桑兵《晚清民国的学人与学术》、刘巍《中国学术之近代命运》等专著亦是启发笔者写作思路、方法之"他山之石"。

---

① 见载于《文艺理论研究》2008 年第 3 期。
② 见载于《文艺争鸣》2011 年第 16 期。
③ 见载于《江淮论坛》2004 年第 6 期。
④ 见载于《福建论坛》2004 年第 12 期。
⑤ 见载于《江淮论坛》2006 年第 1 期。
⑥ 见载于《江汉论坛》2009 年第 5 期。

3. 关于高步瀛及其著述

(1) 高步瀛及其交游

高步瀛及其学术成就诚所谓"旧知名"。"考据家"、"古经史学家"、"河北真儒"等,也只有深刻了解他的为人及学术成就的人才能够予以一种既关乎学术成就,又关乎个人品性的正名。自高步瀛去世至今,有关其个人及著述的研究都较少。

有关高步瀛个人之研究多类古代史书之纪传,对其一生行迹、师友交接与为文著述等予以叙述及评价。如程金造《回忆先师高步瀛阆仙先生》①《高步瀛传略及传略后记》②、顾学颉《笺证、考据学大家——高步瀛先生》③、聂石樵《古经史学家高步瀛》④、孙继民、吴宝晓等《燕赵历史文化名人》⑤、姚渔湘《高步瀛的思想与著作》⑥、万福增《河北真儒高步瀛》⑦、王森然《高步瀛先生评传》⑧、《高步瀛先生评传续》⑨、大陆杂志社编《中国近代学人像传》⑩、姚高淑芳《追念先父高步瀛先生》⑪等。以上论著对高步瀛之为人、行事、治学、思想及历史定位做了大致介绍,但有些细节亦未注意到。

高步瀛是当时学问大家,故相与交接之人或一时名彦,或日后成为大家。在京任职教育部期间,参加了很多结社、集会活动;其于京、冀、沈三地教学期间,同事学弟,往来谈学论艺,亦与多人定交。有关

① 见载于《学林漫录》第十二集,北京:中华书局,1988 年。
② 见载于《晋阳学刊》1983 年第 4 期。
③ 见顾学颉著:《海峡两岸著名学者师友录》,北京:人民文学出版社,1997 年。
④ 见载于《励耘学刊》2007 年第 5 辑,北京:学苑出版社,2007 年。
⑤ 北京:当代中国出版社,2002 年。
⑥ 见载于《大陆杂志史学丛书》第一辑第八册,大陆杂志社,1967 年。
⑦ 见于《河北历史名人传·科技教育卷》,石家庄:河北人民出版社,1997 年。
⑧ 见载于《北华月刊》1941 年第 5 期。
⑨ 见载于《北华月刊》1941 年第 6 期。
⑩ 台北:文海出版社,1984 年。
⑪ 见载于《传记文学》第十七卷第五期,1970 年 11 月。

高步瀛师友交接,程金造、聂石樵等人之记述虽提及,但不完全。赵成杰对高步瀛之生平、交游关注较多,著有《高步瀛交游新证》[①]、《鲁迅与高步瀛交游考论》[②]、《〈贺葆真日记〉所见高步瀛著述交游考》[③]。又据其近年所搜集资料,成《高步瀛学术年谱简编》[④],为高步瀛 37 年之生平、学术等做编年考订,是迄今为止有关高步瀛之生平、交游、著述、学术研究特点等最为全面的研究。不过其中存在部分舛错及缺漏。有关高步瀛之出生地、中举后的教学情况、留学日本、归国后的任职、任教萃升书院等需加以订正,高步瀛与陈垣、杨树达、金毓黼等的交游也需补充。

(2) 高步瀛之著述

高步瀛濡润传统四部之学,又处清季民初东西交汇之际,且曾留学日本,故亦受西学熏染。其一生著述,从体例上来说仍属传统学术,尤其是践守清学传统,通过考据来阐发见解。为推行平民教育,也曾编辑过通俗性读本。赵爽曾简单介绍吉林省图书馆、湖南图书馆、云南图书馆所藏高步瀛著述情况[⑤]。然高氏著述尚有赵成杰、赵爽所未考者,如余祖坤所编《历代文话续编》[⑥]收高步瀛《文章源流》、《京师教育报》所刊《海客漫录》等。

《唐宋诗举要》:《唐宋诗举要》于高氏生前已出版,程千帆先生曾说:"年龄在七十左右的古典文学研究工作者,没有读过此二书(按,即《唐宋诗举要》、《唐宋文举要》)的人大概是很少的。"[⑦]故学者对此书

---

① 见载于《牡丹江师范学院学报》(哲学社会科学版)2013 年第 2 期。
② 见载于《社会科学论坛》2015 年第 11 期。
③ 见载于《古典文学知识》2017 年第 6 期。
④ 收入王京州主编的《河北近现代学者年谱辑要》,北京:国家图书馆出版社,2017 年。
⑤ 参赵爽:《〈古文辞类纂笺〉写作时间及特点初探》,《牡丹江师范学院学报》(哲学社会科学版)2013 年第 2 期。
⑥ 南京:凤凰出版社,2013 年。
⑦ 程千帆:《程千帆先生的来信》,《文学评论》1983 年第 3 期。

之关注较多,如胡传志阐释了《唐宋诗举要》与桐城派诗学的关系[①];郑学、韩小静则对《唐宋诗举要》的诗学渊源进行了辨析,将其定为"综合《古诗选》、《今体诗钞》、《古今诗苑》、《十八家诗钞》、《瀛奎律髓》等多种旧选本之长,杂验诸家别集而成的杰构"[②],既是针对上海古籍出版社的"出版说明",也实际对胡传志的阐释予以了商榷。

《唐宋文举要》:高步瀛生前出版之著述不多,《唐宋文举要》是其中一种。至今有韩传慧、郑凯歌二人以《唐宋文举要》作为硕士学位论文选题进行研究[③]。韩传慧重点分析了《唐宋文举要》的体例、对桐城派的继承,并将此选本与《唐宋八大家文钞》、《御选唐宋文醇》、《古文辞类纂》做了对比。郑凯歌则对《唐宋文举要》的编选、选文、集评、注释及高步瀛的文章观进行了细致的分析。

高步瀛其他系列的举要文,除点校负责人所作"点校后记"对举要之成就及不足予以揭示外,迄今无较深入系统的研究。

文选学研究

从选学史来看,20 世纪早期选学家如骆鸿凯、周贞亮等,对高步瀛之选学研究,尤其是《文选李注义疏》多有注意,并从研究方法、观点等方面予以参酌。

从后学之研究来看,最早介绍高步瀛选学研究成绩的,是为其做评传、行状、纪念文章诸家。如程金造介绍高步瀛对李善注的研究说:"高先生生于李氏千余年后,对李注引用的一千多种又多不存于今日的书籍,除了证善注所引之文,订正讹误,发明义例外,更补出善注中疑缺的许多事项。于清人张云璈、钱泰吉两人所列的李注义例诸条,

① 胡传志:《〈唐宋诗举要〉与桐城派诗学》,《古典文学知识》2010 年第 4 期。

② 郑学、韩小静:《桐城诗学与现代语境——高步瀛〈唐宋诗举要〉辨源》,《燕山大学学报》(哲学社会科学版)2015 年第 3 期。

③ 郑凯歌:《高步瀛〈唐宋文举要〉研究》,广西大学 2012 年硕士学位论文。韩传慧:《〈唐宋文举要〉研究》,安徽师范大学 2012 年硕士学位论文。

更增补了张、钱二氏义例所未尽者七例百数十条,文选之学,读者于义例不明,则李注次第不得知,五臣羼入李注之文,亦不得知,而非五臣之滥入李注者,更不得知。所以海内研治《文选》见到先生《义疏》的,无不惊叹。认为先生的精博,远远超出李善之上。"①介绍了《义疏》的突出成就,皆符合实绩。

从学术研究角度对高步瀛选学研究做出系统评定的开拓者,当属曹道衡、沈玉成。二人在《文选李注义疏》前言中以《义疏》为本,详细分析了高步瀛选学研究的成就与特点。指出其治学方法"基本上是继承了清代'乾嘉学派'笃实、渊博的长处,并能不囿于'经今古文'学派的偏见",对涉及"古代典章制度的问题"、"经学、文字学和史学"方面的问题,都能旁征博引,考订是非。指出此书校勘方面的成就,"尤极精审,他不但对现存的各种李注版本以及六臣本等异同,一一校明,还用了清人所未见的故宫博物院藏古钞本、敦煌唐写本残卷等校正各本之误"。

在李注义例的阐明上,高步瀛亦能"继张云璈、钱泰吉之后,进一步阐明……发明张、钱所未及,据此以辨别李注与李善所引前人旧注或误入的'五臣注'及其他人窜入的文字,使久被羼乱的李注得以渐近其原貌"。在论定高氏之成就的同时,二人亦指出其在"许多疏释引文过多"、"引书失校或笔误"等方面存在的不足②。曹、沈二氏据《义疏》所指出的成就与不足,多为后来注意到高步瀛选学研究者所因袭。

在众多选学研究者中,王立群教授最早注目于高步瀛。在《论20世纪〈文选〉学家流派与〈文选〉学研究分期》一文中,王立群将20世纪的选学家分为传统派、转型派和现代派三派,并以高步瀛作为传统派的代表。"高步瀛代表了20世纪传统《选》学中最为纯粹的一派,这一派恰恰又是中国传统文化中最为正统的一派。以朴学传统研治《文

① 程金造:《高步瀛传略及传略后记》。

② 高步瀛著,曹道衡、沈玉成点校:《文选李注义疏》,北京:中华书局,1985年。

选》,以整理恢复李善注为终极目的,注疏考订繁征博引不厌其详,为此派最显著的特色。"[1]王立群之分派及对各派研究特点的分析,对20世纪选学史的研究裨益甚大。

在比较周贞亮与骆鸿凯同名之作《文选学》一文中,王立群亦指出周贞亮对高步瀛选学研究的诸多继承,由此亦间接指出了高氏选学研究的成就[2]。

在评述20世纪前期现代选学对清代传统之继承与发展一文中[3],王立群重点分析了高步瀛、周贞亮和骆鸿凯三人的成就。首次介绍并评价了高步瀛《选学举要》,称赞此书"为20世纪现代《选》学通论的开山之作","现代《选》学的发轫之作","开20世纪现代《选》学整体研究《文选》之先河,具有某种现代学术'典范'(paradigm)的意味"。对该书之成书、内容作了详细介绍,并客观地与周贞亮、骆鸿凯二氏之相关研究做对比分析。指出高步瀛对汪师韩选学研究的继承与发展,开列选学书目、名作选读等内容及研究方式对周贞亮、骆鸿凯及屈守元等人之影响。

在这篇论文中,王立群还从"《义疏》对《文选》版本校勘的贡献"及"《义疏》集清代朴学之大成,广征博引,不厌其详"两个方面评析了高步瀛之《文选李注义疏》,并指出了高步瀛部分校勘之失。王立群之评定,大体不出曹、沈二氏之范围。

穆克宏亦对高步瀛之选学研究做出过评介,在《高步瀛与〈文选〉学研究》一文中,分注释、校勘、考证、评论四个方面,以举例分析的方式对高步瀛之选学研究加以介绍。穆克宏所评定的四方面实未超出前人,与曹、沈、王三人不同者只是举例不同。但此文值得注意的地方

---

① 王立群:《论20世纪〈文选〉学家流派与〈文选〉学研究分期》,《中州学刊》1999年第3期。

② 王立群:《周贞亮〈文选学〉与骆鸿凯〈文选学〉》,《文学遗产》2001年第3期。

③ 王立群:《20世纪现代〈选〉学对清代传统〈选〉学的继承与发展》,《阜阳师范学院学报》2002年第1期。

在于其将目光投向了高步瀛之《两汉文举要》、《魏晋文举要》和《南北朝文举要》。

此外,一些通论性的研究亦有提及高步瀛者,如石树芳《〈文选〉研究百年述评》①,在评述1919—1949年间的选学时,对高步瀛《文选李注义疏》之校勘特点予以了介绍。如傅刚《20世纪的〈文选〉学研究》②,对高步瀛《文选李注义疏》予以了评介,但引用的是曹、沈二氏的观点。

迄今为止,对《文选李注义疏》进行研究的硕士论文有两篇,且皆出自山东大学。一篇是张艳作于2008年的《〈文选李注义疏〉研究》。该文首先从"校勘"、"训诂"两方面对《义疏》之内容作了介绍和分析,进而分析高步瀛"旁征博引"、"实事求是"的治学方法和特点,又从"对李注的发展"、"发展了治《选》学的方法"两个方面对《义疏》的价值做出了评定,最后指出了该书的四点不足。张艳对高步瀛治学方法及是书价值、不足的分析,基本以曹、沈二氏所论为基础而有所增益。但张艳谓是书"对文学本体有失把握",其参照为黄侃的《文选平点》,尚可商榷。所谓"有失把握",是指高步瀛义疏长于笺注考证,却疏于文学理论方面的总结和分析。然张艳在指出这一点不足后,却也引高步瀛对"文学手法、文学作品欣赏与文学创造等方面的认识",前后龃龉。高氏此书的最终目的是疏通李注,发明李注义例,以使后人能区别李注与五臣注。其治学方法乃清人考据一脉,而所谓的"文学本体"并非高氏之失,所谓"非不能而不为也"。

另一篇是马菲作于2014年的《高步瀛〈文选李注义疏〉诠释研究》。因马菲所学专业为古典文献学,故其论述的切入点相较于汉语言文学专业的张艳有所不同。马菲从文献学角度入手,首先对高步瀛之交游及《义疏》的研究现状进行了材料爬梳与归纳总结,有助于揭示

① 见载于《文学评论》2012年第2期。

② 见载于《上海师范大学学报》2014年第5期。

高步瀛治学特点的背景。论文第二章重点分析了高步瀛对《文选》版本的研究,包括对胡刻本、袁本、茶陵本、古钞本等《文选》正文及注释的校勘。第三章对高步瀛"义疏"之诠释内容进行了归纳,分七个方面予以介绍,又指出了《义疏》诠释内容存在四方面的不足,如"过于繁琐"、"理解有误"、"文字之误",这些亦袭曹、沈二氏成说。第四章将高步瀛之诠释体式分成了五类,不足之处是只提出了这五类"体式",展开论述过于简单。最后一章分析了《义疏》的价值及研究《义疏》的价值所在。

胡适说:"一种学术研究到了一个时期,也有总结账的必要。学术上结账的用处有两层:一是把一种学术里面已经不成问题的部分整理出来,交给社会;二是把那不能解决的部分特别提出来,引起学者的注意,使学者知道何处有隙可乘、有功可立,有困难可以征服。"①对以上三大方面研究现状的回顾,可谓"总结账",从而实现胡适所说的"两层用处"。晚清民国去今近百年,对过去时代学术思想的研究,目的也正是做好如今的人文思想建构。

二、 全书架构

综合目前高步瀛历代文举要的研究基础及趋向,本书的研究架构设计如下。全书除绪论外,共分五章展开论述:

第一章秉持知人论世的原则,梳理高步瀛一生之行迹,对今人相关研究之缺漏予以订补,力求将其早年求学期的学术积累、盛年期的教育行政及交游以及晚年的教授生涯予以再现,以见出其生活、思想及学术研究之背景。

第二章对历代文举要的文本性质、体例特点进行分析,并进而讨论历代文举要的意义及研究其体例的价值所在。历代文举要兼具文

① 胡适:《国学季刊发刊宣言》,刘东、文韬编:《审问与明辨:晚清民国的"国学"论争》,北京:北京大学出版社,2012 年,第 391 页。

章选本与文学教材的双重文本性质,可借以探讨社会转型期文章选本的维系、文学教育的现状。高步瀛治学秉承清学传统,又深受桐城选本的影响,因此,对历代文举要的体例进行分析,既可见出古书笺注的现代传衍、深入领会文章的艺术特色,也可以探讨高步瀛的学术水平。

第三章以先唐(两汉、魏晋、南北朝)三段举要所收《文选》文为立论依据,对高步瀛之文选学研究进行评定。高步瀛是晚清民国的文选学大家,除出版有未竟稿《文选李注义疏》外,其研究成果在两汉、魏晋、南北朝三个阶段的举要文中亦有所体现。高步瀛通过对选文的笺疏、校勘、考证、评点,实现了对传统选学,尤其是清代选学研究的梳理和辨证。从“新选学”的角度来看,其选学研究亦已部分涉足。

第四章主要分析高步瀛之文章学理论和思想。作为古文大家,高步瀛有着丰富的创作经验和理论素养,故其生前出版的《唐宋文举要》至今为学界所宗。而其他阶段之举要亦应引起今人注意。高步瀛有《文章源流》一书,乃其文章学理论之总结,可与姚永朴之《文学研究法》相较,对历代文举要之选文、笺注不无影响。历代文举要秉持“追根溯源”的原则,通过“举要”呈现出古代文章的发展流变,并对唐宋古文、骈文从“风格”上进行了溯源。晚清民国之时代变幻,对文章的政治蕲向与现实功用提出了新的时代命题,故影响清代文坛、政坛主流的桐城派文章在民初遭到了选学派的攻讦,后又招致新文学派的致命打击。高步瀛一向不以派别画地为牢,故其历代文举要体现出对《文选》和桐城古文选本思想的继承,并对民国时桐城派、选学派的争执予以了呼应和矫正。

第五章论述高步瀛之考据学。考据学乃清人的一种传统,从顾炎武一路传衍下来。随着古史辨伪思潮的影响,民国学者亦尚谈考据,甚至舍考据外无学问。高步瀛乃时人交口称赞之考据大家,且为日本人所尊重,然至今无人论析高步瀛之考据学。因此,以历代文举要为中心来考察高步瀛之考据学成就,于学术史之建构不无裨益。

第二节 研究价值和研究方法

一、研究价值

历代文举要既是一系列文章选本,可作为古典文章的"经典"予以艺术性的欣赏;也是高步瀛于北师大任教期间所赖以讲授的文学教材。此外,历代文举要的选文、评点又负载着高步瀛的学术研究。因此,其蕴含着多元价值。

1. 走近晚清民国的学术生态

在中国文学史上,流派多是经后人之梳理、总结与命名,从而构成具有一定系谱的团体,不过,也有凭借鲜明的创作理念与追求聚合到一起,且发挥深远影响的自觉组合,在诗歌方面,有江西诗派;在文章方面,则有桐城派。桐城派之于清代文学、学术、思想,乃至政治之影响,自其初创,绵延至民初。就连新文化运动如火如荼之际,选学派、革命派亦把"桐城谬种"当作自己的劲敌①。

高步瀛虽不能算桐城派②,但因其私淑吴汝纶,又与吴闿生等桐城

---

① 晚清民初文学上的派别之争,不仅仅是一种文学观念上的龃龉,更多的则是有清骈散之争、汉宋学术分野之延续。文学派别之争,其背后深隐着政治思想之区别。尤其是陈独秀等新文学派之攻讦,更体现为一种争夺话语权的努力和革新政治的目的。相关研究,可参周勋初:《黄季刚先生〈文心雕龙札记〉的学术渊源》(原载《文学遗产》1987 年第 1 期),《当代学术研究思辨》(增订本),北京:北京大学出版社,2013 年 5 月第 3 版;汪春泓:《论刘师培、黄侃与姚永朴之〈文选〉派与桐城派的纷争》,《文学遗产》2002 年第 4 期;钱志熙:《略论二十世纪初期古代文学研究学科的新旧递嬗》,《全球化视野下的中国文学史观国际学术研讨会论文集》,2013 年 7 月。

② 石珂把清末民初继承桐城古文创作和文章学理论的一批士人称为"桐城末学",又分别以吴闿生、姚永朴为中心形成了两个群体。其中把高步瀛归到了吴闿生这一中心里。高步瀛虽私淑吴汝纶,且与桐城后学多有交往,但视其为"桐城末学",有待商榷。王森然所谓:"先生亲桐城弟子,善为古文,而未尝标榜文派,且于文事尤擅骈俪,不以所谓古文自限。"又记载说:"民国初元,桐城文派,甚嚣尘上,一时游食交会,多用是博显贵,先生不与焉。"参王森然:《高步瀛先生评传》,《北华月刊》1941 年第 1 卷第 5 期。石珂:《桐城末学的群体构成与唐宋古文接受》,《安徽大学学报》2011 年第 6 期。

末学往来密切，故其为文著述，不免处处显露桐城派之影响。清季民初是一个学术、政治、社会等诸面相面临转型的时代，研究高步瀛历代文举要，其最大的价值在于通过他的选文与笺注所表达的学术追求与思想理路，来走近晚清民国的学术生态。历史看似遥远，与我们所处的当下好像没有太多关联，但这只是一种表面的认识。作为一代学人，高步瀛与其时人在维系学术传统、开拓思想世界的实践上，表现出了一种虔诚与笃定。本书虽只研究高步瀛“这一个”，但真正想要达到的最终目的是由“这一个”来窥探和触摸与其抱有同样旨趣的群体。

2. 审视文章选本的现代传衍

古代士人把文章当作其步入仕途的一种重要凭借，故将前代之经典作为一种模仿的对象，像《文选》、《文章正宗》、《四六法海》等，都曾作为一种教科书或参考书供其枕藉。所谓“《文选》烂，秀才半”，形象生动地道出了选本之于科举时代士人的重要性。对于高步瀛所处的时代来说，前代之文学作品虽然亦作为一种模仿对象，但却发生了本质上的改变，这种改变则是因为科举制的废除。古代士人学而优则仕的观念在新时代的读书环境下被逐渐消磨与冲淡，而随之，阅读成为一种新的、与古代士人之心理不同的精神追求。由创作模仿到文学欣赏，实现了精神上、思想上的一次巨大的转变。直到今天，阅读更多地表现为一种精神享受，而非当做提高写作水平的训练。因此，高步瀛的历代文举要是作为一种文学教育的教材在大学中讲授的，他的目的除了教人如何做得一手漂亮的文章外，还通过选文来表达自己的文章学理念和教育思想，比如教青年学生懂得国计民生等。因此，历代文举要为我们审视古代文章选本的现代传衍提供了一个鲜活的载体。

3. 传承学术文化

时至民国，很多学界前辈并未因从清朝到民国社会性质的改变而失去了曾经的活力，他们大多仍活跃于社会上层。对于思想的传衍、学术的传播，尤其在提携晚辈方面，付出了自己的努力。因此，桑兵教授说:“民国时期老辈学人的重要社会功能之一,便是传承固有的中国学术文化,使之不至于失传或变异。”①高步瀛历代文举要继承并实践着传统的文化思想、清人的考据学、晚清民国的实证主义方法、舆地学、礼学及时代刺激产生的民族情结等,体现出传承固有学术文化方面的价值。

从历代文章选本到民国时的国文选本再到文学作品选本,不仅仅表现为称谓上的改变,其间亦深隐着时代特色与思想构建。历代文举要为我们厘定民国学术、触摸时代脉搏、审视当今的人文建构提供了一个蕴藉丰富的个案,值得我们认真研究。

二、研究方法

任何时代的学术建构都指向一种时代关怀与历史诠释的双重逻辑,因此,对高步瀛及其历代文举要的研究,要能够联系其时的社会背景、文化思潮,还有就是学术传统。章学诚所谓“辨章学术,考镜源流”,对高步瀛历代文举要的研究要上溯其源,下寻其流,在历史的寻绎中见出学术的传承与开拓,尤其是能够演绎出某种学术史研究的“范式”或“典范”,或者治学方法的总结,进而完成学术史的建构,这是本书的一大初衷。此可以称为学术史研究方法。如高步瀛这样的民国学人经历了社会转型、新旧交替,故其学术研究有时不免显出新旧杂陈的味道。本书力求清晰、客观地描摹高步瀛学术研究的发生与发展,既对其所取得的成果进行价值揭示,但并不掩盖其不合时宜的缺陷。

学术史和思想史固然有自己的分野,但有一点共同的追求,即对思想的探索。当一代人共同的思考汇成一股潮流,进而影响人们思考问题的方式,便已表现出了思想的力量。思想的力量会很明显地表征

① 桑兵:《民国学界的老辈》,见《晚清民国的学人与学术》,北京:中华书局,2008 年,第 199 页。

在一些时代杰出人物身上,而即使如高步瀛这样并未受到太深远影响的学人,亦可由他的著述上见出这股力量。此可谓之思想史研究方法。

研究文学作品,要注重对文本进行细致的剖析。因此,若仅仅从宏观上予以学术史、思想史的揭示,而忽略了本体,便有点舍本逐末。对历代文举要的研究关键还要依赖本体研究法,或曰“回归文本”。

第一章

高步瀛及其所生活的晚清民国

高步瀛一生大致可分成三段:第一段为 1902 年以前,为其早年活动期,主要是求学、应考,中举后在永清、完县、定兴、畿辅大学堂、保定优级师范学堂任教。第二段始于 1903 年赴日本留学,毕业归国后受严修(1860—1929)之请开始步入仕途,宣传通俗教育,受聘教育部,到大学任教。任职之余,与京城诸多名流往来。此为其盛年活动期。第三段始于他受邀赴沈阳萃升书院任教,迫于“九一八”事变,辗转回到北京后,专任北师大教授,并兼任莲池讲学院讲习。在生命的最后时刻,受余嘉锡(1884—1955)、陈垣(1880—1971)、沈兼士(1887—1947)力邀至辅仁大学。因积劳成疾,于 1940 年逝世,此为其晚年活动期。求学为他日后的教育从政奠定了思想基础;而从政为实践其教育(教学)构想提供了制度性的保障;教学则是其教育思想的具体实践,且为其一生最重要的事业。

高步瀛一生跨越晚清民国,他的教学历经传统书院到近世学堂,再到西学制度影响下建立的大学,其以传统治学之术选注诗文、评说历史,不仅表现出了对传统学术的继承与发扬,且寓以了深切的现实关怀。

第一节　青年求学期的学术积累(1882—1902)

清同治十二年(1873),高步瀛生于直隶省霸县的北庄头村(具体日期不详)。霸县高氏为名门大户(至今,高氏仍为霸州地区一大姓氏),然不幸"遭捻乱中落"①。光绪七年(1881),高步瀛九岁,是年,其父高德沛(?—1881)辞世,高母张太夫人(1841—1937)②携四女一子来到了安新③外祖父家。

自光绪壬午(1882)至光绪甲午(1894),高步瀛皆寄居安新。甲午年,高步瀛22岁,中顺天府乡试举人。中举后,"远近争慕其名,聘为师"④。而高步瀛亦到莲池书院"应课",并至永清⑤、完⑥等县教学,

① 考察捻军所到之处,并无直隶霸县。不知程金造所谓"故霸县富室,遭捻乱中落"据何言之。关于捻军,可详参郭豫明著:《捻军史》,上海:上海人民出版社,2000年。

② 此处张太夫人之生卒年,参赵成杰:《高步瀛著述考略》,《重庆科技学院学报》2013年第7期。

③ 按,程金造、尚秉和等皆言高父病故后,高步瀛随母张太夫人居新安外家。王森然《高步瀛先生评传》谓"安新"。经查,安新县建制可溯至东汉末年,始建依政县,后唐、宋、金、元、明、清皆有沿革。元时称新安县,至道光十二年(1832)废新安县入安州。至民国三年(1914)始称安新县。民国二十七年(1938)八月至民国二十九年(1940)五月,安新县划分为新安、安新二县。民国二十九年(1940)至民国三十三年(1944),又合并称安新县。1944、1946、1950、1958年均有所变革,至1961年从徐水县中析出安新县,县名沿用至今。高步瀛居外家乃1882年,此时应称"安州"。故诸家所记皆略有差错,王森然称"安新"较合理。高步瀛之长女姚高淑芳亦曾追记,祖母张太夫人携其父所居地为新安镇,后改安新县。故本书称安新。参河北省地名委员会编:《河北省地名词典》,石家庄:河北科学技术出版社,1991年,第347页。姚高淑芳:《追念先父高步瀛先生》,(台北)《传记文学》第十七卷第五期,1970年11月。

④ 王森然:《高步瀛先生评传》。

⑤ 今河北省廊坊市永清县。

⑥ 今河北省保定市完县,1993年改名顺平县,仍隶属于保定市。

“既而长定兴书院”，为书院山长，“弟子承教者，成就甚多”[①]。后“朝野唱言维新”，高步瀛又受聘到直隶高等学堂（前身为畿辅大学堂）和保定优级师范学堂任教习[②]。

莲池书院创办于雍正十一年（1733），鼎盛时汇集了一大批老师宿儒，与湖南岳麓书院南北辉映。因李鸿章（1823—1901）、袁世凯（1859—1916）等大吏先后支持，也一度吸引了众多有志之士。同治九年（1870），李鸿章就任直隶总督。其重视地方教育，为莲池书院筹款购置书籍，增设经古斋课，提倡经史实用之学，使得莲池书院“士子负笈来学者遂日益增多，弦诵讲席，蔚然为北方第一学府矣”[③]。

为倡行古学，李鸿章聘请了黄彭年（1824—1890）、张裕钊（1823—1894）和吴汝纶（1840—1903）等先后主持书院教学，并取得了十分可观的成绩。“同治初，合肥相国节临是邦，聘贵筑黄子寿先生主讲，先生立学古堂，增课经古。……燕赵儒风，为之一变。先生既开风气之先，张廉卿、吴挚甫两先生联镳接轸，皆以古文经济倡后学，数年以来，北地士风，蒸然日出，三辅英俊多出其中。”[④]

张裕钊与吴汝纶同列“曾门四大弟子”（另两位是黎庶昌、薛福成），又皆桐城后学之古文宗师。高步瀛到莲池书院受学在中举后（1894），此时，张裕钊已去世，但其主持莲池书院期间（1883—1888

① 王森然《评传》于此曾驳程金造之《行状》所记，谓：“先生为定兴书院山长，《行状》谓在入莲池前，误。”

② 此处王森然所记或有差错。1902 年，清管学大臣张百熙、荣庆奏定学堂章程，始开办高等学堂。在此之前，直隶省曾在畿辅大学堂旧址设立直隶省大学堂，但因请不到外国教员而作罢。袁世凯遂将此改为直隶高等学堂，并请美国学者丁家立为总教习。此处王森然《评传》谓直隶高等学堂于 1901 年创设，可能误记。参陈宪庚、吴金贵著：《保定市北区地名志》，石家庄：河北科学技术出版社，1990 年，第 230 页。

③ 杨佑茂：《李鸿章与莲池书院》，柴汝新编：《莲池书院研究》，保定：河北大学出版社，2012 年，第 39 页。

④ 刘春堂：《莲池书院碑铭》，转引自柳春蕊：《莲池书院与以吴汝纶为中心的古文圈子的形成》，《东方论坛》2008 年第 1 期。

年）所培植下的学古精神、重视古文的教学方法，深深影响了当时的学子及后来的主持者——吴汝纶。高步瀛虽未能亲聆张裕钊之教诲，但其为文著述常引用张廉卿（张裕钊字廉卿）之观点①。莲池书院的求学，不仅得到了吴汝纶的教诲，也结交了诸多日后往来密切的朋友，如吴闿生（1877—1950）②、尚秉和（1870—1950）等。

光绪己丑（1889），吴汝纶就任莲池书院山长，培养了一大批“桐城末学”。高步瀛亦有幸厕身其中。在高步瀛一生中，可称为其“老师”者，除鄚州黄秉钧③外，便是桐城吴汝纶。

吴汝纶主持莲池书院的时间是光绪己丑（1889）至光绪辛丑（1901），而高步瀛在莲池书院求学以应考的时间是光绪甲午（1894）至光绪辛丑（1901），故二人得以相知。程金造记载吴汝纶“阅先生（指高步瀛）骈俪之文，尝自叹弗如。然先生自从吴先生学，益攻本源，而为文遂擅骈、散两家之长矣”④。然尚秉和谓：“君恨不受业于桐城

---

① 如《李将军列传》引张廉卿评此文之叙事手法。参《两汉文举要》，北京：中华书局，1990年，第132页。

② 关于吴闿生之生卒年，有以下诸说：a. 余祖坤所编《历代文话续编》（下）收吴闿生辑《古文辞类纂诸家评识》，目录前有说明，吴闿生之生卒年分别为1879、1949年；b. 贾文昭编著《桐城派文论选》收吴闿生《诗说》及《明清八大家文钞序》，作者简介有吴闿生之生卒年分别为1877、1948年；c. 周斌编著《中国近现代书法家辞典》收吴闿生，简介其生卒年分别为1877、1949年；d. 周家珍编著《20世纪中华人物名字号词典》收吴闿生，生年为1877年，卒年未知；e. 钱仲联、傅璇琮、王运熙等主编《中国文学大辞典》收吴闿生，生年为1878年，卒年未知；f. 陈所巨、杨怀志主编《桐城近世名人传续集》收方宁胜作《吴闿生传略》，谓生于1879年，卒于1950年；g. 江小角、方宁胜编《桐城明清散文选》收吴闿生《诗说》等篇，作者简介谓其生卒年为1877、1950年。据日本田原天南编《清末民初中国官绅人名录》载吴闿生谓：“年龄四一余。”是书初版于1918年，往前推41年，恰1877年。故吴氏生年暂定为1877年。又据梁淑安主编《中国文学家大辞典》载吴闿生，谓“卒年不详，以编《吴门弟子集》与《晚清四十家诗钞》时间推算，二十世纪五十年代仍健在。”而方宁胜明言吴氏卒于1950年，故今仍其说，暂定其卒年为1950年。

③ 高步瀛9岁丧父，母亲张太夫人携其至安新外公家，得识黄秉钧（字心权）先生。“黄先生奇其聪明才智，大爱悦之。”参程金造《霸县高先生行状》。

④ 程金造：《霸县高先生行状》。

吴挚甫先生，乃即其遗书而私淑之，尽得其传。”①“恨不受业”、“私淑”之说实不合吴、高二人之交接。

莲池书院的教学虽仍以传统的应举之课为主，但因吴汝纶对时局的观察，已开始引入英语、日语等西学课程。高步瀛在莲池书院的时间虽短暂，但亲得吴汝纶之教诲，又有莲池诸同学之相互切磋，为其日后的为文著述及行事做人奠定了良好的思想基础。

1. 古文的学习、研究与推广

桐城古文为有清一代之“显学”，其在晚清民初的传衍，不仅简单地表现为与骈文派、新文学革命派、白话文等争胜上，更多的表现出对延续传统教育及面对过渡时代思想转型的一种担当，当然也含有争夺政治话语权的努力。作为桐城后学之一大宗师，吴汝纶不仅系统地传承桐城古文的传统，继续加深对古文理论的研究，同时在古文创作实践与风习引领、培育后学与奖掖后进等方面更付出了自己的努力。有学者分析称“桐城末学”“因古文创作追求的差异，以及师承交游的复杂联系，形成了以吴闿生(1877—1950)与姚永朴(1861—1939)为中心的两个创作群体”，其中高步瀛被划到吴闿生一派②。这“两个创作群体”的“老师”皆为吴汝纶③。高步瀛之于古文学习、研究与推广受吴

---

① 尚秉和:《高阆仙先生传》，卞孝萱、唐文权编:《民国人物碑传集》，南京:凤凰出版社，2011年，第666页。

② 石珂:《桐城末学的群体构成与唐宋古文接受》，《安徽大学学报》2011年第6期。

③ 据吴闿生介绍:“先大夫垂教北方三十余年，文章之传则武强贺先生(按，指贺涛)，诗则通州范先生(按，指范当世)。……二先生外，则有马其昶通伯、姚永朴仲实、姚永概叔节、方守彝伦叔、王树楠晋卿、柯劭忞凤孙，咸各有以自见。其年辈稍后，则李刚己刚己、吴镗凯臣、刘乃晟平西、刘登瀛际唐、步其诰芝邨、赵宗抃铁卿、张以南化臣、阎志廉鹤泉、韩德铭缄古、李景濂右周、王振垚古愚、武锡珏合之、谷钟秀九峰、傅增湘沅叔、常玉璋济生、尚秉和节之、梁建章式堂、刘培极宗尧、高步瀛阆仙、赵衡湘帆、藉忠寅亮侪、邓毓怡和甫等，皆一时才生。”吴闿生著，寒碧点校:《晚清四十家诗钞·自序》，杭州:浙江古籍出版社，2006年。按，邢赞亭亦回忆到:“吴先生时，李刚己名誉最著。……其他如吴镗凯臣、刘乃晟平西、刘登瀛际唐、魏兆麟征甫、赵宗抃铁卿、齐福丕懋轩、赵衡湘帆、王仪型式文、王振垚古愚、贾恩绂佩卿、傅增湘沅叔、谷钟秀九峰、常玉璋济生、武锡珏合之、李景濂佑周、梁建章式堂、(转下页)

汝纶影响颇深。

高步瀛擅骈文，时人称其“当代第一人”、“三百年来，无与伦比”[①]。入莲池书院后跟随吴汝纶习古文，可惜今难以见到高步瀛之古文创作。但高步瀛主讲北平高等师范（后改为北京师范大学）、沈阳萃升书院等院校时，所用教材皆为其编选之“散文选”，从中可探究其师承。

桐城派自其初创，即注重通过编选选本来宣传桐城“风尚”，构建桐城诗学、文章学之统系。高步瀛亲承吴汝纶教诲，与莲池诸子多有交游，对其人著述多有耳闻目睹。桐城末学所编选的选本，如吴汝纶编《古文初学读本》，李刚已编《中小学堂古文词读本》，姚永朴、姚永概合编《历朝经世文钞》，吴闿生编《国文教范》等大抵为姚鼐《古文辞类纂》、曾国藩《经史百家杂钞》的“节本”，或根据二书之体例编辑。高步瀛治学喜《文选》与《古文辞类纂》，其历代文举要可以说是对《文选》、《古文辞类纂》等选本的节选，并结合自己对“文”的理解而有所损益。通过将历代文举要选文与《文选》、《古文辞类纂》、《经史百家杂钞》相较后亦可发现这种传承关系。

因此，作为“选本”，历代文举要实际上是桐城文派的现代传衍，但由于高步瀛本人对“文”的理解及其所处时代、学术思想诸方面的影响，又表现出对桐城派的“矫正”，对当时各种“派系”争胜的回应。高

（接上页）韩德铭缄古、尚秉和节之、马鉴滢筱珊、杜之堂显阁、刘培极宗尧、刘春堂治琴、刘春霖润琴、王延纶合之、王笃恭琴南、高步瀛阆仙、藉忠寅亮侪、邓毓怡和甫、邢之襄赞亭等，皆其著者也。……民国成立之后，莲池曩日同门，寓居北京者尚有二十余人，时为文字之饮。”参邢赞亭：《莲池书院忆旧·莲池俊秀》，河北省政协文史资料委员会编：《河北文史集萃·教育卷》，石家庄：河北人民出版社，1992年，第7—8页。姚高淑芳亦云：“吴先生旧学淹贯，而不罔夷新知。故与父亲同列吴先生门墙各人，如：傅增湘（沅叔）、谷钟秀（九峰）、藉忠寅（亮侪）、邓毓怡（和甫）、尚秉和（节之）、梁建章（式堂）、李景濂（又周）诸先生，无不贯通经史，穿穴新旧。”姚高淑芳：《追念先父高步瀛先生》，第41页。

① 见王森然《高步瀛先生评传》引靳极苍、陈垣语。

步瀛曾说："窃尝谓今日为学，门户之见不可存，而门径之辨则不可不审。区区文艺，特其一端云尔。"①

在对选文的笺注上，高步瀛亦继承了吴汝纶等桐城先贤之学术思想。高步瀛曾云："古来文章家，未有不精于小学者。司马长卿作《凡将篇》，扬子云作《训纂》，皆邃于六书，故其为文，瑰丽奥博，雄视一世。至唐之韩柳，其文中用字之法，合乎古谊者尚多，故能为文家不祧之祖。为文章而不明小学，如无源之水，虽偶可窃名一时，而不足以垂久，此可断言者也。"②吴汝纶亦主由训诂通文辞，为文倡"雄奇瑰玮之境"③，一生致力于点勘经史文章。由考据明义理，再臻文章之佳境，此乃桐城派文章之"法门"。高步瀛之选文笺注，正是以此"法门"为据，期以指示后学。

高步瀛对吴汝纶之古文评点、考证亦深信不疑，在其历代文举要、《文章源流》等作中多有引录，如贾谊《陈政事疏》所谓"可为长太息者六"，吴汝纶考正应为"可为长太息者三"；再如吴汝纶评贾山《至言》谓："语语有崩云坠石之势。"④

李景濂（1869—1939）在《吴挚甫先生传》中指出："故其（吴汝纶）为教也，一主乎文。以为中国之文非徒习其字形而已，缀字为文，而气行乎其间，寄声音神采于外，虽古之圣贤豪杰去吾世邈远矣，一涉其书，而其人之精神意气，若俨立在吾目中。"为何要知古圣贤豪杰之精神意气？是因为："欧美之学，号为文明，明有余而文则不足；吾国周、孔之教，独以文胜。后世失治，由君相不文，不知往昔圣哲精神所寄，无由化裁通变以为民用。"⑤王森然曾说高步瀛"独不喜今文家，以为

① 高步瀛：《唐宋文举要》甲编《序言》，上海：上海古籍出版社，1982年。

② 高步瀛：《海客漫录》，《京师教育报》第七期。

③ 吴汝纶《与姚仲实》有云："桐城诸老，气清体洁，海内所宗，独雄奇瑰玮之境尚少。"吴汝纶撰，施培毅、徐寿凯校点：《吴汝纶全集（三集）》，合肥：黄山书社，2002年，第51页。

④ 高步瀛选注，陈新点校：《两汉文举要》，北京：中华书局，1990年。

⑤ 李景濂：《吴挚甫先生传》，《吴汝纶全集》，合肥：黄山书社，2002年，第1131页。

意主用世，而缘饰经术耳。此可见先生笺注历朝文之微意，与其治学之态度矣"[①]。高步瀛之"微意"正源自吴汝纶之"一主乎文"。

2. 学术研究的方法与思想

高步瀛治学尚考据学，远绍乾嘉诸子，近得吴汝纶沾溉，其成就得到时人称赞。

据高步瀛的莲池同学邢赞亭（1880—1972）回忆："光绪四年，贵筑黄彭年子寿重领讲席，始增经古课，崇尚'朴学'。"[②]黄彭年还开设考据学课程，设立学古堂。黄彭年之继任者张裕钊，亦注重考据、辞章。吴汝纶主持书院时，经过努力，创立了莲池讲学院。现保定市图书馆藏有保定协生印书局所印清光绪刻本《莲池讲学院讲义附课艺、肄业日记》，其中讲义内容涉及文学、周礼要义、尚书衍义、史记举要、文章源流、周易尚氏学、春秋左氏传、诗经。从重视宋明理学到以乾嘉考据学及桐城学术为尚，吴汝纶付出了自己的努力，而书院诸生亦深得其传。

高步瀛任教北师大时的学生顾学颉（1913—1999）曾追忆自己在师大学习及受高步瀛指点之情景：

> 初入师大时，颇有志于作专门研究、撰述，曾与同学卢南乔（振华）等拟集注《史记》，为读书研究的目标。向高先生陈述了这种愿望，请他指导。没过几天，他就开列了最主要的读书目录数十种，教我们循序一一对照《史记》阅读，作出札记，记其要点、心得和问题，到一定时间，交他批阅。并嘱告我们不要急于求成，要一个一个问题彻底理解、领会前人的意见，以及自己的看法，等等。按照他的指导，我们确实读了不少考证家（以清代人著作为

① 王森然：《高步瀛先生评传》。

② 邢赞亭：《莲池书院回忆录》，柴汝新编：《莲池书院研究》附录1，保定：河北大学出版社，2012年，第341页。

主)的书,作了不少卡片、札记。[1]

从这段回忆中即可看出高步瀛用以指导学生的问学之法亦倾向于清儒之考证。王森然谓“先生于学无不窥,所主大致以汉为归”[2],程金造谓“先生治学,宏通精博,一以征信为准”[3],“先生的考据,既精且博。所谓博是于书无所不读……所谓精,是有宏通之识见”[4]。这些学术思想与方法,皆有得于莲池先师及吴汝纶之影响。

3. 教育思想的培育

吴汝纶是莲池书院最后一任院长,在其任职期间,“欧风美雨”早已刮遍了中国。旧式科举教育所培养出的人才已不能适应世界发展潮流,更不能抵御外族之侵略。而莲池书院作为北方一大教育重地,又有李鸿章、袁世凯等大吏的先后支持,故在学堂改制上,它不仅走在其他书院前列,亦取得了较为显著的成绩。

吴汝纶是清末民初教育改制的主要推动者,对中国近代教育的转型做出了重大贡献。在他主持莲池书院期间,对科举考试制度进行了深刻的批判[5],并主张用西方的考试制度选拔人才[6],聘请外籍教师,开办外文学堂。对西方的知识,如“格致之术”,表示了浓厚的兴趣,他说:“国势孱弱,非尽当国者之过,乃吾辈学校中不能培壅真才,所学不能应时用,以此致贫致弱。虽江河日下,亦缘学问不讲,无能知其非者。变易风气,诚非居下者所能为役,若各尽其势所能,则惟相勉为有

① 《笺证、考据学大家——高步瀛先生》,顾学颉著:《海峡两岸著名学者师友录》,北京:人民文学出版社,1997年,第70页。

② 王森然:《高步瀛先生评传》。

③ 程金造:《霸县高先生评传》。

④ 程金造:《高步瀛传略及传略后记》。

⑤ 吴汝纶曾谓:“科举不改,士皆专心八股,无暇他学,最足败坏人才。”吴汝纶撰:《桐城吴先生文集》(卷二),暨南大学特藏室藏清光绪甲辰刻本。

⑥ 吴汝纶谓:“愚意当径废科举,专由学堂造士,用外国考校之法,较有实际。”吴汝纶撰,施培毅、徐寿凯校点:《吴汝纶全集(三集)》,合肥:黄山书社,2002年,第365页。

用之学，庶其近之。其西国格致之术，实能弥补造化。”[①]中国之所学不能为“时用”，把目光投向了西方，这在清末是众多“睁眼看世界”之士大夫共同的眼界。

吴汝纶虽病逝于 1903 年，但其所倡导的教育思想却深深影响了高步瀛等吴氏弟子[②]。任职直隶学务处时，高步瀛与公所图书课副课长陈宝泉合编面向普通民众的读物《国民必读》（三编）[③]、《民教相安》[④]及《国民镜》，来“宣导民俗”。与吴汝纶一样，高步瀛也重视西学，尤其是工商业等“实业”。对西方的物理学等，高步瀛亦与时进步，运用到自己的选文笺注当中[⑤]。更加难能可贵的是，吴汝纶对古文教育的提倡包含着“知往昔圣哲精神所寄，化裁通变以为民用”的追求，通过学习古文来构建人的思想世界，来达到社会之“治”。高步瀛编选笺注散文，亦蕴育着深切的现实关怀。如其于“九一八”事变前夕笺注《哀江南赋》所表达的“哀江南情结”，通过笺注《史记·李将军列传》、《史记·货殖列传》所传达的奋战精神、“国计民生”思想等，让我们见到了一种深谙民族大义的“真儒”精神。

一个人的治学理路及思想趋向除了从其著述和出处来窥探外，亦可由其所处时代之思潮、围绕其身边之学人圈来予以反观和判断。高步瀛所处的时代中西碰撞、新旧交织、政权变革、体制维新、民族战争等，这些从大的背景上“范围”着高步瀛之治学与为人；而其师承，则具

① 吴汝纶撰，施培毅、徐寿凯校点：《吴汝纶全集（三集）》，第 283 页。

② 有关吴汝纶之教育思想，可参吴洪成等：《试论近代教育家吴汝纶的事业与思想》，《华东师范大学学报》（教育科学版）2010 年第 2 期。

③ 是书由直隶官书局刊印发行，初版于光绪三十一年（1905）八月。

④ 是书由北洋官报局印行，初版于光绪三十一年（1905）。

⑤ 高步瀛笺注《天下》“天与地卑，山与泽平”，引孙诒让《札迻》考证“卑”。加按语云：“地上皆天，故天与地卑，推之无垠，则山高于泽，为数甚微，故曰：山与泽平。如地球之上，虽有高山深渊，而不碍地球为圆者，以其高深之差数甚小故也。山泽之平即同此旨。”笺注“南方无穷而有穷”，谓“此地圆之说也”。笺注“我知天下之中央，燕之北越之南是也”，谓“亦地圆之说也”。三次以西方的“地圆说”为据来笺注古文。详高步瀛《先秦文举要》，北京：中华书局，1991 年，第 147、148 页。

体影响着他的为学与为人。

“予少时习举业”,“后稍读清儒考据家书”①,受黄秉钧启蒙,得吴汝纶指点,这些从根本上决定了其治学根基在于清儒之学。就学莲池书院,得吴汝纶之教诲,为其学术统系的构建提供了契机。高步瀛一生尊称吴汝纶为“吴先生”、“先师”,体现了他对“师承”的尊重。也正因此,我们才得以由高步瀛来上窥吴汝纶,乃至桐城派及中国学术传统。作为学术史、思想史上的一个“个体”,高步瀛也以自己的实践“注解”了群体的面相。

第二节　盛年期的留学及任职情况(1903—1930)

清末的社会动荡以及日本的迅速发展,吸引着清末众多学人纷纷东渡“取经”。高步瀛亦跨海东渡,学成归国后参与到了清末的教育行政改革大潮中。

一、高步瀛留学日本的情况考述

1901年,莲池书院在义和团运动的干扰破坏下被迫关闭,吴汝纶回到家乡。但旋即(1902年2月)被张百熙推荐任京师大学堂总教习,并于是年7月2日至10月18日,用三个月的时间对日本教育进行了考察,写成《东游丛录》一书。莲池书院的停办,也阻断了高步瀛等莲池学子的继续深造。目前有关高步瀛生平的介绍皆谓其于1902年到日本留学(考察),归国后襄助严修(1860—1929)董理直隶教务,旋调入学部,从此定居北京。

1. 父亲二十一岁,中甲午顺天乡试举人。……寻赴日本考

① 高步瀛:《文选李注义疏叙》,北京:中华书局,1985年。

察教育，习师范。回国后，襄助天津严范孙（修）先生办理直隶学务，任视学委员。严先生嗣官学部侍郎，父亲亦被调充学部编译图书局编纂。（姚高淑芳《追念先父高步瀛先生》）

2. 次年（1902），赴日本游学，习师范。既归国，天津严范孙（修）先生为直隶提学使，主冀省教育事，署先生为直隶学务处查学委员。寻改任编纂。……光绪三十年（1904），严氏内用学部侍郎，调学部图书局任编审，兼董理顺天府学务总处。旋奏补为学部主事。（王森然《高步瀛评传》）

3. 光绪辛丑，先生任畿辅大学堂教席……旋赴日本，卒业宏文学院。归国任省视学，学部侍郎严范孙（修）先生任以图书局编纂，补学部主事。（程金造《霸县高先生行状》）

4. 次年（1902），赴日本游学，习师范。既归国，天津严范荪先生（修）为直隶提学使，主冀省教育事，署先生为直隶学务处查学委员。光绪三十年（1904），严氏内用学部侍郎，调先生入学部图书局任编审，兼董理顺天府学务总处。（《中国近代学人像传·高步瀛先生事略》）

5. 举光绪甲午科乡试，补学部主事。（余嘉锡《高阆仙先生墓碑铭》）

由以上材料，王森然及《中国近代学人像传》明确指出高步瀛于1902年赴日本留学，姚高淑芳、程金造用了“寻”、“旋”等表示时间很快、不久的副词。但皆未交代其归国日期。

1902年7月21日，日本宏文学院创办人嘉纳治五郎启程视察中国[①]。

① 有关宏文学院之创设经过及此次嘉纳治五郎访问中国情况，可参大江平和：《宏文学院与中国留学生生活》，中国社科院研究生院2002年硕士学位论文。按，宏文学院乃日本为迎合中国留学生学习的需要而设，故1902年初建时名为宏文学院，但因避讳“弘历”，故1903年改称宏文学院。

8月2日至5日,其与清朝诸要臣进行了会谈,其中访问了时任直隶总督的袁世凯。应该缘于此次会谈,袁世凯遂决定派遣直隶学子(官绅)赴日留学。

据相关材料,高步瀛留学日本宏文学院所学的是速成师范科,同学包括陈宝泉(1874—1937)、张良弼(1863—1931)①、王振垚等②。宏文学院的教育分普通科(以日语为主科,以地理、历史、数学、理科为副科,学制3年)和速成科两种,速成科的课程因需而设,如师范、警务、理化学等。学习期限也因时而定,分六个月、八个月、一年、一年半等。每年9月11日开学,7月10日毕业。学年途中来的学生,则随时插入根据学生出生地而编排的班级。

高步瀛为张良弼写的《获鹿张君墓表》有云:“予与张君佑卿,习教育学于东瀛。毕业又同逆旅居。是时皆膺省视学之命。”③宏文学院速成师范科的课程里包括教育学、教育史、教育制度等,正合高氏《墓表》所言“习教育学”。1904年5月21日,严修开始第二次考察日本,至8月归国。据其日记7月28日载,高步瀛与张良弼、徐毓生等于是日晚曾先后拜见严修④。以此往前推,根据宏文学院的学习时间、速成科的学习期限,1904年7月高步瀛尚在日本,即使其选修的是一年半的速成师范科,亦与其1902年出国留学的时间相差较远。因此,王森然及《中国近代学人像传》所记高步瀛于1902年出国留学应有差错。高步瀛出国留学应该是1903年,且应与张良弼一样,同受胡景桂选派,归国时间则在1904年8月以后。

---

① 按,《鹿泉文献》谓张良弼享年六十五,然高步瀛《获鹿张君墓表》谓其“民国二十年七月三十日卒于北平”,知其享年六十八。

② 参《“中央研究院近代史研究所”集刊》第二十二期(上册),台北:“中央研究院近代史研究所”,1993年,第235页。

③ 《国学丛编》,1932年第1卷,第5期。

④ 严修撰,武安隆、刘玉敏点注:《严修东游日记》,天津:天津人民出版社,1995年,第223页。

另据学者研究，“1903 年 9 月，直隶学校司以举人秀才为合格，共选派 23 人（保定 13 人，天津 10 人），由王景禧率队赴日留学”。这批人所入学校即宏文学院，其中“保定 13 人”含高步瀛①。由此亦可证明上面关于高步瀛出国时间的推断属实。

二、清末的教育行政改革

晚清的风云变幻促使清廷不得不作出相应改革，遂开始施行了所谓的“新政”（1901—1911）。为梳理高步瀛留学日本归国后的教育行政，需要对清末的教育行政改革予以介绍。

其一，学部的设立。早在 1887 年，英国人李提摩太在其《七国新学备要》中已提议清廷设立新学部；1898 年，康有为又奏请设立学部，统一管理全国教育。1905 年 9 月 2 日，清廷宣布废除科举。至 12 月 6 日，清廷终决定设立学部。清朝建国，“国初沿前明旧制，各省设提学道，雍正年间，改为提督学政”②。即所谓“学政”③。学政的职责是：“通饬府、州、县、卫教授、学正、教谕、训导，务立课程，令其时到学宫，而加考试。并掌学校政令，岁、科两试。巡历所至，察师儒优劣，生员

① 天津的 10 人是：陈哲甫、陈筱庄（即陈宝泉）、胡玉孙、李琴湘、华芷龄、郑菊如、俞义臣、徐毓生、刘宝慈、刘宝和，由严修选送。保定的 13 人是：王振世、王倬、高步瀛、吴蔼宸、赵次原、崔谨、马晓珊、张良弼、路雨三、周学章、王宋坡、张文澜、胡源汇，由保定学校司选送。这些人都被安排进入东京宏文学院速成师范班学习。参樊国福：《留日学生与直隶省教育近代化（1896—1928）》第四章《近代师范科留日学生与直隶省师范教育近代化》，河北大学 2012 年博士学位论文。

② 朱有瓛、戚名琇、钱曼倩、霍益萍主编：《中国近代教育史资料汇编·教育行政机构及教育团体》，上海：上海教育出版社，1993 年，第 39 页。

③ 提督学政，简称学政，为清代省级最高教育行政长官。每省一人，隶属中央，不归地方巡抚节制。由朝廷直接委派，负责到各省主持院试，并监察各地学官。1905 年，清廷裁撤学政，改设提学使司。负责一省教育行政事务、筹划全省教育经费、管理全省各级学堂、聘用外国教员等事宜，并考核所属职员，下辖总务、专门、普通、实业、图书、会计共 6 科；设省视学 6 人，另设学务议绅 4 人，议长 1 人为咨询机关。按，关于晚清学部的设立过程，参关晓红：《晚清学部研究》第一章《学部渊源》第五节《学部的酝酿产生》，中山大学 1999 年博士学位论文。

勤惰,升其贤者能者,斥其不师教者。凡有兴革,会督、抚行之。”①

其二,各省学务处的设立。《奏定学堂章程》颁布(1904)后,张之洞、张百熙、荣庆等联名上奏《学务纲要》,建议各省设学务处,负责总理全省学务事宜。“各省学务处与学政没有隶属关系,学政负责以科举为中心的旧学,学务处管理新式学堂及游学事务,地方教育行政出现新旧过渡的‘双轨制’运作。”学务处负责人由各省督抚选派。

其三,撤学政,设提学使司。学政为旧有教育行政。学部成立后,张之洞、袁世凯等各方人员对学政的去留提出了不同方案。最终,学部和政务处权衡各方案,参照各省学务处的设立,决定撤学政,设提学使司。“提学使一员,秩正三品,视按察使统辖全省地方学务,归督抚节制。……提学使司于省会地方置学务公所,分设总务、普通、专门、实业、会计、图书六课,每课设课长、副长、课员,分曹隶事。……图书课‘掌理编译教科书、参考书’,并兼管图书馆、博物馆事务,与学部编译图书局和专门司相对应。”另设学务议绅四人和议长一人。提学使的设立,使得各省学务处又成一虚职,故提学使到任后,又撤学务处。提学使由学部直接任命,但受地方督抚节制。

其四,设立视学。为健全地方教育行政,1906 年 4 月间,学部连上多道奏折,所奏内容其中包括确定提学使下设省视学六人,负责“承提学使之命令,巡视各府厅州县学务”②。

此外,是直隶教育行政的变革。1901 年,袁世凯接替李鸿章任直隶总督,对直隶教育进行了一番改革。随着各式学堂的兴办,亟须一管理部门以保证各项工作的有序开展。为此,1902 年袁世凯率先在保定设立直隶学校司,设督办一人总理直隶全省教育。1904 年,督办胡景桂升职,袁世凯相中了在天津办学的严修。戊戌政变后,因曾上书

① 赵尔巽主编:《清史稿·职官三》第 116 卷,北京:中华书局,1976 年,第 3345 页。

② 以上设学务处、撤学政、设提学使、设视学,主要参关晓红:《晚清学部研究》第二章《机构设置与职能扩展》第二节《改造地方教育行政》。

奏请开设“经济特科”，严修被勾销职务(原任贵州学政)，只挂名翰林院编修虚职。后请假由贵州回天津。值八国联军侵华，为借鉴日本教育经验，1902年严修率两子自费考察日本教育。第一次考察始于1902年8月10日，终于11月27日。此次考察归国后，严修致力于改良旧式教育，兴办学堂，遂引起袁世凯之注意。1904年5月，袁世凯任命严修为直隶学校司(后改学务处)督办。5月9日，严修就职；5月21日，偕张伯苓等再次扬帆日本考察教育。

1904年7月，“遵照学务大臣奏定章程，学校司改为学务处，原设之专门、普通、编译三处改称为局”①。学务处设督办一人，下辖参议、专门教育处、书识、普通教育处、司事、编译处、书手、顾问官。其中，编译处负责翻译编纂图书事务。

三、高步瀛的教育行政情况

高步瀛出国留学是1903年，归国时间则在1904年8月以后。1904年5月，严修任直隶学校司督办。1904年7月，学校司改为学务处。高氏归国后受严修聘用，任直隶学务处顺天府查学员②。1905年12月6日，设立学部；12月28日，严修升学部右侍郎，翌年转左侍郎。直隶学务处督办一职由会办卢靖补任③。故严修并未任过直隶提学使(按，王森然《高步瀛评传》所记有误)。1906年4月，直隶设提学使，下辖视学6人、图书课等。故高步瀛应在1906年4月后做视学，且并非受严修委任。张良弼曾作为视学与陈恩荣、焦焕桐、高奎照于1906

① 《直隶学务机构沿革》，《中国近代教育史资料汇编·教育行政机构及教育团体》，上海：上海教育出版社，1993年，第30页。

② 参汪婉：《晚清直隶的查学和视学制度——兼与日本比较》，《近代史研究》2010年第4期。

③ “严京卿署学部侍郎，该处总办即以会办卢观察靖升补。”《时事·总办学务》，《大公报》1905年12月28日。按，王森然谓1904年严修“内用学部侍郎”，时间有误。

年视察天津各学堂情形[①]。此又可印证高步瀛为张良弼写的《获鹿张君墓表》所言"皆膺省视学之命"。后高步瀛被严修调入学部,学部辖有图书司,其中有编译科,高步瀛所任图书局编纂(编审),应为编译科之职责所在。

辛亥革命后,学部改为教育部,高步瀛入教育部任佥事。1915 年 8 月起,接替夏曾佑(1863—1924)任社会教育司司长;至 1927 年 5 月辞职,"栖迟部曹,十有余年"[②]。

四、高步瀛与旧京文人的交游与社集活动情况

任职教育部期间,除完成日常工作外,高步瀛结交了众多社会名流、学术大家,彼此之间经常相互赠书、问学请益,如同赴宏文学院的同学陈宝泉(1874—1937)、鲁迅(1881—1936)、著名画家陈师曾(1876—1923)、陈垣(1880—1971)、杨树达(1885—1956)等。此外,高步瀛还参加了诸多社集活动。关于高步瀛的交游情况,赵成杰所作年谱已有较多梳理,笔者这里补充高步瀛与陈垣、杨树达的交接。与陈垣的交游以高步瀛致陈垣的四通书札考释为例,与杨树达的交游以杨树达的《积微翁回忆录》为依据。

1. 高步瀛致陈垣书札考释

1921 年 12 月起,陈垣"任教育部次长,代理部务(总长黄炎培不到职)"[③],成为高步瀛之上司。据《陈垣来往书信集》收录高步瀛致陈垣四通书札[④],《陈垣先生往来书札》亦收录影印高步瀛致陈垣原札一

① 朱有瓛主编:《中国近代学制史料》第 2 辑(上),上海:华东大学出版社,1987 年,第 275—276 页。按,汪婉论文中附有"学务处派定各属查学职员衔名录(光绪三十年十二月)",其中张良弼、陈恩荣两人"附注"中皆标明"1907 年以后省视学",与此处朱有瓛所编 1906 年存在差异。

② 姚高淑芳:《追念先父高步瀛先生》,第 41—44 页。

③ 陈智超编:《陈垣简谱》,《陈垣来往书信集》,上海:上海古籍出版社,1990 年,第 823 页。

④ 陈智超编:《陈垣来往书信集》,第 346—347 页。

通(乃《陈垣来往书信集》所收第二通)①,谈及文津阁《四库全书》、文宗阁考辨等,对了解二人之交接、其时之学术交流等皆有参考价值,但至今无人对其进行解释。据陈智超言:“有些来信显然是他有意保存的,每人(或相关的几个人)的来信,用一张白纸夹起来,上面写上姓氏,如高阆仙等等。”②现详考如下,以见二人之往来。

第一通:

圆庵③先生左右:

数日不晤,念念。部中同人拟流通《四库全书》,钞写时间及值价均粗有计算,尚未确定,此事是否能成,今姑不论。同人令弟撰一广告缘起,弟于此事平日未甚考究,仅就所知勉成一稿,未敢自信。同人等均深佩先生于此中历史研求精确,特将敝草呈阅。误处务希是正,以便修改。非独弟一人受益,亦部中同人所亟拜赐者也。拜手以请,伏乞教正。并颂节禧。弟高步瀛顿首。一月廿二日。

上札中所谓“部中”应为教育部。“拟流通《四库全书》”一事,应为影印文津阁《四库全书提要》。

文津阁《四库全书》是七部《四库全书》中的第四部。1909 年 7 月为筹建京师图书馆(后改名北京图书馆,即今国家图书馆前身),清政

① 陈智超编:《陈垣先生往来书札》,《近代文哲学人论著丛刊之二》,台北:“中研院文哲所”,1992 年,第 230 页。

② 陈智超:《陈垣来往书信集·前言》。

③ 陈垣(1880—1971),字援庵,又字圆庵。广东新会人。曾任北京大学研究所国学门导师、故宫博物院图书馆馆长、辅仁大学校长(1926—1952)、北京师范大学校长(1952—1971)等职。主要著述有《元西域人华化考》《敦煌劫余录》《二十史朔闰表》《史讳举例》《沈刻元典章校补》及《元典章校补释例》(后改名《校勘学释例》)等。按,时人称陈垣为“援庵”者多,称“圆庵”者少。整部《陈垣来往书信集》中,称“圆庵”者只有高步瀛、张星烺、柳肇嘉三人。

府批准将文津阁《四库全书》为其贮藏。自1913年12月底由承德避暑山庄启运,1914年1月初抵京,暂存故宫文华殿内,至1915年9月始由京师图书馆正式接收保存。时为高步瀛手下任教育部佥事的鲁迅[①]在其日记中亦记载了此事之经过:

晨教育部役人来,云热河文津阁书已到京,促赴部,遂赴部。议暂储大学校,遂往大学校,待久不至。询以德律风,则云已为内务部员运入文华殿,遂回部。(1914年1月6日)[②]

午后同戴芦舲往内务部协议移交《四库全书》办法。(1915年9月1日)[③]

高步瀛谓陈垣"于此中历史研求精确",诚非虚语。据陈智超所编《陈垣简谱》介绍,陈垣自1893年"开始阅读《四库全书总目提要》。以后几年中,又把此书读了几遍"[④]。其于1920年"六月至八月,在张宗祥等人协助下,检查文津阁《四库全书》,大致摸清了《四库全书》的情况"[⑤]。根据此次检查情况,陈垣作有《四库书目考异》[⑥]。此外,其亦作有《编纂四库全书始末》、《文津阁四库全书册数页数表》、《大唐西域记之四库底本》、《四库撤出书原委》[⑦]等有关《四库全书》的研究文章。

据文渊阁《四库全书》影印本《前言》介绍,"1920年,前辈知名学

① 姚高淑芳追忆其父高步瀛之同事时云:"举世共知之'鲁迅',官名周豫材(树人),在其手下任科长十余年,我在家中,即从来不曾听到提过此人。"

② 鲁迅著:《鲁迅全集》第十五卷《日记》(1912—1926),北京:人民文学出版社,2005年,第100页。

③ 《鲁迅全集》第十五卷《日记》(1912—1926),第185页。

④ 陈智超编:《陈垣来往书信集》,第820页。

⑤ 同上,第822页。

⑥ 收入陈垣撰:《陈垣学术论文集》(第二集),北京:中华书局,1982年。

⑦ 同上。

者陈垣就曾亲自对文津阁本进行清查，统计全部收书 3462 种，列有 103 架，6144 函，36277 册，2291100 页。陈垣先生还细阅文津阁本所收书的提要，发现与《四库全书总目提要》有不少差异，因此与几位学者共同撰写《景印四库全书提要缘起》一文，建议将文津阁本的提要汇集影印出来"[①]。故上札中所谓"同人令弟撰一广告缘起"，应指此事。由此亦发现《缘起》一文乃高步瀛操刀，而终经陈垣改正，非《前言》所谓陈垣"与几位学者共同撰写"。

高步瀛为此事撰写"广告缘起"，乃部中之务。故为"流通《四库全书》"所撰写的"广告缘起"，高步瀛特请对《四库全书》"研求精确"的陈垣"是正"，既是求教方家，亦含向上级汇报之意。此信未署年份，但通过上述梳理，又陈垣于 1922 年 5 月辞去教育部次长职务[②]，故可推测当为 1922 年"一月廿二日"。查检 1922 年 1 月 22 日乃农历腊月廿五，距除夕还剩 5 天，故结尾云"并颂节禧"。

上札中又言"弟于此事平日未甚考究"，实属谦逊。高步瀛于传统四部之学旧有熏染，其任教沈阳萃升书院时，有《四库全书选印目录表》印行，对所选书目，备载其卷数、本数、页数；与《四库全书简明目录》有差异者，亦有所稽考；对"所得知有刻本者，加以备考"[③]。

第二通：

圆庵先生有道：

前奉赐复并文宗阁证据，佩服无似。前弟颇信《午风堂丛谈》，故定为从水之淙。公引清高宗诗，似又较邹氏为确。名从主人，可无异议。转告同人，均以为是，已遵大教改为文宗矣。一字

---

① 文渊阁《四库全书》影印本前言，北京：商务印书馆，2005 年。

② 陈智超编：《陈垣简谱》，第 823 页。

③ 高步瀛撰：《四库全书选印目录表》，收入《东北丛刊》1931 年第十五期，题下有"金毓黻识"。

之师，顶礼无已。谨此鸣谢，诸惟荃鉴。并颂春禧。弟高步瀛顿首。二月四日。

高步瀛与陈垣皆绍继清乾嘉以来学者之校勘学，并有自己的开拓。但世人皆知陈垣之校勘学成就，尤其是其所撰《元典章校补释例》(即《校勘学释例》)，而于高步瀛之校勘学多有忽略或未知。

上札为高步瀛与陈垣讨论"文宗阁"之"宗"。《四库全书》之贮藏向有南北七阁之说：文渊阁、文溯阁、文源阁、文津阁，是为"北四阁"；文宗阁、文汇阁、文澜阁，是为"南三阁"。其中关于文宗阁，学人曾有争论。因其他六阁中间一字皆从水，寓意以水克火，以使藏书免遭火灾，独文宗阁中间一字不从水。

文宗阁位于江苏省镇江市金山寺，建成于乾隆四十五年(1780)。乾隆曾为其作有三首诗：《题文宗阁》、《再题文宗阁》、《题文宗阁叠庚子诗韵》[①]。其中第一首"文宗今古贮层甍"有"文宗"，第二首尾联云："百川于此朝宗海，是地诚应庋此文。"在《文汇阁叠庚子韵》"遂以推行庋四库"句后有小字注曰："壬寅秋，以《四库全书》分弆文渊、文源、文溯、文津四阁者，均可按期蒇事。因思江浙人文最盛，士子愿读中秘书者不乏，允宜广布流传，以光文治。敕于扬州之文汇阁、镇江金山之文宗阁、杭州圣因寺之文澜阁，各贮《四库全书》一分，俾士子得就近观摩。并饬发内帑银百万，于京师雇觅书手缮录全书三分，驿致弆阁，以昭我国家藏书美备，教思无穷之至意。"[②]文宗阁贮藏《四库全书》，正是取百川宗海之意。乾隆写有关于《四库全书》的诗共 107 首，但关于文宗阁的却只有三首。上札中云"前奉赐复并文宗阁证据"、"公引清高宗诗"不知陈垣所赐证据为何、所引诗为第几首，可能为第一首"文

① 分见《清高宗御制诗》四集卷六十九、四集卷七十三、五集卷四，故宫博物院编：《清高宗御制诗》(影印本)，海口：海南出版社，2000 年，第 255、312、192 页。

② 《清高宗御制诗》五集卷四，第 189 页。

宗今古贮层甍”句。

札中高步瀛所提《午风堂丛谈》，其作者为邹炳泰（1741—1820），字仲文，号晓屏，江苏无锡人。清藏书家，其藏书楼名午风堂。另有《午风堂诗集》等。其《午风堂丛谈》乃札记之作，其中卷二提到：

《四库全书》于乾隆三十八年二月初启书局，于四十七年七月告成。计书三万六千册，缮写四分，特建文渊、文溯盛京、文源圆明园、文津热河四阁藏庋。四十七年七月，又命于扬州大观堂建文汇阁、镇江口金山寺文淙阁、杭州圣因寺文澜阁。发帑续缮《四库全书》各一分安贮，俾江浙士子得以就近观摩誊录，嘉惠士林，洵为盛事。①

此条邹氏提及文淙阁，高步瀛初信邹氏之说，当据此。但以《文汇阁叠庚子韵》“遂以推行庋四库”句后之注与邹氏所记相较，知应为文宗阁。陈垣告以乾隆题诗，确胜邹氏。高步瀛不仅“转告同人”，亦遵陈垣而改信文宗之说。

高步瀛对陈垣之校勘学“佩服无似”，并许为“一字之师”。后启功亦称陈垣为“一字的考证”②。

第三通：

奉到赐函及《白集》制二则，谢谢。新旧《唐书·李翱传》均略。前日刺取集中事，有一二年月无从考订者，妄冀《全唐文》中或有状志一证。承示此书不载，恐此疑终难析矣。前呈《心史》与目不合，盖后三书讫未出版也。此上，敬颂圆庵先生著安。弟瀛

① 邹炳泰著：《午风堂丛谈》（八卷）卷二，《续修四库全书》编纂委员会编：《续修四库全书》集部别集类第1462册，上海：上海古籍出版社，2013年，第168页。

② 参张新杰：《陈垣与〈四库全书〉》，《科技情报开发与经济》2013年第7期。

顿首。四月十七日。

此札开头未署称谓,结尾姓名只署瀛,与其他三札略有不同。从札中内容来看,当是高步瀛向陈垣请教关于李翱之事。

"奉到赐函及《白集》制二则",经笔者查检顾学颉校点《白居易集》[①]、朱金城笺校《白居易集》[②]及谢思炜校注《白居易文集》[③],发现《白居易集》中有关李翱之"制"共有两则:《张植李翱等二十人亡母追赠郡县夫人制》[④]和《李愬李愿薛平王潜马总孔戣崔能李翱李文悦咸赐爵一级并回授男同制》[⑤]。两制朱笺均系于长庆元年(821),长安作。其中第二制题中"李翱",谢书作"李翶"。附校云:"李翶绍兴本等作李翱,据金泽本[⑥]改。"陈垣所赐当即此。

札中谓"新旧《唐书·李翱传》均略",《旧唐书·李翱传》所载李翱生平事迹的确简略,共载有三事:1. 李翱上奏论"去太庙朔望上食";2. 因其目睹"史官记事不实",故上"奏状"论史官记事之笔;3. 简单交代其与李景俭之交谊,与李逢吉之不合及因受柏耆牵连被贬官事[⑦]。《新唐书·李翱传》所载亦简略,首言其论史官记事之笔,复载其论兴复太平大略,最后所记李景俭、李逢吉、柏耆事与《旧唐书》大致一样[⑧]。

《全唐文》收李翱文分赋、策问、疏、状、判、书、序、论、箴等体裁共

① 白居易著,顾学颉校点:《白居易集》,北京:中华书局,1979 年。

② 白居易著,朱金城笺校:《白居易集笺校》,上海:上海古籍出版社,1988 年。

③ 白居易著,谢思炜校注:《白居易文集校注》,北京:中华书局,2011 年。

④ 分别见于顾书 1073 页、朱书 3003 页、谢书 703 页。

⑤ 分别见于顾书 1099 页、朱书 3058 页、谢书 795 页。

⑥ 按,金泽本,谢思炜将日本勉诚社 1983 至 1984 年影印《金泽文库本白氏文集》及日本临川书店 2001 年出版《国立历史民俗博物馆藏贵重典籍丛书》文学编第二十一卷影印《白氏文集》统称为"金泽本"。

⑦ 《新唐书》卷一百七十七列传一百二《李翱传》,北京:中华书局,1975 年。

⑧ 《旧唐书》卷一百六十四列传一百一十《李翱传》,北京:中华书局,1975 年。

108篇,其中有状五篇。

札中又提及《心史》一书。此书作者为郑思肖(1241—1318),宋末元初人。原籍福建连江,生于临安(今杭州)。《宋史》《元史》均无其行迹。其所著《心史》,于明崇祯十一年发现于承天寺一口枯井里,且被封在铁函中。故又被称为《井中奇书》、《铁函心史》等。是书分《咸淳集》(一卷)、《大义集》(一卷)、《中兴集》(三卷)、《久久书》(一卷)、《杂文》(一卷)及《大义略叙》(一卷)。既有诗,又有文。此书在明清之际、清朝及民国的文人间产生了重要影响,并受到吉川幸次郎等国外人士注意。具有较重要的文学、史学及思想价值。然学术史上有定其为伪书者,亦有人立证其为郑思肖作①。

然札中所云"盖后三书讫未出版",不知哪三书,可能包括《心史》。而"恐此疑终难析"究难断定高步瀛所要解开之疑为何。

第四通:

圆庵先生左右:

□□□□□□兹有师大学生刘汝霖君欲考藏经以供研究。闻公邃于此学,嘱弟介绍左右。此君勤学精进,得□指导,当益年□□□□□□□望推爱乌之谊,予以指正,则感同身受矣。此上,敬颂撰安。弟高步瀛顿首。五月卅一日。

此札乃高步瀛为其学生刘汝霖写的推荐信。

高步瀛在教育部供职时,曾应校长陈宝泉之邀到校讲学(时为1921年);1927年5月,因愤于奉系张作霖入主北京,其辞去教育部

① 有关郑思肖及《心史》之研究,可详参陈福康著:《井中奇书新考》,上海:上海外语教育出版社,2015年。

职，专任北师大教授[①]。“东北易帜”（1928 年 12 月 29 日）后，其应吴闿生（1877—1949）、王树楠（1851—1936）等敦请，赴沈阳萃升书院任教。1931 年“九一八”事变第二天，高步瀛退归北京，又任教北师大。至 1937 年“七七”事变后闭门不出，前后十六年，与北师大结下不解之缘，所培养学生如王重民（1903—1975）、程金造（1908—1985）等，日后皆成了著名学者。

刘汝霖（1905—1962 年后），河北雄县人。字泽民，号白村居士。1925 年考入北师大国文系，曾与王重民、靳德峻等创办努力学社，与王重民合办《益世报·国学周刊》。1929 年毕业后应南开大学之聘赴天津，1930 年夏返京，任职于北平女子师范大学研究所。其在北师大求学时，任教者有吴承仕、高步瀛、钱玄同、黎锦熙、杨树达等著名学者。受当时整理国故、古史辨运动等学术思潮影响，并得到师大诸师指导，其先后撰成《周秦诸子考》、《崔东壁先生年谱》、[②]《唐玄奘法师年谱》、《嵇中散年谱》、《汉晋学术编年》、《东晋南北朝学术编年》等。

1926 年 1 月，辅仁大学校长英敛之（1867—1926）逝世，陈垣受其临终托付，开始执掌辅仁大学，直至 1952 年[③]。此期间，陈垣还受聘担任北京大学研究所国学门（1921—1932）委员会委员兼导师，北平师范大学历史系主任、教授（1929 年 8 月受聘），高步瀛推荐自己的学生刘汝霖报考陈垣以研究藏经，当是推荐其报考北大研究所国学门，或继续留师大深造。按刘汝霖毕业于 1929 年，故此札当作于刘汝霖毕业之前，高步瀛所推荐者亦应为北大研究所国学门。

陈垣于宗教研究颇深，如火祆教、摩尼教、滇黔佛教等。其任北大

① 姚高淑芳：《追念先父高步瀛先生》：“民国十六年五月，父亲辞去教育部的官职，专任国立师范大学讲师和北京女子师范大学教授。”

② 此处关于刘汝霖之简介，参胡喜云研究论文。刘汝霖所撰《周秦诸子考》、《崔东壁先生年谱》乃受吴承仕、高步瀛、钱玄同等考订古书、整理国故等学术思潮之影响。胡喜云：《刘汝霖与〈汉晋南北朝学术编年〉》，《史学史研究》2009 年第 3 期。

③ 陈智超编：《陈垣简谱》，第 823 页。

研究所国学门导师时，所开课程有“中国佛教史籍概论”；1929 年 8 月，其受聘北师大史学系教授，印有讲义《明末清初教士译著现存目录》，所开课程有“中国基督教资料目录”、“佛教史籍概论”；在辅仁大学，所开课程亦有“中国佛教史籍概论”。高氏称许陈垣于藏经“邃于此学”，诚非虚语。

此札虽短小，但奖掖后进（刘汝霖）、称赞先学（陈垣）之情备载，尤其“感同身受”一词，体现了高步瀛之谦逊。

高步瀛与陈垣之交往多为人所忽略，上所考释四札，也仅可见二人交往之一隅。据姚高淑芳追忆，高步瀛大部分著述原稿及日记，“文革”时遭遇致命毁坏[1]。推测其中当有关于与陈垣交接之记录，然今难以查见，这实在是一件巨大损失！

2. 高步瀛与杨树达的交游情况

高步瀛与旧京文人的交游情况，赵成杰已有考述。本书增补其与杨树达的交游。杨树达早年受业于叶德辉、胡元仪，便立下治训诂学之志。1905 年留学日本，武昌起义后归国，先在长沙各校任讲席。1920 年 8 月底入京，“到教育部国语统一筹备会任职，兼任北京师范学校国语法，北京法政专门学校日文教员”[2]。1921 年二月，“以钱玄同之介任北京高等师范学校国文法教员”[3]。至 1938 年避乱返湘，受聘于湖南大学，其在京前后共 17 年。期间，与高步瀛常有书信往来，讨论学问[4]；高步瀛亦多次将其所著书赠予杨树达，如《唐宋文举要》、《文选李注义疏》等，还曾替邵瑞彭转交赠书予杨树达。现就二人之交接考述如下：

（1）二人之订交始于 1922 年 2 月，据杨树达云，是月“始识霸县

① 姚高淑芳：《追念先父高步瀛先生》：“至于留存大陆未经付印的各种原稿及日记等尚多，风闻经红卫兵之乱，已付劫灰。”

② 杨树达：《积微翁回忆录 积微居诗文钞》，上海：上海古籍出版社，2013 年，第 14 页。

③ 同上，第 15 页。

④ 按，惜杨逢彬整理之《积微居友朋书札》未收录高杨通信。

高阆仙(步瀛)”[1]。是时,高步瀛任职教育部,受陈宝泉之请,兼赴高师任课。二人既是教育部同僚,又皆任教于同一所大学。

(2) 1926 年十二月廿二日,高步瀛将其所著《古文辞类要注》一册赠予杨树达[2]。高步瀛有两种关于《古文辞类纂》笺疏之作:《古文辞类纂笺》(75 卷)[3]及《古文辞类要笺证》(18 卷)[4]。据《古文辞类纂笺》的出版说明,“该书体例大致为:姚氏《序目》散见各类文章之前,对《序》悉加详笺(按,或因文辞浅鲜,姚疏序言前后两小段高笺未予收入),对《目》则详注各选本选入情况于目下。类下按作者编排,文章选篇系于作者之下”[5]。“《古文辞类纂笺》类似专书辞典性质……《古文辞类要笺证》则是以篇章为单位,对姚氏《古文辞类纂》进行笺释。此书尚未有点校本出版”[6]。据杨树达云,此次所得赠书“止论辨类”,而姚鼐《古文辞类纂》正以文体系篇,“论辨类”恰为其所分十三类文体之第一类。故结合以上所述,杨树达所得应为《古文辞类要笺证》。该书成书于 1927 年,与 1926 年相差无几,当是高步瀛先成“论辨类”即赠予杨树达。

(3) 1927 年十二月廿二日,杨树达致高步瀛书,内容“为补《离骚注》二事。次日覆,以余说为是”[7]。高步瀛对李善、王逸注颇尊尚,“谓王、李之注,应视若经子单注,更宜引伸,详为疏解,以成大观”[8]。

(4) 1928 年四月三十日,杨树达致高步瀛书,“阆仙昨日以李善注《羽猎赋》引‘杜邺上书,三垂晏业’之语相问,遍检诸杜上书,不得。

① 杨树达:《积微翁回忆录 积微居诗文钞》,第 16 页。
② 同上,第 30 页。
③ 此书有吉林大学 1997 年影印版。
④ 今有石印本 12 册藏于中国国家图书馆。按,程金造亦指出高步瀛生前出过“《古文辞类要笺证》(非姚氏《古文辞类纂》之书,亦非姚书笺证)十二册”。
⑤ 高步瀛:《古文辞类纂笺》(影印本),长春:吉林大学出版社,1997 年。
⑥ 赵成杰:《高步瀛著述考略》,《重庆科技学院学报》2013 年第 7 期。
⑦ 杨树达:《积微翁回忆录 积微居诗文钞》,第 34 页。
⑧ 尚秉和:《高阆仙先生传》,《民国人物碑传集》,第 666 页。

今日复检，乃知其出《谷永传》，盖以永、邺同传，故善误题也。急告知阆仙”[①]。然查《羽猎赋序》：“虽颇割其三垂，以赡齐民。”李善注曰：“三垂，谓西方、南方、东方。武帝侵三垂以置郡，故谓之割。《汉书》：杜钦上书曰：三垂蛮夷。又雄上书曰：北狄，中国之坚敌，三垂比之县也。”[②]高步瀛所引李善注乃“杜钦”，非杜邺。又“三垂晏业”之说，杨树达指出乃谷永所言，查《汉书》，谷永所言为：“方今四夷宾服，皆为臣妾，北无薰粥、冒顿之患，南无赵佗、吕嘉之难，三垂晏然，靡有兵革之警。”[③]“晏然”与“晏业”又不同。

（5）1929年二月二日晚，高步瀛宴请樊增祥，招杨树达作陪。时樊增祥年八十五，然“精神尚健”。席间，杨树达问樊增祥“养生之方”，樊答曰“独宿”[④]。据樊增祥《高母张太夫人八十寿言序一》谓：“仆年且七十始识高子阆仙于京师。”樊氏生于1846年，樊高二人订交应在1915年左右。姚高淑芳亦曾追忆到：“恩施樊樊山（增祥）先生和父亲算是忘年之交，他比我父亲长二十八岁。常常来家中同父亲谈诗论文，或一同出去吃吃小馆子，偶尔也约集一两位朋友，到戏园里听听京剧。我们结婚时，他亲笔写了一副‘玉树欣看并肩倚，梅花知是几生修’的贺联送来，下款是‘八四老人樊增祥拜贺’。”[⑤]高步瀛论“学文之功夫”，在谈及“为文章”“摭录典故、选择辞句以备应用”时，曾引“樊樊山尝与予言，其少年用工时，曾手录新颖典故十数巨册，故至晚年作诗文，犹喜用僻典，即其幼年所蓄也”[⑥]。此正合姚高淑芳所谓“同父亲谈诗论文”。

樊、高二人又皆为寒山诗钟社成员，《小说月报》第十卷第七号所

① 杨树达：《积微翁回忆录 积微居诗文钞》，第37页。

② 高步瀛：《文选李注义疏》第四册，北京：中华书局，1985年，第1892—1893页。

③ 班固撰：《汉书》卷八十五《谷永杜邺传第五十五》，北京：中华书局，1962年，第3451页。

④ 杨树达：《积微翁回忆录 积微居诗文钞》，第42页。

⑤ 姚高淑芳：《追念先父高步瀛先生》。

⑥ 高步瀛：《文章源流》，《历代文话续编》下册，第1315页。

载“寒山社诗钟(续)四”,参与者有高步瀛、樊增祥、邵瑞彭等。

(6) 1932年至1936年,高、杨二人往来以赠书为主。计有高步瀛所著《文选李注义疏》第四册、《唐宋诗举要》、《文选李注义疏》第一卷再版本、《唐宋文举要》乙编、《唐宋文举要》甲编八卷、《文选李注义疏》第七册。并有邵瑞彭著《太誓决疑》、《尚书决疑》,皆由高步瀛转交杨树达[①]。杨树达对高步瀛之学问多所称赞,评其《唐宋文举要》“注释详明,伟著也”。

(7) 1940年,八月四日,杨树达致书高步瀛,与其讨论杜诗之注释。谓:“杜诗‘刘向传经心事违’者,传经者谓传经于子歆。向反王氏而歆助王氏,故曰心事违也。又‘若为看去乱乡愁’,‘若为’与‘教妾若为容’之‘若为’同,意如今语之‘怎样’。以阆仙《唐宋诗举要》不及此二义,故告之。”[②]高步瀛于“若为看去乱乡愁”句只引朱鹤龄曰:“言幸尔不折花来寄,若看之必动乡愁矣。只此江梅独发,已催人老,况又见东亭之早梅乎?”[③]于“刘向传经心事违”引《汉书·刘向传》曰:“向本名更生,初立《穀梁春秋》,征更生受《穀梁》,讲论六经于石渠。成帝即位,更名向,诏向领校五经秘书。”又引钱谦益曰:“刘向虽数奏封事不用,而犹居近侍,典校五经。公则白头幕府,深愧平生,故曰心事违也。”[④]杨树达所示解释,高步瀛确“不及”。

(8) 1941年三月十二日,杨树达得高步瀛去世讣告,“为之不怡”,其评高氏曰:“阆仙博洽,人品方正。彼死后,北方无学人矣。”[⑤]高步瀛卒年,程金造指为1940年11月。杨树达慨叹“彼死后,北方无学人矣”,虽有过誉之嫌,但高步瀛之学术成就,确可为北方乃至全国学界一代表。师大学生为钱玄同和高步瀛开追悼会,胡适即席发表演

---

① 详参杨树达:《积微翁回忆录 积微居诗文钞》,第65、74、78、81、83、90、104、116页。

② 杨树达:《积微翁回忆录 积微居诗文钞》,第161页。

③ 高步瀛:(全本)《唐宋诗举要》(下册),北京:中国书店出版社,2011年,第560页。

④ 同上,第579页。

⑤ 杨树达:《积微翁回忆录 积微居诗文钞》,第171页。

说，称："钱先生是南方学人的典型，高先生是北方学人的代表。"①

高杨之交接前后达 18 年，限于以上所述，尚有待补。

3. 高步瀛与旧京文人的社集活动

自古以来，社集②便是文人士大夫的一种风雅寄怀之事，如东晋永和九年的兰亭集会，北宋元祐年间的西园雅集等。从文化的角度讲，很多社集已超出了简单的诗酒酬唱，而成为后人竞相追慕的一种生活范式和文化现象，寄托着一种"情结"。历史衍至今天，社集依然是人们所热衷的一种生活方式。高步瀛由晚清入民国，与众多"旧式"文人活跃于旧京的各个角落，常常组织各种社集活动，来抵消他们艰苦岁月中的无奈，表达他们内心的一些诉求，积淀为一段特殊的"生活史"，值得今人认真研究。

(1) 寒山诗钟社

高步瀛到教育部任职后，结识了众多故老、名流，相与组成诗社，举行集会。消遣之余，也寄托着某种情怀。首先参与的便是"寒山社"。

1913 年，寒山社成立，发起人是易顺鼎、樊增祥。易顺鼎取"姑苏城外寒山寺"给这个社命名为"寒山社"。据易宗夔《新世说》云："同光以后，盛行建除体，逐字对嵌，周而复始，名一唱以至七唱，都人士结为寒山诗社，月必数集，雅歌消遣。"③寒山社及其后续的稊园社"是北洋政府时期北京影响最大的诗钟社。寒山社于 1912 年之后的短短几年间举行诗钟赛会 60 多次，参与者多达数百人"④。高步瀛于 1914 年加入寒山社。据姚高淑芳回忆说："樊先生(增祥)和父亲是寒山诗钟

---

① 姚高淑芳：《追念先父高步瀛先生》。

② 本书所用"社集"，包含文人之间的结社、集会。

③ 易宗夔：《新世说》，转引自潘静如：《时与变：晚清民国文学史上的诗钟》，《中山大学学报》2017 年第 4 期。

④ 潘静如：《时与变：晚清民国文学史上的诗钟》。

社的社友。大约在民国六、七年间，他们这批文人，每月总有几晚，聚集在北平宣武门外江西会馆，为诗钟消遣。在诗钟社角艺文，斗掌故，父亲得着不少的奖品。"后来湘乡的陈士苞作了一首《诗钟九友歌》，其中写高步瀛曰："谁其匹者高朗轩，哆口瞠目绕室旋。轩然一笑得佳联，骎骎欲度钟王前。"①可以想见高氏之神态。

诗钟表面看是一种旧式文人的"文字游戏"，因此招致过胡适的蔑视，将其与"对子"一起视为"下流的玩意儿"②。但"其实'诗钟'和'对子'，正是表现中国文字中的骈偶性，只要造意高尚，用字雅训，也是练习文字的一种方法，似不能目之为下流玩意"③。而作为诗钟的作者，高步瀛亦对诗钟持有积极的看法，其《寒山社诗钟续集序》之开篇云：

> 雕虫小事元稹《上令狐相公诗启》，诚非丈夫所为韩偓《香奁集序》。吐凤标华王勃《宴宋五官宅观画障序》，即有灵仙之气宋之问《安平王别序》。尚羽大击谢良辅《洪炉赋》，指牛汉而忘归王勃《上武侍极启》。亢首高歌陈子昂《送吉州杜司户审言序》，应鲸桴而寫制太子贤《西明寺钟铭序》。幽吟所托宋之问《春夜令狐正字田子过敝庐序》，尽得欢心裴度《钧天乐赋》。陶铸之余王勃《秋日饯别序》，别成新趣沈亚之《凿山引瀑记》。断章摘句李商隐《元结文集序》，抑亦古诗之流杜甫《进三大礼赋表》。清谈浩歌李白《送张承祖之东都序》，复与疏钟相间王维《山中与裴迪书》。④

诗钟虽属游戏之事，却要求创作者有较高的文化素质。诚如高步瀛所谓虽"雕虫小事，诚非丈夫所为"，然却可"吐凤标华，即有灵仙之气"，并且"幽吟所托，尽得欢心。陶铸之余，别成新趣"。而且诗钟尽

①②③ 姚高淑芳：《追念先父高步瀛先生》。

④ 高步瀛：《寒山社诗钟续集序》，《小说月报》第十卷第七号。

管“断章摘句”,却“抑亦古诗之流”。因此,诗钟既是一种文学现象,也是一种社会现象,且构成了中国古典诗学历程的一部分①。

(2) 稊园社

寒山社开始没有固定的活动场所,后关赓麟加入,将其南池子官豆腐坊胡同的别墅稊园作为固定场所供诗社活动。据《稊园吟集缘起与复课经过》载:“(寒山社)后由高阆仙、曾重伯、李孟符、侯疑始、靳仲云、丁阁松、宗子威发起,以稊园园主而名社。与城西诗社互为犄角,寒山社友遇春秋佳日,于游宴之暇,迭有唱酬,延至二十年不衰。稊园旧例,兼倡钟钵,于即席成咏外,复增邮课,以广嘤求。国都南迁,稊园在宁,别创清溪诗社,东南人俊云集,以冒疚斋、胡眉仙、游元白、彭云伯、黄茀怡、关吉符、靳仲云、黎铁庵、翁铜士、王愓山为翘楚。国难忽乘,旧雨多西徙,在渝仍袭旧号,迭有吟章。自寒山并入稊园,钟声绝响。稊园又与林子有、郭蛰云,另组瓶花簃社,郭氏捐馆,更名咫社……”②

“稊园”在民国时甚有名气,与傅增湘的“藏园”、郭则沄的“蛰园”和张伯驹的“似园”合称“四园”。稊园落成之时(1914 年),关赓麟邀集社中同仁赋诗吟咏。除却吟诗填词,还由李霈绘制了《稊园雅集图诗卷》长卷,引首由徐世昌题写。上有 18 人题跋:关赓麟、高步瀛、赵惟熙、樊增祥、金葆桢、陈振家、翁廉、杨毓瓒、郭曾炘、刘敦、贺良朴、李滨、陈歗湖、朱绍阳、唐益公、叶恭绰、商衍鎏等。高步瀛为这次雅集做了一首《稊园落成》诗:

如海王城虱处裈,浮生何处寄诗魂?结庐小作蜘蛛隐,绕树初闻乌雀喧。

隔院疏墙通地脉,连峰叠石拥云根。江关一例沧桑感,多事

① 潘静如:《时与变:晚清民国文学史上的诗钟》。

② 转引自潘静如:《时与变:晚清民国文学史上的诗钟》。

兰成赋小园。

王森然评高步瀛之诗，说其律诗近李商隐。从这首《稊园落成》看不出义山的味道。雅集之作，因是逢场，故少佳作。这首诗颔、颈二联描绘稊园景致，首、尾二联则感慨时命，尽显沧桑。尤其庾信之典，既切合稊园，又契合心境。

1925 年，关赓麟重修稊园。稊园诗社于是年上巳举办了大型的修禊集会，地点选在了江亭，即陶然亭。陶然亭向为京华文人之青睐，早在道光年间，宣南诗社成员徐宝善、黄爵滋等人便于此发起“江亭饯春”、“江亭送秋”（道光十年），道光十二年五月又有“江亭消夏”活动。稊园社的江亭修禊由樊增祥召集，参加人员据白居易的《三月三日祓禊洛滨》分韵作诗。高步瀛也参加了这次集会，并作《乙丑江亭修禊，得鷖字》。

由寒山社、稊园诗社到青溪诗社、咫社和稊园吟社等，直到 1964 年前后此诗社才渐渐消亡。由晚清入民国，由民国到新中国，前后绵延半个世纪，这期间时代转换所投射在这个诗社上的影子，若细细勾勒，则可呈现出一幅斑斓的民国画。

（3）射虎社与隐秀社

高步瀛是民国时北京著名的谜家。1916 年，高步瀛与樊增祥、易顺鼎、罗敦曧、刘柎、宋敦甫等人联络社外谜家张郁庭、韩少衡、金子乾诸人，在宣武门外徽州会馆组织成立谜社，在薛少卿提议下取名“射虎社”（即猜谜）。1920 年初，射虎社解散后，高步瀛又与刘柎、关赓麟、顾震福、张郁庭等人重新组建了“隐秀社”。社名“隐秀”本《文心雕龙·隐秀篇》，由高步瀛改定。隐秀社的灯谜活动，关赓麟曾与高步瀛等人负责选编过《隐秀社谜选初编》。

（4）留春宴

1914 年 3 月，就任国史馆长的王闿运曾邀集天下名流共赴法源寺开留春宴，人各赋诗。陈衍、罗惇曧、姚华、陈师曾等皆与会，高步瀛亦参与了这次盛事。王闿运《法源寺留春会宴集序》云："垂暮之年，忽有游兴。粤以甲寅三月，重谒金台。京国同人既皆失职，其有事者又异昔时。怀刺不知所投，认启不知所问。乃访旧迹，犹识寺门。遂请导师，代通鄙志，约以春尽之日会于寺寮。丁香盛开，净筵斯启，群英跫至，喜不遐遗。感往欣今，斐然有作。列其佳什，庶继兰亭；亦示所怀，以和友声。"[①]高步瀛在这次集会上写了四首诗，其中第四首云："花落无从返旧柯，水流那见逐回波。年年纵有春来日，数尽光阴奈老何。"

除去以上社集活动，1920 年代，高步瀛还曾参与思辨社，"谈学论辨，往往达于夜分"[②]。他还参加了 1919 年徐世昌开设的"晚晴簃诗社"。此诗社虽为编纂清诗总集而设，但社中人亦常常诗酒酬酢。

高步瀛的教育行政时间虽然不长，但任职期内，依然做了诸多"成绩昭著，收效綦溥"[③]之事。而其与旧京文人的交游与社集活动，则为他提供了一个"学术圈"、"生活圈"，使得动荡的艰苦岁月中亦时常闪烁着传统文人士大夫的情怀，远远超出了表面的斗酒嬉戏。

首先，这是对自古而来的文士社集活动的一种继承、追慕和仿效。兰亭集会上王羲之所发抒的对宇宙人生的感慨，西园雅集上的风流高雅，这些前代的社集情景，深刻影响着后人一次次追慕这种"市隐"生活。而当现实生活遭受挫折，或生命走入晚景，社集活动又往往成了一群"垂垂老矣"之人借以感慨兴叹的凭借。如上面提到的留春宴，王闿运之所以号召此次集会，也是因为前此经历了"夷患初兴、京师被寇、东南渐定"一系列历史变局后，才借此集会与同仁一起感慨流年。

① 王闿运撰，马积高主编：《湘绮楼诗文集 · 湘绮楼文》卷九补遗，《湖湘文库》甲编第 195 册，长沙：岳麓书社，2008 年，第 288 页。

② 革痴（李泰棻）：《忆思辨社》，张伯驹编：《春游社琐谈》，北京：北京出版社，1998 年。《我所知道的李泰棻》，《文汇读书周报》2004 年 9 月 24 日第 7 版，载《读史杂识》。

③ 姚高淑芳：《追念先父高步瀛先生》。

世事辗转，人生垂暮，参透兴亡，故其序后有诗云“天地悲歌里，兴亡大梦中”[1]。高步瀛的“年年纵有春来日，数尽光阴奈老何”也是对荏苒人生的无限感慨。再如高步瀛《稊园落成》所写的“江关一例沧桑感，多事兰成赋小园”，20 世纪初的中国诚如庾信《小园赋》所写的“关山则风月凄怆，陇水则肝肠寸断”，因此高步瀛睹稊园而借“小园”抒发了对国事的忧心。

其次，文士之间的社集活动给旧京文人提供了一种消遣的生活，也在各自的内心营造了一种宁静风雅的生活范式。清季民初的社会动荡，所发生的一切给人们的生活、心境等各方面都产生了影响。文士之间的社集活动，使参与之人如抛却了尘世的苦闷、烦恼，在诗酒酬酢间享受“市隐”的乐趣。或如潘静如所论述的，这是一种“游戏尘寰”的“颓废美学”[2]。

再次，文士之间的社集活动俨然成了一种风雅的文化现象，这种现象包蕴着诸如艺术（诗词、书画）的创作与传衍、旧式文人面对新时代的思想波动、学术交流等。因此，这种文化现象历千年而不衰绝，即使到了今天，社集活动依然是现代人们的一种精神的栖息。我们也可借这种文化现象来走入历史深处，去感知时人内心的喟叹。

第三节　晚年的教授生涯（1930—1940）

高步瀛一生最重要的角色还是“教师”。任职教育部期间，他曾到北师大[3]、北平女子师范大学、中国大学做兼职教授。到北师大兼课，

---

① 王闿运《法源寺留春会宴集序》，《湘绮楼诗文集・湘绮楼文》卷九补遗，第 288 页。

② 潘静如：《时与变：晚清民国文学史上的诗钟》。

③ 北师大的前身是 1901 年清政府重建的京师大学堂下设的“师范馆”，1904 年，师范馆改为京师优级师范科；1908 年，京师优级师范科改为京师优级师范学堂；1912 年，京师优级师范学堂改为北京高等师范学校；1923 年，北京高师被教育部批准改为北平师范大学；1931 年，北平师范大学与北平女子师范大学合并，定名国立北平师范大学。

是应陈宝泉之邀，时为 1921 年，“授所注桐城姚氏《古文辞类纂》一书，而不受薪酬，至是，遂为国立北平师范大学教授”[①]。1927 年 5 月，高步瀛辞教育部职务，自此专任北师大教师。后曾短暂至沈阳萃升书院任教。归北京后至七七事变爆发，一直任北师大教授，并间至莲池讲学院任教。七七事变爆发后，由江朝宗主持联合一批遗老成立了北京古学院。处在日本人统治下的北平，古学院的学人与日伪政权存在着暧昧不明的关系。此期间，曾有人请高步瀛去讲课，遭到拒绝。生命的最后时光，他接受余嘉锡等人之请至辅仁大学任教。

一、短暂的萃升书院时光

1928 年 12 月 29 日，张学良通电全国，宣告东北三省易帜。在于省吾的建议下，张学良决定重建萃升书院。张学良遣使赴京敦请王树楠、吴闿生赴奉执教。开始二先生还推辞，后经使者“国学存亡，惟系于先生，及今不图，殆将颓废，先生岂可辞乎”一番慷慨陈词后，又考虑到京城非久居之地，二先生遂应邀前往。王树楠就任山长兼经学教师，吴闿生教授《尚书》、《史记》。张学良又请高步瀛主讲“三礼”和“两汉六朝文”。加上史志专家吴廷燮、于省吾、高亨等，以传授国学为宗旨的萃升书院一时闻名全国[②]。

关于高步瀛在萃升书院教学的时间，一直未有定论[③]。据金毓黼给高步瀛所著《选学纲领》所写的“识语”中言“今年秋，先生来主萃升书院讲席”[④]，《选学纲领》刊于 1930 年的《东北丛刊》上，故“今年秋”

① 程金造：《高步瀛传略及传略后记》，《晋阳学刊》1983 年第 4 期。

② 详参徐红岚：《张学良复兴萃升书院》，张学良暨东北军史研究会编：《张学良暨东北军新论》，北京：华文出版社，1993 年，326—329 页。

③ 王立群谓“高步瀛任教萃升书院，当在张学良重建学院(1928)之后与 1931 年为日军解散之间”。王立群：《20 世纪现代〈选〉学对清代传统〈选〉学的继承与发展》，《阜阳师范学院学报》2002 年第 1 期。

④ 金毓黼：《选学纲领识语》，《东北丛刊》1930 年第十一期。

指1930年秋。据目前所见资料,高步瀛自己提及至萃升书院共两次,一次在《哀江南赋笺》"识语"中谓:"辛未秋,莅沈阳萃升书院讲席,草成此笺,授诸生。"辛未为1931年。另一次在《段懋堂顾千里论学制书平议》开篇揭示作此文之缘由,云:"壬戌秋,余在沈阳,稍稍究心三礼,以考古代学制。……先成《学制郑义考》一篇,与夏氏《学制统述》,所见颇有异同。未及续赓,竟值九月十八日之变,仓卒归北平。"①壬戌为1922年,此时高步瀛并未至沈阳,故此处所记有误。王森然亦云:"奉天易帜,归政中央,先生偕二三老宿,度辽就聘萃升书院,主讲三礼举要,成书三卷;骈文举要,成书二卷。……民国二十年(一九三一)秋,辽宁乱,未浃旬而东北军西退卢龙,所谓九一八事变者也。先生既义不与守,乃退归北平,仍任教师范大学。"②亦可证明"壬戌在沈阳"所记有误。

就聘萃升书院诸教授皆一时名宿。高步瀛在这里讲授"三礼"和"两汉六朝文"③,另外结识了像王树楠、金毓黻等人,除此便是研究著述。此期他不仅"授文选学,手辑讲义,署曰《选学举要》"④,还撰写了《选学纲领》(刊于《东北丛刊》第十一期)、《四库全书选印目录表》(刊于《东北丛刊》第十五期)。尤其是他所撰著的《哀江南赋笺》,缘于"苦无善注"、"统观徐(树穀、树炯兄弟)吴(兆宜)倪(璠)三家注皆

---

① 高步瀛:《段懋堂顾千里论学制书平议》,《师大月刊》(三十二周年纪念专号),1934年。

② 王森然:《高步瀛先生评传》。

③ 姚高淑芳:《追念先父高步瀛先生》。

④ 金毓黼:《选学纲领识语》。按,王立群疑《文选举要》出版于《文选李注义疏》之前,谓"其作或为高氏据《文选李注义疏》增补《文选》通论部分而成",然由金毓黼识语可知,高步瀛应是1930年秋至萃升书院任教,《选学举要》乃《文选李注义疏》之"简本",故亦应在《义疏》出版以后。王立群之观点,见氏著:《20世纪现代〈选〉学对清代传统〈选〉学的继承与发展——以20世纪前期为中心》。又据吉林省图书馆所藏《文选李注义疏》,第一卷版权页题"民国十八年八月出版",亦可证明《纲领》出版于《义疏》之后。参赵爽:《〈古文辞类纂笺〉写作时间及特点初探》,《牡丹江师范学院学报》(哲学社会科学版),2013年第2期。笔者推测,《选学纲领》当为高步瀛任教萃升书院时编写的讲义。

不满意”①，然恰值“九一八”事变前夕，目睹“国破山河在”，“哀江南情节”所蕴蓄的缅怀家国天下、伤悼生民涂炭之感充溢肺腑。因此，在笺释“思归王子”的最后，高步瀛指出“全篇之宗旨”乃“乡关之思”。这种家国情怀一直横亘于高步瀛的胸臆之中，在他的历代文举要中也有体现。

二、北京师范大学的“名师”

1930 年秋高步瀛至萃升书院任教，遂中断了北师大的教学。然 1931 年“九一八”事变第二天即回到了北京，再次任教北师大。至 1937 年“七七”事变，日军攻占北平，北师大被迫迁往了西安，高步瀛亦闭门谢客。若从 1921 年到北师大兼课开始算起，高步瀛任教北师大的时间达 15 年之久。

高步瀛在北师大期间的交游广泛，如黄节、钱玄同、吴承仕、黎锦熙、孙蜀丞、沈兼士、杨树达等，曾与孙蜀丞、杨树达等参加思辨社②。任教北师大期间，高步瀛还曾兼任由北师大山西籍毕业生集资创办的成成中学的庶务主任③、“代国立女子师范大学秘书长，摄行校长职”④。高步瀛是北师大倍受欢迎的名师，程金造曾记载，北师大诸生

① 高步瀛：《哀江南赋笺》“识语”，《师大月刊》1934 年第十四期。

② 据杨树达回忆，一九二二年，五月，“思误社（后改‘思辨’）假歙县馆为第一次会集。晤歙县吴检斋（承仕）、程笃原（炎震）、洪泽丞（汝闿）、盐城孙蜀丞（人和）。……孙为次公（按邵瑞彭，字次公）弟子，北大法科学生。四君外为邵次公、朱少滨、尹石公及余，凡八人。以后两周一集。后来陆续入社者有陈援庵（垣）、高阆仙（步瀛）、陈匪石（世宜）、席鲁思（启驷）、邵伯䌹（章）、徐森玉（鸿宝）诸君。”杨树达：《积微翁回忆录 积微居诗文钞》，上海：上海古籍出版社，2013 年，第 16 页。又李泰棻（字革痴）回忆，“一九二零年左右，北京有‘思辨社’之集。社员仅十余人，据所记忆者为：黄侃、邵章、邵瑞彭、杨树达、吴承仕、陈垣、尹炎武、洪泽臣、陈匪石、朱师辙、孙人和及余。……一九二五年冬，余出长绥远教育，离京出社，继以黄、陈、尹、洪等先后南下，社亦无形解散。”李泰棻所忆与杨树达所记稍有差异。参李泰棻：《忆思辨社》，张伯驹编：《春游社琐谈 · 素月楼联语》，北京：北京出版社，1998 年，第 340 页。

③ 参《北京师大周刊》1924 年第 239 期“萧澄高步瀛张昆玉启事”。

④ 程金造：《霸县高先生行状》，《国文月刊》1948 年第 69 期。

听说高步瀛将要从萃升书院回北平时,“高先生复来教授,国文系有生气矣”①。

1931年,重回北师大的高步瀛陆续撰定了多部任课的讲义,其中便包括本书的研究对象:“周秦文举要笺证四卷,汉文举要笺证四卷,魏晋文举要笺证四卷,六朝文举要笺证四卷,唐宋文举要甲编散文八卷,乙编骈文四卷(明清文举要笺证甲编二卷,乙编二卷)”②。此期任教,高步瀛也与几位日后成名的学生订交,如程金造、王重民、孙楷第、顾学颉、刘春霖等。

清末之学制改革虽催生了近代性质的学堂,后又创建大学,引进西式教育,然萃升书院诸教授所传授者,仍以传统经史之学为主。上世纪初的中国大学也已经逐渐完成了从四部之学到七科之学的转变,然高步瀛任教于北师大期间,用以教授的却仍是承自古代的文章选本,这不得不让人思考开展文学教育所赖以依据的“教材”应该是何面目?整体性的时代前进与区域性的传统、保守,两者之间的差距也值得我们重新审视所谓的“新文化革命”所取得的实绩,与一代人思想履迹转变漫长过程之间的龃龉。但我们也看到,尽管高步瀛、王树楠等老辈宿儒以传统之学教授现代之人,但并不影响各自所要传授之道,比如民族存亡关头之大义,高步瀛作《哀江南赋笺》,“烽烟遮地蜀云暗,鼙鼓动天湘水寒”③的无奈吟咏,皆为各自心声的表达。

本章通过对高步瀛一生行迹的梳理,目的是尽可能还原高步瀛及其所生活的晚清民国这一“背景”。对这一背景的还原,使我们深刻认识到:高步瀛的学术积累、师友交接,影响了他在为文著述时的“述学”文体选择,这对于我们下面讨论其历代文举要的文本性质、体例特点

① 程金造:《霸县高先生行状》。
② 王森然著:《高步瀛先生评传》。
③ 《津门感怀》,作者署名“前人”,《东北丛刊》1931年第十五期“诗录”。

及选文思想等提供了一些学理性的线索。晚清民国的社会动荡、军阀混战、民族危机等影响国计民生的大背景，对我们分析高步瀛历代文举要所蕴育的家国情怀提供了一定参考。梳理高步瀛的教学生涯，会发现历代文举要的产生既与高步瀛的学术根柢有关，也与当时的文学教育、文学史教材编撰情况有一定关联。

第二章

历代文举要之文本性质、体例特点及其意义分析

第一节　历代文举要之文本性质及其意义分析

晚清民国之学制改创，使时人面临着文学如何研究与教育的问题。对这一问题的思考，不仅折射出时人对文学之定义与想象，对其教学内容的探索与范围，也可借此透视时代变转对于文学的价值重估，体现着这一学科的萌芽与完善。但回到历史现场，我们会发现其时用以开展文学教育的教科书（或编排的课程）并非如今天所想象的那么简单。

古人用以传授技法、文道等的选本在时代变转的关头并未黯然消逝，而恰恰在一定程度上承担起了文学教育乃至语文教学的功能。而"'文学教育'所承担的功能，远不只是文学常识的传播、审美情操的

熏陶、写作技法的练习；往往还兼及思想启蒙、乃至介入社会变革”[①]。

高步瀛之历代文举要正是基于以上背景而呈现兼及教科书与文章选本的性质，与民国学人对文学史的教学与书写同一途辙。

一、 作为教材的历代文举要

晚清民国学人之著作很多为其教学之讲义（或讲演录），后经修订出版；有些则在作者生前只以讲义的形式（或学生的笔记）流传，至作者逝后，才经人整理出版[②]。高步瀛之历代文举要，首先便是以讲义的形式流传。

高步瀛在北师大兼课时，所用教材为其所注《古文辞类纂》[③]。1927 年后主要开设“散文选”一课[④]，所据教材，即其编选并笺注之历代文举要讲义。

高步瀛之历代文举要自先秦开始，一直延续到明清，其中《唐宋文

① 陈平原：《作为学科的文学史》，北京：北京大学出版社，2011 年，第 109 页。

② 陈平原曾指出：“晚清以降，随着新教育的迅速扩张，学者们的撰述，包括了专著、演讲、教科书等；而这三者之间的边界，表面上壁垒森严，实际上很容易自由滑动。按理说，不同的拟想读者和传播途径，必定影响作者的述学文体。可在实际操作中，好的系列演讲，略加整理就可成书（如《中国小说的历史的变迁》）；教科书若认真经营，摇身一变，又都成了专著（如《中国小说史略》）。”见《分裂的趣味与抵抗的立场——鲁迅的述学文体及其接受》，《文学评论》2005 年第 5 期。

③ 即《古文辞类纂笺》，据赵成杰考证，是书清抄本藏于吉林大学图书馆，清稿本藏于中华书局。此书于民国初元（1912）开始写作，大约成书于 1929 年或稍前。此书是高步瀛对姚鼐《古文辞类纂》的笺释，文末附录《诸家事迹考略》4 卷，共计笺释 700 余篇文章。吉林大学于 1997 年出版影印本。

④ 据朱及群回忆，其在北师大读心理学时，另选中文系为其“副系”。当时任教中文系的教授有：文字学概要钱玄同、学术文郑振铎、散文高步瀛、新闻学概论朱自清、词选孙蜀丞、现代汉语黎锦熙、昆曲高步云等。见谷向阳主编：《我的花季》，北京：中国友谊出版公司，1994 年，第 176 页。又任访秋就读北师大中文系期间（1929—1933），任教的教授开设的课程有：钱玄同的《国音改革》、《经学史》、《说文研究》，陈垣的《史学名著选读》，高步瀛的《散文选》，吴承仕的《经典叙录》，黎锦熙的《比较文法》，孙人和的《词选》，沈兼士的《文字学》，徐祖正的《文学概论》等。中国人民政治协商会议南召县委员会文史资料研究委员会编：《南召文史资料》第十一辑，1999 年，第 17 页。

举要》于其生前已出版,迄今共出过四版[①]。1987年以来,中华书局组织专人先后整理高步瀛存于中华书局的遗稿《散文选(先秦部分、两汉部分、魏晋部分)》、《经史诸子文选》、《骈文举要》、《南北朝文举要》,并统一以《先秦文举要》、《两汉文举要》、《魏晋文举要》及《南北朝文举要》为名出版,却一直未见《明清文举要》。然据高步瀛《文章源流》中论析文体源流时常举元明清之作,如论"词"体,举元刘因之《白云辞》、明刘伯温之《送龙门子入仙华山辞》、清朱彝尊之《醉司命辞》,并云"皆较为可观者也",由此知高步瀛对宋以后之文亦熟稔[②]。

晚清学部颁行的《奏定大学堂章程》(1904年1月)中对"中国文学门"的科目进行了划分,其中"主课"共有七科:文学研究法、说文学、音韵学、历代文章流别、古人论文要言、周秦至今文章名家、周秦传记杂史·周秦诸子。对于"周秦至今文章名家",《章程》作如下说明:

> 周秦至今文章名家之文集浩如烟海,古来最著名者大约一百余家,有专集者览其专集,无专集者取诸总集。为教员者,就此名家百余人,每家标举其文之专长及其人有关文章之事实,编成讲义,为学生说之,则文章之流别利病已足了然;其如何致力之处,听之学者可也。[③]

"说明"对该科之内容进行了限定,而"编成讲义"提示出当时关于此科教材之缺乏。非止此科如此,民国时曾兴起过"讲义热"[④],这一方

① 关于《唐宋文举要》之出版情况,可参郑凯歌:《〈唐宋文举要〉研究》第一章第一节,广西大学2012年硕士学位论文。

② 高步瀛:《文章源流》,余祖坤编:《历代文话续编》下册,南京:凤凰出版社,2013年,第1570页。

③ 璩鑫圭、唐良炎编:《中国近代教育史料资料汇编·学制演变》,上海:上海教育出版社,1991年,第357页。

④ 可参金鑫:《民国大学中文学科讲义研究》,南开大学2014年博士学位论文。

面说明在时代转轨面前转变学术传统的艰难，另一方面也提示着时人因应社会变化的敏感及为此付出的努力。

高步瀛之历代文举要作为大学教材，不仅合乎《章程》中“周秦至今文章名家”一科所规定的内容，从其选文、笺注、考辨等内容来看，亦与清末之国文选本编纂潮流及民国学人如林传甲、黄人、刘师培等对中国文学史的探索与书写相应。现代学科体制下的中国文学史、文学理论（概论）和文学批评在早期呈现混一、模糊、交集的特质，诸教授之讲义或曰文学研究法，或曰中国文学史，或曰文章流别，然所指并非十分明确。体例上的不统一，造成了各自对内容选择及内涵阐释的分歧。但对历代文章源流之梳理、文章体式之辨析，则表现出了承自先贤的一贯性与统一性。

1938 年，朱自清与罗常培“承教育部委托撰拟大学中国文学系科目草案”，该草案“又经过一番修订，二十八年六月，交给大学各学院分院课程会议讨论。同年八月教育部根据这次会议的结果，颁布了分系必修选修科目表”[①]。据这份科目表显示，“历代文选”一课分周秦、汉魏、六朝、唐宋四段，规定“每段三学分。本组学生必须选习两段”[②]。由此科目表亦可见高步瀛二三十年代所讲历代文举要之顺应时流。

作为讲义，历代文举要所涵盖的内容十分广泛，诸如文章学、礼学、史地学、考据学、校勘学、文字学等知识皆可从中习得，这体现出早期文学史教材内容的多元性。“晚清以降，讲授中国古代诗文，到底以知识传授为主，还是兼及趣味与技能，是个难题，至今没有很好解决。”[③]高步瀛之历代文举要作为其《散文选》一课的教材，除了传授相关文学知识，其主要目的，仍在于为学生疏解诸体文章源流，培养其鉴

① 朱自清：《部颁大学中国文学系科目表商榷》，《朱自清全集》第二卷《国文教学》，长春：时代文艺出版社，2000 年，第 391 页。

② 同上，第 398 页。

③ 陈平原：《作为学科的文学史》，北京：北京大学出版社，2011 年，第 82 页。

赏的能力，更为其习作提供范本，以提高表达的技术，诚所谓“用备学者习肄”①。

二、 作为选本的历代文举要

在古代，选本的功用除了表达编选者的批评意识、创作宗尚外，至科举时代主要是给士人写作（应考）提供一种参考、借鉴。时至晚清，士人依然需要应考，故选本依然发挥其具体的指导功用。然民国肇创及相应的教育改制，选本是否还有其存在的价值？古文选本是否还合于时人需要？若需要，应该以何种面目呈现？

署名“丁易”的在《谈选本》中介绍选本时云：“诗文选本，按照目录学，应该是称为总集的。那大抵是文人们对于文学上有所主张或见解，自己又表示谦虚，不愿动手著作，于是将古人或今人文章甄别选择，集成选本，以自表现。目的既是如此，所以选的时候是十分郑重的。古文家尊为圭臬的《古文辞类纂》，姚鼐当初选的时候，就认真得很，到了晚年，还屡有更动。因此好的选本，实际上就是选者自己的著作，假如将《古文辞类纂》当作姚鼐自己编著的散文史来看，或是将五朝诗别裁集当作沈德潜编著的诗史来看，那是没有什么不可以的。”②

认真梳理民国时的文学教育史（学校发展）会发现，不止大学有选本，即如中等学校亦有名目纷呈的选本。选本既以教育方式的形式继续在新时代延续其生命，也以个人创作的形式示人，所谓“实际上就是选者自己的著作”也。虽然“近世中国学人有一个传统，就是看不起选本。他们觉得读书若只读选本，只算是陋人，而不是学人”。但事实却无法抹灭选本的历史意义。“近代兴办学校以后，大学中学课程的标准共有三变：一是以专籍为课本，二是用选本，三还是用选本，但加上

① 高步瀛：《唐宋文举要》甲编《序言》，上海：上海古籍出版社，1982 年。

② 丁易：《谈选本》，《天风》1945 年第 22 期。

课外参考书。”①

民国时中小学尚有教材供讲授,但大学文学史一课,却端赖各教授之自编讲义。因此,选本在民国时兼作教材②,更突显了其历史意义。

三、历代文举要的建构与过渡意义

以西方之散文概念而论,历代文举要实是对中国古代散文史的建构——以“要”文来呈现某个时代、某个作家、某类文体之代表特点;而对诸体文章源流的梳理,是晚近民国诸学人配合当时学部或教育部学制之规定而做出的实际努力——即以梳理文章源流,辨别诸体文章,融合训诂、校勘、考证等学科方法而建构起的文学史。具体到桐城文派的实际,这又与桐城先哲讲授文章的传统相关。从选本的发展历史来看,历代文举要介乎传统文章选本与现代文学作品选本之间,体现出一定的过渡意义。

1. 历代文举要的建构意义

(1) 文章选本之于散文史写作的意义

中国古代没有“散文史”的概念,而是以“文章源流”的意识建构起文章的流衍。晚清民初,西学的引入冲击着中国传统的文学理论体系,尤其“史”的概念一时成为时人著述的“共同点”,诸如诗史、词史、戏曲史、小说史及文学史等,成为各学科之早期典范,深刻影响了后人之研究。

散文史亦是其中一种,且有着相沿已久的传统,即自古便标榜的

① 佩弦:《论中国文学选本与专籍》,《中学生》1930年第10期。按,佩弦即朱自清,该文收入《朱自清全集》第二卷《国文教学》(时代文艺出版社2000年版)。

② 陈立夫曾为正中书局出版的《大学一年级国文选本》作序,据这套书的“编者按”,“本书约二十万言,为部定大学用书,各学院共通必修科用书之一”。参陈立夫:《大学一年级国文选本序》,《出版界》1944年第1卷第6—7期。

“魏晋文”、“六朝文”、“唐宋文”等，至晚清民初仍具有其产生时的范畴意义。20世纪30年代成书的陈柱《中国散文史》，全书共分五编：骈散未分时代之散文（夏商周秦）；骈文渐成时代之散文（两汉三国）；骈文极盛时代之散文（晋及南北朝）；古文极盛时代之散文（唐宋）；以八股为文化时代之散文（明清）。表面看是以骈散之演化为断限标准，实际是以时代为断限。至20世纪80年代成书的郭豫衡《中国散文史》（上中下三册），分先秦、秦汉、魏晋南北朝、隋唐五代、宋辽金元、明、清七编，亦以时代断限建构起散文史。虽然，方苞曾诋诃“文章限于时代”之论①，然以时代为限来建构散文史的思路，不仅源远流长，而且有其一定的合理性。

这种以时代为限来建构散文史的思路，正是高步瀛历代文举要的具体实践。其以先秦、两汉、魏晋、南北朝、唐宋、明清为限，通过选录各时段之“要”家、“要”文，实际上完成了对中国散文史之建构。这种建构，对今天之散文史研究仍有一定的借鉴意义。

此外，文章选本所选文很多皆“经典”，为我们今天之散文史建构提供了基础性材料与论断依据，亦体现出其重要价值。

（2）文章选本之于文学史的建构意义

晚清民初，文学史之写作与学科建设成为很多学人的重要工作。如胡适《白话文学史》、刘师培《中古文学史》的写作，不仅仅是一种学术著述，而内隐着文学理论的建构、宣言与争夺话语权的努力。20世纪之文学史著述积帙盈箱，迄今仍不辍，然早期之文学史著述尚歉人意。1928年，刘永济任教东北大学，编有《十四朝文学要略》，其在“叙论”中曾论到：

① 方苞曰：“战国之文峭而儇，惟乐毅《报燕王书》从容宽博，有叔向、国侨遗风。东汉之文滞而繁，惟孔明此表高朗切至，实《尚书》陈戒之苗裔。故曰：言者心之声也，惟其有之，是以似之。谓文章限于时代，特俗子之鄙谈耳。”高步瀛：《魏晋文举要》，第89页。

> 文学之有专史,征之往籍,不少概见。其近似者,则有若仲治《流别》之俦,公曾《叙录》之类。虽名高往代,而零落殆尽,千载而下,莫由寻讨。其仅存者,厥惟彦和舍人《文心雕龙》,都五十篇,如精金美玉,称文苑之鸿宝焉。然自萧齐以下,至于逊清,世逾千祀,人盈百千,综比撰述,阙焉无闻。虽国史方志之中,有儒林文苑之传,又皆限于时地,局而弗通,不足以考见古人之全,阐发兹事之美。其余诗话文谈,率皆师友雅言,随手纪录,纵片言赏会,而条贯靡存,至有挟私诬蔑,溢情颂美者。论其品格,又斯下矣。今代学制,仿自泰西,文学一科,辄立专史,大都杂撮陈篇,补苴琐屑,其下焉者,且稗贩异国之作,绝无心得之言,求其视通万里,心契千载,网罗放失,董理旧闻,确然可信者,尚无其人。……是则文学史者,直轮扁所谓古人之糟粕已矣。[①]

虽歉人意,然诋之"伦扁所谓古人之糟粕"则属过严。按诸高步瀛之历代文举要,则为其时文章学之通例。观乎周祺《国文述要》[②]等,要皆自先秦述至清,一尊晚清民初学制所定之"文章源流"。且"文章"之概念已包含西学所谓的"四体"(诗歌、小说、散文、戏剧),实即今之文学史之全部。故高步瀛等之文章选本,虽以梳理文章源流为目的,实是对建构中国文学史的一种实践。虽"文章"仅为文学之一类,却凭之而探索、呈现了一代文学风貌。

有学者指出,林传甲、黄人、窦警凡等人之"中国文学史"著作,本质上是"中国文章学史"。如郑振铎《插图本中国文学史》"唐诗文学"的基础"是《唐百名家诗》和《全唐诗话》这样的诗选本和诗话"[③]。由

---

① 刘永济:《十四朝文学要略》,上海:中国文化服务社,1946 年。

② 见余祖坤编《历代文话续编》中册。

③ 参孙少华、徐建委著:《从文献到文本:先唐经典文本的抄撰与流变》"前言",上海:上海古籍出版社,2016 年。

此,亦可见高步瀛之文章选本与早期“文学史”的撰写潮流有着内在的统一性。

2. 历代文举要的过渡意义

文学自其发源,经过漫衍而形成史,一些传统得以承传。深入地对文学之某一体式(或文体)进行考察,洞悉此一体式之来龙去脉,则有益于后人对其扬弃时能够持有较为客观的理念和标准。对这些体式进行考察最直接、最便捷、最丰富的载体,则莫过于选本。选本作为文学作品的一种汇聚方式,不仅内隐着编选者的主观意愿(或个人偏好),同时也会比较鲜明地标识出编选者对文学的定义,及某一群体为文的客观追求及整体风范。而面对浩瀚的文学作品,从某种意义上说,选本也为我们的考察提供了便利。及至近现代,选本依然是我们进入文学世界的一扇便捷的窗口。

选本还作为一种文学批评方式及文学批评史料为人所注意,尽管这种方式的学术价值隐藏在作品的分类、排序或评点的背后。诸如文学概念的内涵和外延、文学的分类和风格等围绕文学的问题,都可通过对某一选本的研究而得到较为清楚的理解。

作为古典文学重要体式之一的古文,自唐韩愈倡言以后,益为士人载道言志之选择,并且可通过对其考察来反观统治者的政策蕲向及学术思想的内在传承①。古人重道统的构建、维护与传承,相伴而来的,则是文统的构建,且二者有着相辅相成的关系。古文作为文统构建的重要凭借,既得到过欧阳修、王安石、曾巩、“三苏”、归有光等文人的宗尚,世换时移,也受到过明“七子派”、清骈文派的攻讦。尤其到了晚清民初,面对过渡时代的种种境遇,古文再一次承受着反对派的诋

① 如桐城派散文的发展与清廷的学术导向有很大的关系,参陈平原:《从文人之文到学者之文——明清散文研究》第八讲《文派、文选与讲学》,北京:生活·读书·新知三联书店,2004 年;王兵:《论清廷学术宗尚对桐城派文论及其选本实践的影响》,《北方论丛》2008 年第 4 期。

毁和时代的考验，如梁启超曾反对人们学习古文："至于古文，本不必别学，吾辈总须读周秦诸子、《左传》、《国策》、'四史'、《通鉴》及其关于思想、关于记载之著作，苟能多读，自能属文。何必格外标举一种，名曰古文耶？……学者如必欲就文求文，无已，则姚鼐之《古文辞类纂》，李兆洛之《骈体文钞》，曾国藩之《经史百家杂钞》可用也。"①古文连同其他各种古典文学体式一起，最终在"文学革命论"的大旗下，成了殉葬品。

但从语体变革的意义上来说，尤其按诸国文教学的实际，白话文虽获得了一种显性的胜利，古文却并未完全消失。黎锦熙在《中等学校国文选本目录提要》的"前言"中曾把清末自林纾以来"国文教科书"的编订分为三期，其中针对第三期，他说到："民八以后，新文学兴，部令改小学国文为国语，于是语体文始得在中学课本中占有相当之地位；即选古文者，亦渐具文艺的眼光与整理国故之新头脑。"所举教材如顾颉刚、叶绍钧等编《国语教科书》（六册），提要介绍："第三四册……文言以唐宋六朝文为最多；第五六册则文言文占十分之七，以汉魏周秦及近人谈国故之文为多。所选古文，分量虽减而范围颇广。"②古文不仅与新文学轩轾难分，并且在某些领域依然葆有其无法比拟的魅力和价值。从文体之争到语体变革，从选文到国文的语词转换，此间深隐着关乎思想、学术、政治以及世道人心的考量，值得我们一次次回眸。

---

① 梁启超：《国学入门书要目及其读法》，原载《清华周刊》281 期的"书报介绍附刊"三期，1923 年 5 月；又连载于《晨报副刊》1923 年 6 月 14 日至 23 日，后收入《饮冰室合集》第十册。转引自刘东、文韬编：《审问与明辨：晚清民国的"国学"论争》，北京：北京大学出版社，2012 年，第 484 页。按，梁启超此处所谓"古文"，是广义的"古代散文"，故所举例子有古文派的《古文辞类纂》和骈文派的《骈体文钞》。

② 黎锦熙先生作中等学校国文选本目录提要始于 1925 年，时任职于教育部编审处。1927 年曾在《新教育评论》第 3 卷第 11、12 期上分两期刊载，此时尚把国文选本之编订分为三期；迨至 1932 年在《师大月刊》第二期上发表题为《三十年来中等学校国文选本书目提要》，又将国文选本之编订扩为四期。

从文章选本的角度来讲,高步瀛之历代文举要正体现了从古代选本过渡到近代文学教材选文,进而转变为今天古代文学教学的辅助教材文学作品选(如朱东润上古版、郭预衡上古版、袁世硕人社版等)的中介意义。而从文章典范的角度来讲,他不分骈散,精心拣选、笺证的古代文章,也正为现代白话文典范的确立提供了一定的借鉴意义。1903 年张百熙、张之洞等人上呈《学务纲要》,其中指出:"古文所以阐理纪事,述德达情,最为可贵。骈文则遇国家典礼制诰,需用之处甚多,亦不可废。"①

"若夫椎轮为大辂之始,大辂宁有椎轮之质;增冰为积水所成,积水曾微增冰之凛。何哉?盖踵其事而增华,变其本而加厉。物既有之,文亦宜然;随时变改,难可详悉。"②历代文举要即"详悉""随时变改"之"文",又呈现出时代变幻所折射在民国学人身上的烙印,又可藉此去分析他们的治学之术、触摸他们的经世情怀,以及距离古文退出话语主流后的今天学习古文的现实意义,尤其是我们越来越呼唤的"人文关怀"。

第二节 历代文举要之体例特点及其研究意义

历代文举要有着较为统一的著述体例,这种体例与桐城派用以教授学生的选本体例相一致,但高步瀛未在序言或篇首加以说明。历代文举要各篇选文分题解、分段、批点、笺注、集评③五种体例形态,现对其特点缕述如下。

① 舒新城编:《中国近代教育史资料》上册,北京:人民教育出版社,1961 年,第 204 页。

② 萧统:《文选序》,萧统编,李善注:《文选》,上海:上海古籍出版社,1986 年。

③ 按,就目前所见,《南北朝文举要》于每篇选文下多注明文献出处,《唐宋文举要》中有些选文下有版本说明。

一、历代文举要的体例特点

1. 题解

题解或“解题”是中国古人的一种著述体例，如唐吴兢之《乐府古题要解》、宋陈振孙之《直斋书录解题》（此为私藏目录）等。对于诗文题目的“题解”，则早至汉人为《诗经》作注已发其源。历代文举要各篇之题解系于选文标题下，内容包括作者简介，选文的创作缘由、流传情况、文体特性等。大抵依正史所载而有所剪裁，或依前人成说而有所辩证。比如《过秦论（上）》题解介绍贾谊云：

> 贾谊，洛阳人。汉文帝召为博士，超迁至太中大夫。欲任以公卿之位，绛、灌等短之，乃出为长沙王太傅。又为梁怀王太傅，卒。《史记》、《汉书》皆有传。①

贾谊见《史记》卷八十四《屈原贾生列传》、《汉书》卷四十八《贾谊传》。贾谊被文帝“召为博士”，乃因吴廷尉言其“颇通诸子百家之书”。“超迁”则是因其“每诏令议下，诸老先生不能言，贾生尽为之对，人人各如其意所欲出”，令文帝“说之”。“短之”者亦有“东阳侯、冯敬之”。而如宣室对席、谏封列侯、吊屈原、赋鹏鸟、悼怀王等，高步瀛一概省略。

再如关于《左传》之作者左丘明，今人有怀疑者，高步瀛则先引《史记·十二诸侯年表》、《汉书·刘歆传》、《汉书·艺文志》所载证明“左氏名丘明”，又引段玉裁《经韵楼集》卷四之考证以充实之②。

高步瀛对选文作者之介绍，并非简单裁录史籍，有些正史无载者，其通过钩沉史籍予以绍介。如孙觌，《宋史》无传，高步瀛则“据本集

①② 高步瀛：《两汉文举要》，北京：中华书局，1990年，第1页。

及周益公序，证以《建炎系年要录》、《三朝北盟会编》、《直斋书录解题》"“揭其大略”，并指出《四库书目》卷一百五十七所载“先后颠倒，极为谬误，不可据也”，而《万姓统谱》所载，“尚不如此之谬误”①。

对选文之创作缘由，亦多本于正史所载，而以他书佐之。如魏文帝《与吴质书》，高步瀛引《文选》李善注引《典略》曰：

> 初，徐干、刘桢、应玚、阮瑀、陈琳、王粲等，与质并见友于太子。二十二年，魏大疫，诸人多死，故太子与质书。

对李善注所引，高步瀛引《魏志·王粲传》所载“文帝书与元城令吴质”事佐之，云“与李注引《典略》正合”。然对于“魏大疫”之时间，高步瀛举出《中论》旧序言“建安二十三年春二月遭厉疾”，与《魏志》《典略》所言“二十二年”不合。高步瀛又引《后汉书·孝献帝纪》所载“建安二十二年，是岁大疫”来证《中论》旧序之误，并指出《四库书目提要》卷九十一对此问题云“莫考其孰是”之“疏”。又对文帝是《书》作于二十三年，引《王粲传》注引《魏略》所云来证明②。

有些题解则对选文之文体予以溯源、解析。如曹植《求自试表》，对“表”这种文体，高步瀛引蔡邕《独断上》对“表”之体式的要求，并加按语云：“凡表中不具其‘诚惶诚恐’等字者，盖后人节去，当时表中皆依式有之。”③《魏晋文举要》包括五篇表，皆未见“诚惶诚恐”字样，当如高步瀛所言“盖后人节去”。

有些题解则对选文之源流予以辨析，如曹丕之《典论·论文》。长期以来，学界对《典论·论文》的讨论集中于文学批评理论方面的意义。在题解中，高步瀛的着眼点则在于对《论文》这篇文之源流的梳

① 高步瀛：《唐宋文举要》乙编，第1654页。

② 高步瀛：《魏晋文举要》，北京：中华书局，1989年，第7页。

③ 同上，第18页。

理。他先引《魏志·文帝纪》“帝好文学，以著述为务，自所勒成垂百篇”，从背景上揭示出曹丕有作《论文》的可能性。接着引《明帝纪》、《三少帝·齐王芳纪》注引《搜神记》所载魏明帝下诏将曹丕之《典论》刻石立于庙门之外及太学，以彰显是书之不朽。但世事纷乱，据裴松之云其随征至洛阳时，“历观旧物”，在太学见到了《典论》刻石，但在庙门外并未见到。便请教当地长老，告知此刻石只在太学处立。晋朝袭用魏庙，并把刻石由太学移到了庙门，并非两处皆立。高步瀛继引《水经·榖水注》载蔡邕刻“熹平石经”、魏正始中刻三体石经、魏明帝刻《典论》六碑。接引严可均《全三国文》卷八对历代载籍有关《典论》著录情况之梳理[①]。通过高步瀛之梳理，《论文》之创作、流传情况清晰明了。反观当今学者对《典论·论文》的分析，鲜有对此篇源流详细梳理者[②]。

此外，《南北朝文举要》则于每篇选文下交代其载籍选录情况。如周弘让《答王褒书》，题目下注明其见于：“《周书》卷四十一《王褒传》，《艺文类聚》卷三十人部十四，《册府元龟》卷九百五总录部书信三，梅氏（按，梅鼎祚）《陈文纪》，严氏（按，严可均）《全陈文》卷五，《四六法海》卷八。”[③]再如傅亮《为宋公修张良庙教》，注明见于：“《宋书》卷二《武帝本纪中》、《文选》李善注本卷三十六、六臣注本同、《集注》本卷七十三、《傅光禄集》张溥《汉魏六朝一百三家集》本、梅鼎祚《历代文纪·宋文纪》、严可均《全上古三代秦汉三国两晋南北朝文·全宋文》卷二十六。”[④]由此不仅可知所选篇章的源流，亦可藉此窥见高步瀛之选文渊源。

---

① 高步瀛：《魏晋文举要》，第 13 页。

② 按，刘跃进在《文艺批评的初祖——读曹丕的〈典论·论文〉》一文中对《论文》之作、流传有所梳理，但未提及严可均《全三国文》。见载于《文史知识》2016 年第 2 期。

③ 高步瀛：《南北朝文举要》下册，第 527 页。

④ 高步瀛：《南北朝文举要》上册，第 1 页。

2. 分段

汉人注经,“前汉时尚无注之名”[1],而多名为“章句”。《汉书·艺文志》载《易经》有施、孟、梁丘章句各二篇;《尚书》有《欧阳章句》三十一卷,大、小《夏侯章句》各二十九卷;《春秋》有《公羊章句》三十八篇、《穀梁章句》三十三篇[2]。后“章句”不仅用来注经,亦可阐释诗词,尤其八股策士之讲疏。

桐城派习惯对选文先分章,再断义,继以疏解字词。此注解思路正与“夫人之立言,因字而生句,积句而成章,积章而成篇”[3]的创作思路相反。姚永朴谓:“盖不先将段落分清,何由寻古人线索而得其精神?惜抱先生于文之深古者,每注明各段大意;曾文正读书尤详于分段……凡读古人之文,每篇必求其主意而标志之,寻其伦次而分画之。明于古人之‘有伦有脊’,而后我之作文能‘有伦有脊’也。”[4]高步瀛之历代文举要正是继承了这种传统。下面以司马相如的《谕巴蜀檄》(见《古文辞类纂》六诏令类、《经史百家杂钞》卷十诏令之属)为例,来分析姚、曾、高三人之分章断义:

段落	古文辞类纂	经史百家杂钞	两汉文举要
第一段	“告巴蜀太守”至“山川阻深,不能自致”。	“告巴蜀太守”至“不能自致。……故遣中郎将往宾之”。	“告巴蜀太守”至“不能自致。……故遣中郎将往宾之……亦非人臣之节也”。

---

① 高步瀛:《文章源流》,《历代文话续编》下,第1384页。

② 班固撰:《汉书》卷三十《艺文志第十》,北京:中华书局,1962年。按,高步瀛《文章源流》“论议二 传注”之“注”类,亦解说“章句”。《艺文志》所载章句,皆有称引。详参《历代文话续编》下册,第1384—1385页。

③ 刘勰:《文心雕龙》卷七《章句第三十四》,《丛书集成初编》第2624册,北京:中华书局,1991年,第47页。

④ 转引自吴孟复:《桐城文派述论》,合肥:安徽教育出版社,2001年,第194页。

续表

段落	古文辞类纂	经史百家杂钞	两汉文举要
第二段	“夫不顺者已诛……故遣中郎将往宾之”至“亦非人臣之节也”。	“发巴蜀之士各五百人”至“皆陛下之意也”。	“夫边郡之士”至“人之度量相越，岂不远哉！”
第三段	“夫边郡之士”至“其被刑戮，不亦宜乎！”	“当行者或亡逃自贼杀，亦非人臣之节也”至“膏液润野草而不辞也”。	“然此非独行者之罪也”至“其被刑戮，不亦宜乎！”
第四段	“陛下患使者有司之苦彼”至“咸谕陛下意，毋忽！”	“今奉币役至南夷”至“其被刑戮，不亦宜乎？”	“陛下患使者有司之苦彼”至“咸谕陛下意，毋忽！”
第五段	无	“陛下患使者有司之苦彼”至“咸谕陛下意，毋忽！”	无

细读原文，文中“今闻其乃发军兴制，惊惧子弟，忧患长老，郡又擅为转粟运输，皆非陛下之意也。当行者或亡逃自贼杀，亦非人臣之节也”。“皆非……”，“又非”显然为并列句，故曾国藩将其分属上下两段乃不宜。从曾国藩所概括段义来看①，亦不如高步瀛。高步瀛将姚鼐所分第一、二段合为一段，概括段义曰：“以上发军兴之失，及蜀民惊恐之非，即下所谓晓谕百姓以发卒之事也。”亦较姚鼐所分为优。

3. 批点

桐城派注重多读书，读书时喜欢在书眉、书脚及文中加批点，既有对宋人诗文评点之法的继承，也兼吸取明清制艺评点、小说戏曲评点之特色。其主要用意在于揭示文章之法。高步瀛之历代文举要亦复如是。然因现代出版技术排印之难，原著中之批点皆被省略。现只能

① 具体参曾国藩编，熊宪光、蓝锡麟等注：《经史百家杂钞今注》，上海：上海书店出版社，2015 年，第 593—594 页。

就《两汉文举要》所附《报任少卿书》之批点、《唐宋文举要》中部分选文作一说明,以窥历代文举要批点之全豹。

从批点内容来看,有提示文章结构、层次的,如"提笔振起","每排叙后必随手作总结,章法所以明晰","一句拨转,如神龙掉尾,纯用逆势,而下文情事已含蓄其中,东坡所谓笔所未到气已吞也","转笔振"等。

有揭示句法的,如"以下多用三字短句,愈觉劲挺","字法句法","短句劲健"等。

在《唐宋文举要》中,高步瀛对部分选文于文中或征引前人,或加己说,用以提示文章结构、艺术特色等。如韩愈《南阳樊绍述墓志铭》:"樊绍述既卒,且葬,愈将铭之,从其家求书……"高步瀛于此句后引方苞评语曰:"樊文士也,故首举所著书。"用方苞之评语来提示韩愈作此铭之开篇之法。在"生而其家富贵,长而不有其藏一钱,妻子告不足,顾且笑曰:我道盖是也"后,高步瀛引汪武曹评曰:"叙其性情,亦与文词相关合,盖其文词必出入仁义也。"由汪氏评语可见樊氏文词出入仁义与其性情相关,所谓文如其人也[①]。

陈新曾总结说:"桐城派圈点文章,也有黑点、实心圆点、空心圆点、横截(黑杠)等分别,由于搞得太繁琐,其涵义当时也未必说得清楚,今天的被淘汰,自是历史的必然。"[②]另有学者指出高步瀛所征引的前人评点及自己的评语"往往不免偏重形式","不能作为文学批评来看"[③]。这种对批点(或评点)轻忽的缘故,杨明先生曾总结说:"一是以为评点层次低,只不过便于初学,难登大雅之堂;二是因明清评点每多讲文脉、章法,受八股影响,八股文既被否定、排斥,则评点也受其累。"但"其实层次之高低,主要取决于评者的眼光、见解,而不在于形

① 高步瀛:《唐宋文举要》甲编卷三,第380—381页。

② 陈新:《点校后记》,《两汉文举要》,第294—295页。

③ 刘大杰、钱仲联:《唐宋文举要前言》,第6页。

式。评点虽显得零碎，也难于发表理论色彩强烈的高言谠论，但从具有真知灼见、艺术感悟的片段之中，正可以归纳、概括出评点者的观点、倾向，而且有血有肉，更为准确。至于讲究意脉、章法，正是我国古人为文的一大优点。不信笔所之，以锤炼求自然，以约束求放达，古代有那么多脍炙人口、流传千古的诗文，与这样的好传统大有关系。”[①]这种圈点、评点方法固然有其局限，但其对文章精义的提示、层次结构的分析等，即使在今天依然有其指导意义。只是今天的出版方式限制了这种批点本的再现，很多有价值的批语也就随之湮没无闻了。尤其《唐宋文举要》所征引曾国藩之评语，受20世纪60年代的政治气候影响，出版时被删削，此一行径不禁让人想起四库馆臣之删书。幸赖80年代上海古籍出版社再版时，据原版恢复了删节文字。

4. 笺注

历代文举要最重要的体例是其笺注，且这部分最能见高步瀛之学问。笺注之内容包括字义、典故、职官、制度、名物等。笺注方法有引文释义、引前人旧注而加以剪裁辩证、引史释典、注重研究史之梳理、文史互证等。

笺注字义，高步瀛首以训诂学经典著述为依据，如《说文解字》、《尔雅》、《方言》、《广雅》等；其次则依据代表笺注家之说，如《史记》三家注、《汉书》颜师古注、《左传》杜预注、《文选》李善注等，再参以清人之考证，如顾炎武、王念孙等。

笺注典故，多引史书及前代文献。典故分事典和语典，高步瀛亦皆予以溯源。如《过秦论下》有载：“野谚曰：‘前事之不忘，后事之师也。’”高步瀛引《战国策·赵策》：“张孟谈曰：‘前事不忘，后事之师。’”[②]再如《为郑冲劝晋王笺》“昔伊尹有莘氏之媵臣耳，一佐成汤，

① 见杨明为《〈文选〉评点研究》所作序言，赵俊玲：《〈文选〉评点研究》，上海：上海古籍出版社，2013年。

② 高步瀛：《两汉文举要》，第23页。

遂荷阿衡之号"之"阿衡",高步瀛引《吕氏春秋·本味篇》载伊尹归汤,引《史记·殷本纪》载伊尹名阿衡,引《诗·长发》曰"实维阿衡,实左右商王"①。

笺注职官、制度、名物等,多据史书,并据前人之注而加以辩证。如《陈政事疏》"输之司寇,编之徒官"之"司寇",高步瀛先引颜师古之说,谓:"司寇,主刑罚之官。"继引王念孙之考证。王念孙认为此处之司寇当作司空,并引《周官·大司寇》、《史记·儒林传》、徐广注、《汉书·陈万年传(附陈咸)》、《汉书·百官表》等来证明己说。高步瀛则又引周寿昌驳斥王念孙之考证,引王先谦同意王念孙之考证②。

5. 集评

集评是明清时期对文学名著加以评点的最通行的一种形态③。高步瀛之历代文举要,于每篇选文后皆辑录前人评语作为总评,对选文艺术特色予以揭示,同时亦为后人欣赏提供参考。这些评语大多采自桐城人,有些亦为桐城外人,有时则为高步瀛自评。据笔者统计,所称引者,清以前有真德秀、归有光、茅坤等,清及晚近有何焯、方苞、姚范、姚鼐、方展卿、储欣、沈德潜、浦起龙、彭兆荪、杨佩瑗、李兆洛、蒋士铨、许梿、陆云龙、曾国藩、谭献、吴汝纶、张裕钊、吴闿生、姚永概、李慈铭、刘综尧、尚秉和等。

这些评语或论体式气脉,或论气势意境,或论结构布局,或论韵律辞藻,然皆可归为"神理气味格律声色"这八字。如引谭献评王融《三月三日曲水诗序》曰:"宽博过颜,而精炼稍逊。至于嫖姚生动,同一机杼。"④把王融此篇与颜延之同题之作相对比,并赞其"嫖姚生动"。

通过以上五种体例形态,笺注字词,诠释典故,分析章句,揭示层

---

① 高步瀛:《魏晋文举要》,第80页。

② 同上,第62页。

③ 可参曾绍皇:《试论明清时期文学名著的"集评"现象》,原载于《复旦学报》2012年第5期,收入黄霖主编:《文学评点论稿》,南京:凤凰出版社,2017年,第10—23页。

④ 高步瀛:《南北朝文举要》,北京:中华书局,1998年,第174页。

次结构，又评析艺术特色，字、句、章、篇各个部分皆予以观照。通过对选文典范的诠释来揭示所代表文体的特色，从而形成对整个文章发展史的梳理与定位。

二、历代文举要体例的研究意义

历代文举要的五种体例形态不仅是文学评点研究的重要组成部分，其本身也体现出多重研究意义。

首先，通过各体例形态所包含的内容，我们可以对所选“文”有更全面、更深刻的认识。这里再以颜延之《三月三日曲水诗序》为例，该文“题解”交代了此文收录情况以及创作之由；分段让我们清楚了各段的主要内容；最后辑录谭献评语，知此文艺术成就之高在于其气势、情文，以及符合“俪体”的创作规范。而笺注则让我们了解了一些字词意思，尤其是一些带有考证意味的笺注，除去理解词义外，更可见高步瀛之卓识，如本书对其中“三月三日”、“上巳祓禊”的考辨，堪称一篇考据的范文。

其次，通过批点我们可以了解古人，尤其是桐城派的鉴赏标准，并进而探讨一些文论思想（或“范畴”）。选文后所附评点，若单一而论，只是提示我们对选文艺术特色的认识；然若综合起来看，便可发现一些共同的文论思想。

再次，历代文举要的体例形态对今天的古籍整理具有一定的借鉴价值。古籍整理是一项千秋万代的工程，现代学术体制下的古籍整理依然承袭古人一些成熟的方法，如笺注、评点。现在一些古籍通俗读本的笺注只是简单的注明“某字某义”，其他如解题、赏析这样的“形态”也为了适应大众的接受程度而有异于古人，像高步瀛历代文举要这种注出语源、解题、评点的方法是不适宜的，但在一些带有学术研究意味的古籍整理中却随处可见。因此，从这一点来说，研究历代文举要的体例形态也可对今人从事古籍整理工作提供一定的借鉴。

第三章

高步瀛对传统选学的梳理与辨证

选学自隋唐兴起以后,历经宋元明清,代有著述。迄于今,千年选学之累累成果已成为我国学术史、思想史、文化史重要的组成部分,值得今人认真总结、继承。晚清民初的社会动荡、西学与中学的互汇交融,促使选学研究者一方面对传统选学做出自己的继承与判断,一方面也必须对时代命题做出自己的回答。其中,高步瀛作为一名选学大家,用自己的研究与著述,为选学史的建构做出了卓越贡献。本章以历代文举要中的"两汉"、"魏晋"、"南北朝之齐梁"三段举要文为中心,将高步瀛之文选学研究置于学术史中予以评价和定位。

第一节 高步瀛选学研究实绩

高步瀛夙习《文选》,自谓:"予少时习举业,见昭明《文选》,意其彩藻宏丽。私自讽诵，遇不解者，辄稽于注。”[①]后断续注《文选》，直至去世前，在课堂上讲授者仍是《文选》。

梳理高步瀛选学研究历程，首先从其自述入手。在《文选李注义疏叙》中，高步瀛曾简单提示了他接触选学的几个时间点：

1. 初接触选学著述：“后以公车至京师，得汪氏《文选理学权舆》一书读之，乃渐搜集诸家关于《文选》之著作，择其善者，逐录书眉，然犹未有撰著之志也。”[②]汪氏指的是汪师韩（1707—1774 或以后），《文选理学权舆》一书乃汪氏晚年之作，骆鸿凯评曰：“是书发挥选注，缕举最详，俾世之为选学者，得门而入，裨益非浅。”（《文选学·源流》）高步瀛中光绪甲午（1894）顺天乡试举人，故其接触《文选理学权舆》应在是年之前。高步瀛之选学研究亦深受汪师韩影响[③]。

2. 始纂讲义：“近年承乏北平大学师范院教授，任有《文选》科目，始有讲义之作。”“北平大学师范院”即北平师范大学。高步瀛在北师大的教学情况已详前述，他在北师大所授科目为“散文选”，此处高步瀛所谓“任有《文选》科目”，非其言有误。校方的课程设置为散文选，但高氏所讲内容亦应有《文选》。

3. 损益《义疏》，以付剞劂：在至萃升书院之前，即 1929 年的 8 月间，高步瀛将其任教北师大的《文选》讲义进行整理，即《文选李注义疏叙》所谓：“今夏无事，复取讲义损益之，以付剞劂。”故金毓黻指出《选学举要》“取《文选》如（若）干篇，章解而句析之，盖即《义疏》之简本”。

高步瀛之选学研究实绩主要是《选学举要》、《文选李注义疏》和对见于《两汉文举要》、《魏晋文举要》及《南北朝文举要》“齐梁”段的部分《文选》文的疏解，其中既有文体辨析，又有章解句析等。对高步

---

①② 高步瀛：《文选李注义疏叙》。

③ 可参看王立群：《20 世纪现代〈选〉学对清代传统〈选〉学的继承与发展》，《阜阳师范学院学报》2002 年第 1 期。

瀛选学研究成就的评定,大多忽略了其在两汉、魏晋、南北朝三阶段举要文及《选学举要》中所阐发的相关论述。

《选学举要》共8卷,据赵成杰考证,"中国国家图书馆及河南大学图书馆藏有此书。……内容大致可分为文选通论和文选选读两部分。通论部分,包括《文选之作》《文选之由来》《李善文选注》《五臣文选注》《文选诸家注》《诸家评李注及五臣注之优绌》以及《文选序》《李善上文选注表》《李注略例》。选读部分,所选为四篇赋:《两都赋》《甘泉赋》《子虚赋》《上林赋》"①。至今无点校整理本出版。其中"通论部分"之《文选之作》《文选之由来》《李善文选注》《五臣文选注》《文选诸家注》《诸家评李注及五臣注之优绌》以总名"选学纲领"刊在《东北丛刊》第十一期《学术》栏上。而《文选序》及《李善上文选注表》则置于《文选李注义疏》篇首。另《文选序》收录于《南北朝文举要》,《李善上文选注表》收录于《唐宋文举要》。

特别指出,在《选学举要》"文选诸家注"部分,高步瀛选录自唐常宝鼎《文选著作人名目》三卷至晚近李详《文选拾瀋》一卷,计44家。此统计尚不包括《文选之作》中所提及诸家。高氏对部分注作偶有考辨,如《文选集注》一百二十卷,高氏标出其版本"日本金泽文库残本",并标明"上虞罗氏印十六卷"。此版本为高步瀛之校勘助力尤多。另高氏在最后指出:"以上不过举其大要。此外如顾炎武《日知录》、王念孙《读书志余》、姚范《援鹑堂笔记》、洪颐煊《读书丛录》、徐鼒《读书杂识》、钱泰吉《曝书杂记》,或校选文,或考选注,其关于《文选》研究均甚重要。其他散见诸家文集、笔记者,不可胜举。要在随时搜辑采录,皆可为参考之助也。"②此可谓一简单的选学研究史。此目之作,远绍古之目录学家,近参张之洞《书目答问》所列"选学家",而开示时人如骆鸿凯、周贞亮及后学屈守元等之门径。

---

① 赵成杰:《高步瀛著述考略》。

② 高步瀛:《选学纲领附录》。

另附录有关《文选》之四事：郑文宝《南唐近事》载张佖知贡举试“天鸡弄和风”，遭到士子质问，高步瀛加按语，引李善注；陶岳《五代史补》、吴任臣《十国春秋·后蜀毋昭裔传》所载毋昭裔刻《文选》事；陆游《老学庵笔记》载北宋初士人竞尚《文选》，有所谓“文选烂，秀才半”之称，至庆历后风气一转，竞尚之风渐熄；王应麟《困学纪闻》载李善注《文选》，有文选学之称及杜甫教儿习《文选》、张佖试“天鸡弄和风”事①。

最后为李注略例。高步瀛举张云璈《选学胶言·注例说》、钱泰吉《曝书杂记·文选注义例》所论李善注义例，并加自己之考辨及驳正。《东北学刊》所载应非《略例》全部。

《文选李注义疏》诚为奠定高步瀛学术史地位的一大力作，所谓“悬诸国门难易一字之书”②。曹道衡、沈玉成和赵成杰皆谓该书于1929年开始动笔，然据笔者前文梳理高步瀛与杨树达之交游，1928年4月二人即有书信往来讨论《羽猎赋》李善注之事。而且，高步瀛早在民国初元已从事《古文辞类纂》之笺注，《类纂》中不乏见于《文选》之篇目，此亦可算作高步瀛治《文选》李善注之业。

《义疏》之作计划60卷，但天不假年，至高步瀛病逝止成8卷。然此8卷已足可见高步瀛之学识。是书共收赋14篇：班固(2)《两都赋》，张衡(3)《西京赋》、《东京赋》、《南都赋》，左思(4)《三都赋序》、《蜀都赋》、《吴都赋》、《魏都赋》，杨雄(2)《甘泉赋》、《羽猎赋》，潘岳(1)《藉田赋》，司马相如(2)《子虚赋》、《上林赋》。题材涉及京都、郊祀、耕藉、畋猎四类。

《义疏》之出版断断续续，当是高步瀛整理完一卷，便交由出版社。

---

① 骆鸿凯《文选学自叙》于“天鸡之问，博涉《尔雅》”后小字注引郑文宝《南唐近事》；于“清晖望舒，缤纷入用；王孙驿使，雅故相仍”后小字注引陆游《老学庵笔记》。两条注释与高步瀛所录二事相同。

② 金毓黻：《选学纲领识语》。

这可从前文梳理杨树达与高步瀛交游得一佐证。至 1937 年中华书局方出齐全部 8 卷《义疏》。是书之版本，曹、沈在《义疏》前言中提及“解放前曾由北平文化学社排印出版”。另有台湾广文书局 1966 年版，当今流行的乃曹、沈二先生点校的中华书局 1985 年版。

高步瀛之选学研究持续了近 30 年(1912—1940)，留存于世的两部著作虽有人提及、研究，但终歉人意。所谓“文章千古事，得失寸心知”(杜甫《偶题》)，或可表达高步瀛之心声吧！

第二节　高步瀛选学研究的内容及特点

本节对高步瀛选学研究内容及特点的分析，主要基于《两汉文举要》、《魏晋文举要》和《南北朝文举要》中互见于《文选》的篇目。在讨论的同时，间以《选学举要》和《文选李注义疏》作为佐证。需要指出的是，虽然王立群把高步瀛作为 20 世纪选学研究传统派的代表，但基于此三段举要中相关篇目的研究来看，因这些是高步瀛当时的讲义，加之时代变转与著述目的的变化，使其研究在“传统”之外增加了不少现代的因素。对高步瀛来说，“传统”与“现代”已非时间概念，而代表了两种治学思想。

穆克宏曾统计，“高氏的《两汉文举要》收《文选》文十一篇，《魏晋文举要》收《文选》文二十一篇，《南北朝文举要》收《文选》文二十三篇”①。然据笔者统计，《两汉文举要》实收《文选》文 9 篇，《魏晋文举要》收《文选》文 22 篇，《南北朝文举要》收《文选》文 23 篇，合计 54 篇。

综合骆鸿凯对传统选学研究内容的划分，及穆克宏对高步瀛选学研究成就的举例分析，笔者将高步瀛选学研究所体现出的内容及特点

① 穆克宏：《高步瀛与〈文选〉学研究》，《许昌学院学报》2009 年第 3 期。

分以下五方面：

一、 笺疏释义

在《文章源流》中,高步瀛将"笺""疏"作为"传注类"之细类详述渊源,并评点典范著作。由此可知,其不仅明了笺疏之体例,亦能本此而有所创制。纵观高步瀛一生著述,大体皆可归为笺疏类。这不禁使人思考曾编纂过通俗读本,且身处民国新文化革命大潮中的高步瀛,何以为文著述却袭用古人之模式,而非白话？再与其同时之黄节,以及稍后之余嘉锡等人之笺疏之作相比较①,或可推测一二个中缘由。新文化的潮流促使人们趋新,却也意外地促成了对古籍的整理,故其时有古史辨、整理国故之潮流。而高、黄、余诸人之著述,皆可汇入此"整理"潮流。因其整理对象为传统古籍,故这些学人采取了传统的笺疏方式,且这种方式经清人之摸索、运用已臻成熟。出生于晚清的高步瀛诸人,自小耳濡目染,故长大后的著述,其方法自然承袭了清人。不仅高、黄、余,其时之学人基本都有此类笺疏之作。这种述学文体的成熟运用,与时代潮流所呼唤的现代论文体著述恰成一种鲜明对比。高步瀛之选学研究,便比较成熟地运用了笺疏体。看似比较零碎的笺疏,实可归纳出系统的体例。

1. 引文释义与引史证文

对于笺,高步瀛引《说文》:"笺,表,识书也。"指出笺始于郑玄注《诗》,并引《毛诗疏》载孔颖达曰:"郑于诸经,皆谓之注。此言笺者,郑以毛学审备,遵畅厥旨,所以表明毛意,记识其事,故特称为笺;余经无所遵奉,故谓之注。"对于疏,引《说文》:"疏,通也。"又引《杨雄传·解嘲》颜师古注曰:"疏者,疏条其事而言之。"高步瀛总结说:"注疏之疏,亦取于疏通分析。"并引黄承吉《梦陔堂文集》卷五曰:"疏者,乃一

---

① 按,黄节有汉魏六朝诗多种笺注,余嘉锡有《世说新语笺疏》。

时著书之体，并非其书必名曰疏。”①

自古而今之笺疏之作，除了引用专门的字书、辞书、韵书等来释义、音外，便是引文释义，即从前代典籍中找寻最初的源头，是谓“语源”。但有时觉得这种“无一字无来历”的方法显得牵强附会，而且这种方法有时并不能让人明白所释之字词究为何义。尽管如此，细按黄节、余嘉锡等民国学人之笺疏可发现，在笺疏词义上，均采用引文释义。如《精列》：“厥初生……莫不有终期，圣贤不能免。”黄节笺注引《诗·大雅》：“厥初生民，时维姜嫄。”以笺“厥初生”。又引《古诗》：“万岁更相送，圣贤莫能度。”以笺“莫不有终期，圣贤不能免”②。如《世说新语·德行第一》：“客有问陈季方：‘足下家君太丘，有何功德，而荷天下重名？’季方曰：‘吾家君譬如桂树生泰山之阿，上有万仞之高，下有不测之深；上为甘露所霑，下为渊泉所润。’”余嘉锡笺疏引枚乘《七发》曰：“龙门之桐，高百尺而无枝。……上有千仞之峰，下临百丈之溪。……其根半死半生，冬则烈风漂霰飞雪之所激也，夏则雷霆霹雳之所感也。”并云：“季方之言，全出于此。”③

高步瀛笺疏字词，亦采用引文释义。如《与朝歌令吴质书》：“元瑜长逝，化为异物。”高步瀛笺引司马迁《报仁安书》：“长逝者之魂魄，抱恨无穷。”引《庄子·大宗师》：“假于异物。”又引贾谊《鹏鸟赋》：“化为异物兮，又何足患。”分别来笺释“长逝”、“异物”。再如《与朝歌令吴质书》“景风扇物”，高步瀛笺引《易纬通卦验》曰：“夏至景风至。”④

同时代人对语词的选择与运用具有一致性，故高步瀛在引文释义时注意将眼光投向同时代的作品中。如贾谊《过秦论上》“甿隶之

① 以上皆引自高步瀛：《文章源流》，第1386—1387页。

② 黄节：《汉魏乐府风笺》卷九，《黄节注汉魏六朝诗六种》，北京：人民文学出版社，2008年，第85页。

③ 余嘉锡：《世说新语笺疏》，北京：中华书局，1983年，第10页。

④ 以上高步瀛笺见《魏晋文举要》，第5页。

人”,高步瀛引司马相如《上林赋》“以瞻萌隶”笺“甿隶”[①];如桓温《荐谯元彦表》“大雅之所叹息者也”,高步瀛引阮瑀《为曹公与孙权书》曰:“大雅之人,不肯为此也。”[②]

高步瀛之引文释义有时并非单纯从前代找寻典源,而是根据文义有所取舍。如孔稚珪《北山移文》“夫以耿介拔俗之标”,对于“耿介”,高步瀛引《楚辞·九辩》:“独耿介而不随兮。”并解释道:“《离骚》‘彼尧舜之耿介兮’,彼耿介当作光大解,与此及《七谏·哀命》‘恶耿介之直行兮’,作明正解者义异,故置彼引此。”高步瀛虽笃奉李善注,然以文义为标的,故对李善引文有不合文义者,亦径标明。如任昉《为范始兴作求立太宰碑表》“鸱鸮东徙,松槚成行”,高步瀛指出:“李善引《说苑·说丛篇》枭东徙事,字面偶合,而事物迥异,与文义尤乖,今不取。”[③]

高步瀛之引文释义还有一类比较有特色,其所引文献并非直接指示语源,而是从“类”上达到笺疏的目的。如赵至《与嵇茂齐书》“今将植橘于玄朔,蒂华藕于修陵”,高步瀛引《淮南子·说山篇》曰:“夫以其所修,而游不用之乡,若树荷山上,畜火井中。”橘植于玄朔、藕华于脩陵,皆不合时宜之现象,物不得其用,故高氏以《说山篇》之“树荷山上,畜火井中”以类之,从而与后文“表龙章于裸壤,奏《韶》舞于聋俗”一致,皆为了说明“难以取贵”[④]。

上已言及,这种引文释义其实并不能确切解释意思,仅仅从典源上予以梳理。因此,对于笺疏字义更多时候不得不依赖专门类的字书(或词典),如《说文解字》、《尔雅》等。而对于一些事典或史实,高步瀛则多引史证文。如曹植《求自试表》:“臣闻明主使臣,不废有罪。”

① 高步瀛:《两汉文举要》,第10页。
② 高步瀛:《魏晋文举要》,第146页。
③ 高步瀛:《南北朝文举要》,第414页。
④ 高步瀛:《魏晋文举要》,第138页。

高步瀛笺先引《史记·秦本纪》所载秦缪公派孟明视、西乞术、白乙丙三人将兵袭郑(时晋文公丧尚未葬),被晋襄公大败于殽,且将三人虏回了晋国。后因晋文公夫人(缪公女)求情,才将孟明三人放回了秦国。回到秦国后,三人不仅未受到处罚,且官复原职。后秦缪公复派三人将兵伐晋,大败晋人。又引《史记·刺客列传》载鲁人曹沫以勇力事鲁庄公,与齐战,三战皆败北。鲁庄公畏惧,便以献遂邑为条件与齐讲和,但仍用曹沫为将。齐桓公答应了鲁国的求和,并与鲁庄公会盟于柯地。当二人在坛上会盟时,曹沫用匕首劫持了齐桓公。庄公问曹沫意欲何为,曹沫以齐鲁两国形势作答。最后,齐桓公将曹沫三战所丢失的土地都归还给了鲁国①。高步瀛以秦缪公重用孟明等三人、鲁庄公重用曹沫之事,来笺疏此二句,既将曹丕比拟为秦缪公、鲁庄公这样的明主,亦自比孟明等将才。

上面这类引史证文类于笺疏典故,还有一类则是对史实的疏通,如曹植《与杨德祖书》"昔仲宣独步于汉南",高步瀛先引李善注:"仲宣在荆州,故曰汉南。"继而加案语引《魏志·王粲传》载王粲因西京扰乱,至荆州依刘表。以此史实来解释仲宣之独步。这种引史证文对于理解句义很有帮助。

2. 以名注为底本,参以其他考辨

除了上面提到的笺疏特色,高步瀛之笺疏还秉持着一贯的方法:以传统相沿已久的名注为依据,而以他书旁证。钱基博在《读庄子天下篇疏记》的"叙目"中提出了四点疏记原则,其一为"古训是式",即:"凡名物训诂之细,陆氏《释文》有置之不解,解不可通者,必稽训于古经古子古史以求义之所安。如解'以参为验,以稽为决',则据韩非书'无参验而必之者愚也'。旁证《春秋穀梁传》疏、《国策·秦策》注、

① 高步瀛:《魏晋文举要》,第27页。按,江藩《国朝汉学师承记》卷一《阎若璩》曾记载阎若璩探求"使功不如使过"这一典故之出处,几经求索,才探索至《后汉书·独行传》章怀注曰穆公赦孟明事。此处高步瀛直接将典源溯至《秦本纪》,可见其卓识。

《汉书·律历志》注以明‘参’之训‘交互’，而正《释文》训‘参宜也’之非。”①高步瀛之笺疏亦体现了这种古训是式之特色。

统计高步瀛所依据的名注有：裴骃《史记集解》、司马贞《史记索隐》、张守节《史记正义》、颜师古《汉书注》、李贤《后汉书注》、裴松之《三国志注》、刘孝标《世说新语注》、郑玄《毛诗传笺》、郑玄《三礼注》、杜预《春秋经传集解》、范宁《春秋穀梁传注》、高诱《吕氏春秋注》、高诱《淮南子注》、韦昭《国语注》、杨倞《荀子注》、王逸《楚辞章句》、陆德明《经典释文》等。所依据的旁证典籍多为历代经典考据之作，如王应麟《困学纪闻》，个中又以清人为多，如梁玉绳《史记志疑》、王念孙《读书杂志》等。职是选学研究之故，又多采选学家之作，如何焯《义门读书记》、朱珔《文选集释》、梁章钜《文选旁证》、胡绍煐《文选笺证》、胡克家《文选考异》、孙志祖《文选考异》、朱铭《文选拾遗》等。

如曹植《求自试表》“虽未能禽权馘亮”，高步瀛引《左·襄二十四年》杜注训禽：“获也。”引《诗·泮水》郑笺训馘：“所获者之左耳。”这里高步瀛直接饮用了杜预、郑玄的笺注。再如“歼其丑类”，高步瀛引《尔雅·释诂》训歼，引《左·文十八年》杜注训丑。

有些释义除了引用经典训诂，另引后人之考辨以旁证，如曹植《典论·论文》引俚语“家有敝帚，享之千金”，高步瀛先引李善注引《东观汉记》载吴汉纵兵大掠蜀都，光武帝责备吴汉的副将刘禹时，说了句“家有敝帚，享之千金”。李善又因杜预注亨（“通也”），谓“亨或为享”。高步瀛引胡克家《文选考异》考证曹植原文应作亨；又引段玉裁《说文》亯字注考证，从文字学的角度指出“亯字”“形荐神作亨，亦作享；饪物作亨，亦作烹”。进一步引胡绍煐《文选笺证》指出：“古享字皆作亨。《易·大有》公用亨于天子，《随》亨于西山，《升》王用亨于岐

① 钱基博：《文心雕龙校读记 读庄子天下篇疏记》，上海：上海古籍出版社，2011年，第81页。

山。释文并云:亨,通也。"高步瀛最后加按语,从版本的角度证明《文选》古钞本"享"作"亨",虽"亨享古同字,然通之千金,殊不词"。也就是说,高步瀛虽同意原文作亨,但并不认同训为"通"。故又引《左·僖二十三年》杜注训享,受也;引《小尔雅·广言》训享,当也。①

在援引前代经典笺注以作旁证的同时,高步瀛亦表现出不盲从的严谨态度,如刘孝标《重答刘秣陵书序》"寻而此君长逝",高步瀛引《史记·封禅书》曰:"侵寻于泰山矣。"谓:"《汉书·郊祀志上》作'浸寻',皆渐浸之意。"并指出颜师古注之误:"颜师古训'浸'为'渐',训'寻'为'就',分二字为二意,非也。连言之曰浸寻,省言之亦曰浸,曰寻。"②

王森然曾论笺注之难说:

> 因笺注学问,最干燥无味,较考证学训诂学尤困难尤琐碎。有清二百余年来,虽经学史学考据学家辈出,然笺注学家实不多见,可见其难矣。
>
> 为经学史学笺注易,为诸子笺注难,为词章笺注尤难。清代朴学大师,多在经学成名,次为考证史学,若诸子学则少。至词章则尤少矣。以王先谦之努力,仅成《荀子集解》;孙诒让之渊博,仅成《墨子间诂》;他若王先慎之《韩非子集解》,王先谦之《庄子集解》,均归失败。笺注工夫,谈何容易!至集部注解,大都偏重骈俪,如清倪璠注《庾子山集》,吴兆宜笺《庾子山集》兼《徐孝穆集》。初唐四杰,除《王子安集》外,余皆无注。笺注之难,于此可见。③

① 高步瀛:《魏晋文举要》,第14页。
② 高步瀛:《南北朝文举要》,第448页。
③ 王森然:《高步瀛评传》。

正因为笺注集部尤难,益可看出高步瀛之选学笺注厥功甚大。故王森然总体评价高步瀛之笺注成就说:“先生以博闻强记,精心古籍,剪除荆芜,洞见本源。若云笺注,罕见其侪。自文术之衰,士习空疏。先生既出,殚志绝响。所谓上续前修,俯贻来则,遗书宛在,无待称扬。”虽不无溢美之嫌,但较之高步瀛之著述,诚所谓“无待称扬”。高步瀛对字词之笺疏继承了古人笺疏的体例,尤其是清代考据学家之笺疏体例,即并非仅仅从音、形、义三方面予以笺疏,而是加以考辨。从选学笺疏的角度来看,其多承袭了梁章钜、胡绍煐、张云璈等选学家之笺疏考证方法。从选学研究史的角度来看,高步瀛之笺疏诚可谓传统选学笺疏的总结之作。20 世纪的选学笺疏(或文学作品注释),已很难做到以传统小学与考据学为根柢,多半流为简单地寻找典源(语典和事典)。

二、 校勘异文

选学校勘学不仅是传统选学研究的重要关目,亦是现代选学研究的重要组成部分。作为清代校勘学之重要分支,选学校勘学不仅汇聚了如彭兆荪、顾广圻、段玉裁等校勘名家,且产生了胡克家《文选考异》这样的选学校勘名作。胡适在总结明末至民初三百年的学术成绩时分了三个方面,第一个便是整理古书,包括三门:本子的校勘;文字的训诂;真伪的考订[①]。校勘亦为清末民初学人治学共同的方法选择,不校勘古书便不可读。但并非任何人都可以从事校勘,而从事校勘者又因目的、原则、态度等方面的不同,故亦会产生不同的结果。本节对高步瀛选学校勘成就的分析,试图总结出其内隐的校勘原则(或方法),并对其丰富的校勘内容予以分析,从而见出其学术地位。

① 胡适:《〈国学季刊〉发刊宣言》,刘东、文韬编:《审问与明辨》,北京:北京大学出版社,2012 年,第 383 页。

1. 校勘原则:折衷清儒与承继传统

(1) 折衷对校派与理校派

努力还原、订正李善注本,是高步瀛选学研究的最终目的与蕲向,而校勘是其完成这一目的的重要部分,这在曹道衡、沈玉成、穆克宏诸学者的研究中已经道及。但对高步瀛校勘原则的溯源,迄今阙如。笔者在研读高步瀛著述时,发现其曾撰有《段懋堂顾千里论学制书平议》①,正提示出其校勘原则之渊源。

这篇文章不仅厘清了段顾二人之失,亦就与学制相关之问题作了详细辩证。重点在于高步瀛对清代乾嘉后学之校勘学代表段玉裁与顾广圻校勘原则之熟稔,从而能够做出接近事实之判断。而对段顾二人校勘原则之熟稔恰影响了他对清代校勘传统的继承与发挥。当然,这种继承亦与阮元、王念孙、王引之、俞樾、王先谦等学者有关。高步瀛曾论清儒校勘学,颇可见其校勘思想之表白:

> 清儒校勘之学,超越前代,卢抱经、戴东原、阮伯元、顾千里(广圻)最为精审。而王怀祖父子所著《读书杂志》、《经义述闻》等书,尤为学者所服膺;虽间有千虑之失,其精当处,究非他人所能及。俞曲园(樾)努力追逐,究不能及,得勿拼命著书,贪多进锐,不能皆切理厌心乎?近人见前哲以此成名,方其读书之始,即先存改字之心。夫昔人喜据《治要》、《书钞》、《御览》诸书以定异字,章氏太炎犹讥之(见《国故论衡》中)。而躁妄者流,乃并不能为此,徒乞灵于音读,遇有古书深奥之句,一入浅鄙之胸,不能解悟,辄奋其私臆,横加改订,其祸有甚于私定兰台漆书经字者,私亦学术一大厄已。②

① 时高步瀛任教北师大,逢北师大建校三十二周年纪念征文,高氏以此篇应征,刊于《师大月刊》"三十二周年纪念专号"上。

② 高步瀛:《文章源流》,《历代文话续编》下册,第1403页。

作为对校派的代表，顾广圻提出了“以不校校之”的理论：“书必以不校校之。毋改易其本末，不校之谓也；能知其是非得失之所以然，校之之谓也。”[①]这种理论注重对版本的选择，强调尽可能多地搜罗古本、旧本，了解版刻源流，校勘过程中不轻易改动原文。从古籍校勘的目的及根本原则上来说[②]，是最适合的方法，也富有现实意义。

而与对校派相对的理校派代表段玉裁，则根据自己的校勘实践与学术渊源，提出了“定底本之是非与定立说之是非”的理论：

> 校书之难，非照本改字不伪不漏之难也，定其是非之难。是非有二：曰底本之是非，曰立说之是非。必先定其底本之是非，而后可断其立说之是非。二者不分，轇轕如治丝而棼，如算之淆其法实而瞀乱，乃至不可理。何谓底本？著书者之稿本是也。何谓立说？著书者所言之义理是也。
>
> 故校经之法，必以贾还贾，以孔还孔，以陆还陆，以杜还杜，以郑还郑，各得其底本，而后经之义理之是非，而后经之底本可定，而后经之义理可以徐定。不先正注疏释文之底本，则多诬古人；不断其立说之是非，则多误今人。[③]

段顾二人之校勘学理论及实践深刻影响了后学。以上述二人之理论表达，参照高步瀛自己之发明及校勘实绩，便可发现他对段顾校勘学理论的继承与实践。高步瀛曾说：“余在沈阳，稍稍究心三礼，以考古代学制，欲辑为一书，以郑君之义，还之郑君；以其他汉儒之义，还

① 顾广圻：《思适斋集》卷十四《礼记考异跋》。

② “古籍校勘的目的，无疑地是为人们提供一个最好的古籍文本。……因此，从理论上说，古籍校勘的根本原则就是绝对客观地存真复原，即存古籍作者原稿之‘真’，复古籍写定稿本之‘原’。”郭英德：《古籍校勘原则之我见》，《传统文化与现代化》1996年第6期。

③ 段玉裁：《与诸同志论校书之难》，《经韵楼集》卷十二，上海：上海古籍出版社，2008年，第332页。

之汉儒；以魏晋南北朝诸儒之义，还之魏晋南北朝诸儒；以唐宋诸儒之义，还之唐宋诸儒。而以清代诸儒之说殿焉。”①这与段玉裁之“校经之法”同一途辙。高步瀛之选学校勘实践，则更能体现出对段玉裁理校与顾广圻对校的熟练运用。

以对校法论之，高步瀛之选学校勘注意搜罗自己所能见到的各种《文选》版本。笔者对两汉、魏晋、南北朝（止梁文）三阶段之选文进行了统计，高步瀛在校勘时所提到的版本有：方廷硅《昭明文选大成》、宋吴郡袁氏刻六臣注刊本《文选》（简称袁本）、宋茶陵陈氏刻六臣注刊本《文选》（简称茶陵本）、南宋尤袤刻李善注刊本《文选》（简称尤本）、汲古阁毛氏重刻李善注《文选》（简称毛本）、叶氏海录轩本（高步瀛只标为海录轩本，未提示是印本还是刻本），尤其是故宫博物院藏《文选》古钞本（简称古钞本）和敦煌唐写本残卷。以上版本最为选学家熟知并用以校勘者，为袁本、茶陵本和尤本。高步瀛则不仅采录了毛本、海录轩本，更因出土文献之便利，得以利用古钞本和唐写本残卷，体现了陈寅恪先生所谓的预流现象。

高步瀛对这些版本参酌互稽，常通过对文义的理解标明“从某本”；但大多情况是以多本共存的面目呈现，很少改易：体现了对校派不改底本、备载异文、附录校记的原则。如谢朓《齐敬皇后哀策文》“元德韬光”，高步瀛谓：“《文选》各本‘元德’作‘先德’，今从毛本。”查验胡克家覆刻尤本此处正作“先德”，并解释曰：“谓明帝也。”②对高步瀛来说，其校勘虽依据对校派的原则，但并非唯某一版本为权威。如果能够根据文义或旁证“定底本之是非”，高步瀛则会指出最终的定本。比如此处最终“从毛本”，高步瀛又引梁章钜《文选旁证》卷四十五曰：“毛本注亦作‘先’，段校注‘先’字，改‘元’字。”引胡绍煐《文选笺证》卷三十二曰：“元，善之长也。元德，犹言善德。《尚书·召诰》

① 高步瀛：《段懋堂顾千里论学制书平议》。

② 萧统编，李善注：《文选》，上海：上海古籍出版社，1986年，第2496页。

‘其惟王位在德元’，是也。作‘先’义无取。”[①]以梁章钜之校勘、胡绍煐之考证来为自己之定底本提供“旁证”，这亦是对校派理论的具体实践。

如颜延年《三月三日曲水诗序》“迕风先蹷”，对于“蹷”，高步瀛引《韩诗外传》二曰：“草木根荄浅，未必撅也；飘风兴，暴雨墜，则撅必先矣。”此条李善注亦引，但高步瀛对李善引文进行了校勘，指出李善引“墜”作“隧”，“盖通用字”，李善两次引“撅”皆作“橛”，乃“传写之误”。高氏最后指出“橛、蹷字通”[②]。此处诚如上所引“准古今通借以指归文字”。

“身才非實”，对于“實”，高步瀛引李善释此句意曰“言身及才不足为實”，加按语曰：“古钞‘實’作‘珍’。疑此文及注‘實’字，皆‘寶’字之讹。张铣曰：‘身与才非至寶之具。’当是五臣作‘實’，李善作‘寶’也。”“寶”讹为“實”，属形近而误；古钞作“珍”，属义近而讹。然高步瀛并未以古钞本为准改动原文，而是存此备考。对此条校勘高步瀛颇为自得的说到：“旧时校《文选》者，皆未言及。”[③]

高步瀛之校勘运用对校法多，但并不能据此而判定其属于对校派。其引用理校派之段玉裁、王念孙、俞樾等人成果亦夥，对这些人校勘原则的熟悉亦影响他运用了理校法。我们以“九原”之考辨为例。傅亮《为宋公修张良庙教》有云“游九原者，亦流连于随会”，高步瀛谓：“李善本原作京，今依五臣及《宋书》。”高步瀛虽以李善为选学功臣，但并非盲目从之；而令选学遭厄之五臣[④]，高步瀛亦择善而从。为证明“原、京”之异，高步瀛详引文献：

一类作“九京”：引《国语·晋语八》载“赵文子与叔向游于九原”，

① 高步瀛：《南北朝文举要》，第 187 页。
② 同上，第 36 页。
③ 同上，第 36 页。按，为体现出形近而讹，实、宝以繁体字呈现。
④ 高步瀛《文选李注义疏》前言有云“《文选》学……一厄于五臣之代纂”。

二者谈论阳子、舅犯、随武子之德行。引韦昭注曰:“原,当作京也。京,晋墓地。”引《文子》:“以从先大夫于九京。”

一类作“九原”:引《国语》宋公序本原作京,但注曰:“京,当作原。九原,晋墓地。”引《礼记·檀弓下》,高步瀛谓“载此事作九原”,指出孔疏引《韩诗外传》亦作九原,引郑注亦主九原,云:“晋卿大夫之墓地,在九原。京,盖字之误。当为原。”

针对上面两类说法,高步瀛继引黄丕烈《校刊明道本国语札记》(高氏省云《国语札记》)考释“京陵县故城”。黄氏引《水经·汾水注》、《汉书·地理志》《汉书·郡国志》、《汉书》司马彪注等文献,解明了“宋庠误用郑改韦”。黄氏之考释,恰可证明高步瀛在引韦注、郑注后所谓“盖公序所本”(即郑注)之推测。通过上面的引述,高步瀛加按语总结到:“公序所改,但非韦意耳,而文则当作九原。”并对黄丕烈之考释京陵县予以了回应:“《汉·地理志》颜注京陵县即九京,《水经注》以为即九原。然汉京陵县在今山西平遥县东。顾炎武《日知录》卷三十一曰:‘古者卿大夫之葬,必在国都之北,不得远涉数百里,葬于今之平遥也。《志》以为太平之西南二十五里有九原山,近是。’”高步瀛又疏释顾炎武之考证,谓:“太平县今改汾城县,西南至绛州县二十五里,今改南绛县。《明统志》卷二十、《清统志》卷一百十八,皆言九原山在绛州西北二十里,是也。”最后驳斥方以智《通雅》卷十七谓京为古原字之非。

一字之校,博综群言,考证详密,不仅涉及版本源流、地理沿革等知识,亦对宋庠、黄丕烈、顾炎武、方以智等人之说加以疏证,最终完成了定底本之是非,而校勘过程亦包含了定立说之是非。

身处民国新时代之高步瀛,早已远离了吴皖对峙的纷扰,对清儒家法的继承表现出一种继承学术遗产的味道。折衷于对校和理校二派,不仅体现出总结整理的学术旨趣,亦为受学诸生传示金针。

(2)对清代选学大家校勘传统的继承

高步瀛之选学校勘,最直接的还是对清代选学大家校勘传统的继承。梳理高步瀛所提到的选学家及其著作，主要有：何焯《义门读书记》、陈景云《文选校(举)正》、许巽行《文选笔记》、胡克家《文选考异》、朱珔《文选集释》、汪师韩《文选理学权舆》、梁章钜《文选旁证》、胡绍煐《文选笺证》、孙志祖《文选考异》及《文选李注补正》、张云璈《选学胶言》、李详《选学拾瀋》。个中尤以胡克家最为显著。

嘉庆十四年，胡克家覆刻尤袤所刻李善注《文选》(所谓贵池刊本)，成为今天最为流行的胡刻本，并撰成《文选考异》十卷[①]。但真正主此事者为顾广圻、彭兆荪二人。顾、彭二人受时代所限，所校勘依据的版本只有袁本和茶陵本，另参考了何焯、陈景云师徒之成果。高步瀛对清代选学家校勘传统的继承，溯源到底，又回到了顾广圻。但高步瀛并未对此选学公案予以置辩，皆以“胡克家”之名义继承下来，且多直接转引。胡克家偶有不确，则予以考辨。如傅亮《为宋公至洛阳谒五陵表》有云“威怀司、雍”，高步瀛校曰：“《文选》注各本雍误作梁，今依胡克家《文选考异》卷七改。”[②]如颜延年《陶征士诔》“敬述清节”，高步瀛从五臣作清节，并引胡克家《考异》卷十曰：“袁本云善作‘靖’，茶陵本云五臣作‘清’。各本所见皆传写误。此下八句叙述薄葬，必是‘清节’无疑。至末‘旌此靖节’方说其谥，相涉致讹，并非善如此。”又引许巽行《文选笔记》所校勘，亦主清节[③]。

对其他选学家之校勘成果，高步瀛亦多吸收，偶有驳正，体现出其严谨的治学特色，及校勘成果的推陈出新，为《文选》的整理出版做出了自己的贡献。只是今人在进行《文选》之点校整理时，忽略了高步瀛之校勘。以上海古籍出版社据胡刻本标点整理之《文选》为例，其中王融《三月三日曲水诗序》有“协律总章之司，厚伦正俗”，高步瀛本作

① 关于《文选考异》的实际作者，穆克宏、李庆皆主顾广圻所为。参李庆：《胡刻〈文选考异〉为顾千里所作考》，《文献》1984 年第 4 期；穆克宏：《顾广圻与〈文选〉学研究》，《学术遗产》2006 年第三期。

② 高步瀛：《南北朝文举要》，第 8 页。

③ 同上，第 35 页。

"协律总章之司,序伦正俗",对于"厚伦",高步瀛引《文选集注》曰:"陆善经本'序'作'厚',与尤本同,严本从之。"然高步瀛接着指出:"古钞、《集注》及袁、茶、毛诸本皆作'序',今从之。张本《集》及《法海》同。"高氏以所能见到的诸本来校勘此处,且定为序。从版本的角度来说,古钞本比陆善经本、尤本为贵。高氏又指出张溥《汉魏六朝一百三家集》及王志坚《四六法海》均为序。因此,序字应更符合底本①。

(3) 桐城家法

高步瀛虽讳谈门派,但至莲池书院之受学于吴汝纶,并与吴北江等桐城后学相交接,故其选文、理论主张等皆不时表现出对吴汝纶等桐城人之继承。以本节所论校勘而言,他在多处明言"从吴先生"。如《过秦论(上)》曰:"孝公既没,惠文王、武王、昭王,蒙故业……"高步瀛校曰:"惠文王七字依《世家》(按,《陈涉世家》)。《本纪》(按,《秦始皇本纪》)作惠王、武王,遗昭王一代,盖脱误。《汉书》作惠文武昭襄,《新书》作惠文武昭襄王,《文选》作惠文武昭。吴先生曰:'按:文当依《世家》。'"②再如《报任少卿书》"仆又薄从上雍",高步瀛校曰:"《汉书》复上字。吴先生曰:'从即从上,当依《文选》。'(古钞复上字亦非。)"③

2. 校勘内容丰富多样

高步瀛学有根柢,泛览群书,故其选学校勘的内容已不仅仅局限于《文选》本身。从整体上来说,可分为以下三方面:

(1) 校勘选文原文

《文选》之非表现在两方面:一是作者立意之非,一是刊刻传抄过程所产生的讹误。高步瀛对选文之校勘秉持有异必校之原则,然只对后一方面之非予以校勘。具体校勘方法,或据其所见《文选》版本,如

① 高步瀛:《南北朝文举要》,第 158 页。
② 高步瀛:《两汉文举要》,第 3 页。
③ 同上,第 91 页。

《与吴质书》"三年不见,《东山》犹嘆其远,况乃过之",对于"嘆"、"乃",高步瀛校曰:"《魏志·王粲传》注引'嘆'作'歎',《文选》袁本、茶陵本、毛本及《册府元龟》帝王部四十引并同。案:《说文》'嘆息'字当作'嘆','吟歎'字当作'歎',然载籍多以'歎'为'嘆'。"又"袁、茶、毛三本乃作及"[1]。因古钞本的版本价值,故高步瀛多引古钞本以定底本。如王简栖《头陀寺碑文》"既而方广东被,教思南移",高步瀛校曰:"《文选》诸本'教思'作'教肆',今依古钞本。李善曰:'《周易》(《临·彖传》)曰:"君子以教思无穷。"'据此注,则正文当作'教思',与古钞本合。五臣作'肆',故刘良曰:'肆,习也。'尤本误以五臣乱善,胡克家《文选考异》亦失校正。"[2]高步瀛依从古钞本,以李善注为佐证,又驳五臣、尤本及胡克家之失。正反两方面,从而定底本。

除去《文选》版本,高步瀛还灵活运用史书、选集(别集)、类书予以校勘,且经常是综合多种方法。如据史书校,《过秦论(上)》有"囊括四海之意",高氏校曰:"《汉书》无之意二字。"[3]如据别集和类书校,谢朓《齐敬皇后哀策文》"终配祇而表命"之"祇",高步瀛先引《吕氏春秋·季冬纪》高注训义曰:"天曰神,地曰祇。"又引胡克家校勘曰:"袁本、茶陵本祇作祀。案:此尤改之,盖二本是。"针对胡克家之校勘,高步瀛指出:"《艺文(类聚)》(卷十五后妃部)正作祇,非尤改也。胡氏说非是。(《谢宣城集》)汪本、张本、郭本依袁、茶作'祀'。"[4]此处高步瀛据类书《艺文类聚》以驳正胡说,且对谢朓集之存异情况作了说明。

(2) 校勘李善注引文

李善注《文选》博征广引,所引载籍或沿袭前人之非,或自己致误,

① 高步瀛:《魏晋文举要》,第7页。
② 高步瀛:《南北朝文举要》,第215页。
③ 高步瀛:《两汉文举要》,第2页。
④ 高步瀛:《南北朝文举要》,第194页。

或后人致讹，故多有瑕疵。高步瀛对李善注引文多有校勘，尽可能地给世人提供比较精审的本子。

对于李善所引文献，高步瀛有时亦引相关文献与李善所引相比勘，如刘琨《答卢谌书》“昔騄骥倚辀于吴坂”，李善引《战国策》曰：“楚客谓春申君曰：昔骐骥驾盐车上吴坂，迁延负辕而不能进，遭伯乐仰而鸣之，知伯乐知己也。今仆屈厄日久，君独无意使仆为君长鸣呼。”高步瀛校勘引《楚策三》载：“汗明见春申君曰：夫骥之齿至矣，服盐车而上大行，中阪迁延，负辕不能上。伯乐遭之，下车攀而哭之，解纻衣以幂之。骥于是俛而喷，仰而鸣，声达于天，若出金石声者。何也，彼见伯乐之知己也，君独无意湔拔仆也，使得为君高鸣屈于梁乎。”①与《战国策》原文相较，虽高步瀛之引亦有剪裁，然对刘琨此典之解释，高实胜于李。

再如任昉《为范始兴作求立太宰碑表》“虑先犬马，厚恩不答”，李善引《列女传》曰：“梁寡高行曰：‘妾之夫不幸早死，先犬马填沟壑。’”对此条引文，高步瀛校曰：“今本《列女传》贞顺、梁寡《高行传》‘犬’作‘狗’。《艺文类聚》人部二、《太平御览》人事部八引皆作‘犬’。”②

李善引文自己致误，如任昉《齐竟陵文宣王行状》“毂下以清”，为笺注“以清”，高步瀛引《后汉书·杨璇传》曰：“杨璇为零陵太守，郡境以清。”并校曰：“李善引作‘杨琏’，误。”③“璇”与“琏”形近而误。

此外，李善注所引文献有些已无从查考，高步瀛亦予以指出，此类校勘有益于文献辑佚研究。如曹植《求通亲亲表》“崩城陨霜”，对于“陨霜”，李善引《淮南子》曰：“邹衍尽忠于燕惠王，惠王信谮而系之，邹子仰天而哭，正夏而天为之降霜也。”高步瀛校曰：“今《淮南子》无此文。《文选》江文通《诣建平王上书》注及《后汉书·刘瑜传》注、《袁

① 高步瀛：《魏晋文举要》，第143页。
② 高步瀛：《南北朝文举要》，第417页。
③ 同上，第428页。

绍传》注、《初学记》天部下引并同。”①

(3) 校勘所引文献

高步瀛之学识渊博,故对所引文献凡有异文者亦加校勘。如吴质《在元城与魏太子笺》“重以泜水,渐渍疆宇”,高步瀛引《汉书·地理志》常山郡元氏县,原注曰:“泜水首受中丘西山穷泉谷,东至堂阳入横漳。”针对此“原注”,高步瀛校勘:“今本泜误作沮,此依李善引改。今本横漳误作黄河。王念孙谓黄为章字之误,赵一清谓为横字之误,今兼取二家说,定为横漳二字。”②再如阮籍《为郑冲劝晋王笺》“一朝指麾,乃封营丘”,对于营丘,高步瀛引《水经·淄水注》曰:“《尔雅》曰:水出其前左为营丘。……《史记》周成王封师尚父于营丘……陵亦丘也,献公自营丘徙临淄。”针对此处所引《水经注》,高步瀛校曰:“今《(尔雅)释水》无前字。《(史记)齐世家》下文始言成王,此在武王时,成字误矣。陵亦丘也,句上疑当有应劭曰三字。”③

总体来说,高步瀛之校勘传承清顾广圻、段玉裁、王念孙等学者之对校、理教原则,根据自己的学识,利用丰富的文献材料,校勘了正文、引文等多方面的内容,从而为《文选》之定本及精审的选注本贡献了自己的研究。这部分校勘成果,应引起今天及以后从事《文选》校勘整理者之注意。

三、选学考证

一时代之学人共同汇成一股学术潮流,反过来,学术潮流也会从整体上影响时人及后人之治学方法和目的。已被写入学术史的乾嘉考据学和民国考据学在今天依然被梳理与阐释,足见学术潮流的影响意义。身处晚清民国之人,时代过渡及学术转型,使得学人不得不做

① 高步瀛:《魏晋文举要》,第 36 页。
② 同上,第 62 页。
③ 同上,第 81 页。

出一定的因应。高步瀛虽经历了这些,但从他保留至今的著述来看,我们看到了一种对传统的固执。这种固执虽未把他推到“选学妖孽、桐城谬种”的声讨风口,却也令他的声名淹没了许久。关于他选学研究的实绩,具体在考证[①]方面所体现出的特点,即使到今天依然无人问津[②]。故本节从宏观上对其选学考证特点予以总结。

1. 意识:注重问题的梳理

高步瀛之选学考证不出清人考据学范围,诸如名物、典制、舆地、礼俗等。在内容繁复的考证中我们可以发现,高步瀛注重问题的梳理。这种意识使得他的考证能够解决一些问题,不仅仅是为考证而考证,从而达到立足于考据以通义理,进而通辞章的目的。如贾谊《过秦论(上)》有云“吞二周而亡诸侯”,对于“吞二周”,我们先看一些代表性解释:

> 李善注:“《史记》曰:始皇灭二周,置三川郡。”[③]
>
> 《古文辞类纂评注》注:“东周王朝在周赧王时,分为东西二周。西周都旧东都王城,灭于秦昭襄王五十一年(前256);东周都于巩,灭于秦庄襄王元年(前249)。”[④]
>
> 《经史百家杂钞》无注。
>
> 曹融南注:“指东周后期的东周君、西周君,分别在今河南省洛阳市和巩县一带建立政权,西周亡于昭襄王五十一年,东周亡于庄襄王元年。这里是附带提及。”[⑤]

---

① 考证,或曰考据、考订、考信等,皆是指通过搜罗文献证据以对前代学术予以整理、辨伪、校勘等的研究方法。

② 穆克宏教授只是以举例分析的形式介绍了高步瀛的选学考证,尚未从特点上予以分析。详参穆克宏:《高步瀛与〈文选〉学研究》,《许昌学院学报》2009年第3期。

③ 萧统编,李善注:《文选》,上海:上海古籍出版社,1986年,第2235页。

④ 吴孟复、蒋立甫主编:《古文辞类纂评注》,合肥:安徽教育出版社,2004年,第9页。

⑤ 曹融南选注:《汉魏六朝散文选注》,上海:上海古籍出版社,1983年,第7页。

朱东润注："东周王朝在最后的周赧王时，东西周分治。西周都于旧东都王城，东周则都巩，东周灭于秦庄襄王元年。"①

以上注基本一致。高步瀛则首先厘清东周诸王统系，引《周本纪》载自周考王封其弟揭于河南，是为桓公，后桓公传威公、惠公，惠公封其少子班于巩，以奉王号东周惠公。接着交代"王赧时东西周分治"，引《(史记)索隐》载："西周，河南也；东周，巩也。"其次交代地理位置，先引《汉书·地理志》交代河南郡雒阳县、河南县、巩县三地之位置，继引《清统志》所载河南府洛阳故城、河南故城、巩县故城之位置。最后加案语指明"洛阳为王所都"，因惠公之少子即东周惠公居洛阳，然东周惠公封地在巩县，因此"索隐谓西周为河南，东周为巩"。并驳正吕祖谦《大事记》以东周为洛阳之"不合"。

明晰了二周之沿革，高步瀛进而考证"吞"之过程。首先引吴枋《宜斋野乘》谓吞二周乃始皇之曾祖与父，非始皇。针对吴枋之说，高步瀛引《秦本纪》所载灭西周在昭襄王五十一年，灭东周在庄襄王元年，以此证"吴氏云然"。然吴枋之说并不严谨，高步瀛进而引《始皇本纪》所载"庄襄王死，政代立为秦王。当是之时，秦地东至荥阳，灭二周，置三川郡。"高氏谓"是至始皇时乃终其事（即吞二周）也"。为证明己说，高步瀛最后又引朱珔之考证二周为秦所灭之详细经过②。

由此，通过考证吞二周之事，便可回到原文："及至秦王，续六世之余烈，振长策而御宇内，吞二周而亡诸侯。"这是高步瀛之版本，高步瀛校勘指出：《世家》、《汉书》、《新书》、《文选》"秦王"皆作"始皇"，这几种文献之"续"皆作"奋"。从上面考证可看出，吞灭二周者并非秦王

① 朱东润主编：《中国历代文学作品选》（上编第二册），上海：上海古籍出版社，2002年，第11页。

② 高步瀛：《两汉文举要》，第7页。按，高步瀛《古文辞类纂笺》亦笺"吞二周"，与此考证意见一致，《笺》多引张琦、《史记正义》、《通典》。

一人所为,且吞灭二周之最终完成时,秦王尚且未封“始皇帝”。明乎此,“奋”字亦不如“续”字更能表达秦王嬴政接续昭襄王、庄襄王等之“余烈”,从而吞灭二周。贾谊当明晰此段历史,故“秦王”、“续”当为底本。

我们再以高步瀛对舆地的考证为例做一说明。曹植《求自试表》有云“心已驰于吴会”,对于吴会,高步瀛首先引王应麟《困学纪闻》卷十八谓吴会为吴、会稽二郡,并举魏文帝《杂诗》:“适与飘风会”及“行行至吴会”为证。接着引《吴郡志》卷四十八论述吴会沿革,曰:“世多称吴门为吴会,意谓吴为东南一都会也,自唐以来已然,此殊未稳。天下都会之处多矣,未有以其地名,冠于会之一字而称之者。吴本秦会稽郡,后汉分为吴、会稽二郡,后世指二浙之地,通称吴会,谓吴与会稽也。”又引《嘉泰会稽志》卷一引《三国志》谓“吴郡、会稽为吴会二郡”,并举《三国志》所载张纮谓“收兵吴会,则荆扬可一”[①]、“(孙)策已平吴、会二郡”、“(朱桓)部伍吴、会二郡”为证。

以上皆将吴会视为吴郡、会稽郡之合称。高步瀛又引《通鉴》卷六十七《汉纪》载:“建安二十年,观兵于吴会。”胡三省注存都会、吴与会稽二郡两说:“吴会,谓吴地为一都会,会读如字。一说吴会谓吴、会稽二郡之地,会音工外翻。”针对胡三省之说,高步瀛举顾炎武《日知录》卷三十一同胡三省前一说,而钱大昕《通鉴注辩证》卷一则同胡三省后说,他如王鸣盛《十七史商榷》卷四十三、赵翼《陔余丛考》卷二十一、梁玉绳《史记志疑》卷三十三、张云璈《选学胶言》十二,并同胡三省后说[②]。

在阮籍《为郑冲劝晋王笺》亦提及“扫除吴会”,高步瀛未再注,云“已见曹子建《求自试表》注”[③]。但在解释王勃《秋日登洪府滕王阁饯

① 按,此处张纮所言,乃《三国志·吴志·孙策传》注引《吴历》所载。

② 以上高步瀛所引见《魏晋文举要》,第25页。

③ 高步瀛:《魏晋文举要》,第84页。

别序》"望长安于日下，目吴会于云间"之吴会时，高步瀛亦将上面所引文献全部采录，并总结说："则吴、会稽二郡之说，不可易也。惟子安此序与长安对举，或亦主吴地为江南一都会之说欤！"①

要真正明了吴会之意，应结合上下文语境及文法来理解。在《求自试表》中，曹植言："流闻东军失备，师徒小衄，辍食弃餐，奋袂攘衽，抚剑东顾，而心已驰于吴会矣。"高步瀛引《魏志·明帝纪》、《曹休传》、《吴志·孙权传》所载魏将曹休被孙吴陆逊败于石亭事。我以为，在"心已驰于吴会矣"中，吴会应是泛指，或者说是泛化的文学意象，用来指代东吴。陈仅谓："时明帝猜忌，诸王在藩，无异禁锢，不得与闻外事，故不敢质言。"处在"无异禁锢"状态中的曹植"流闻""东军失备"，故起了上阵杀敌之心，而战场所在地是东吴。这如同曹丕的"行行至吴会"、王勃的"目吴会于云间"一样用法。而且，从文法上来讲，"目吴会于云间"与"望长安于日下"要求对仗，吴会也应指一地。

对吴会之解释，今人仍纷纭莫辨。有主吴、会稽二郡说者，如方诗铭②；有些人试图给吴会以确解，故又提出"苏州说"③、"吴中说"④等。文学上有很多地名已经泛化，成为固定的文学意象，如潇湘、江南等。且有时特意用这些泛化的文学意象，而不直接用真实的地名，比如"今宵谁念泣孤臣，回首长安远"（张抡《烛影摇红·上元有怀》）、"西北望长安，可怜无数山"（辛弃疾《菩萨蛮·书江西造口壁》）、"长安父老，新亭风景，可怜依旧"（辛弃疾《水龙吟·为韩南涧尚书寿，甲辰岁》）

① 高步瀛：《唐宋文举要》，第1180—1181页。

② 参方诗铭：《"丹阳兵"与"东据吴会"——论丹阳郡在孙策平定江东战争中的地位》，《史林》1989年S1期。

③ 如王力、郭锡良，见王力主编《古代汉语》，北京：中华书局，1963年；郭锡良、李玲璞主编《古代汉语》，北京：语文出版社，1992年；鲁华峰、胡岚：《〈滕王阁序〉中之"吴会"音释辨正》，《学语文》2006年第5期。

④ 如倪惠颖，参《从〈吴会英才集〉的选编看乾隆中后期的诗史景观》，《苏州大学学报》2009年第4期。

等,这里的长安皆非实指。故若求其真,反倒影响了文学的美。甚至在史书中,也常使用一些泛化的地名,比如三吴[①]。

2. 体例:札记体与集注体的继承

中国古人著书鲜有《文心雕龙》这样体大思精的杰作,多是笔记体。清人更将王应麟《困学纪闻》式的读书笔记体发扬光大,产生了诸如顾炎武《日知录》、阎若璩《潜邱札记》、钱大昕《廿二史考异》、王念孙《读书杂志》等经典。在经、子注疏方面,前代成果之累积便于清人从事于集注工作,产生了如王先谦《荀子集解》、《庄子集解》,王先慎《韩非子集解》等著作。而且清人的这种札记体、集注体深刻影响了后人述学文体的选择,如清末民初之郭庆藩《庄子集释》、刘文典《淮南鸿烈集释》,近人如钱锺书《管锥编》、刘学锴《李商隐诗歌集解》等。

高步瀛之选学考证虽以笺注的形式呈现,但若将其对一个个问题的考证单独抽离出来,汇为一编,便是"《日知录》"[②]。他通过汇综前人观点,加以剪裁排比,进而发抒自己之看法,体例上则又继承了集注体。王森然曾说:"(高步瀛)尝谓,今学者有二大事焉,一者缀辑之勤,就诸家已成之书从而辑补,如长沙王氏两《汉书》补注,及《水经注》之类。"又谓:"先生博学强记,平易中和,有顾亭林之风,辄欲以明敏之资,希心于困勉之学。"[③]王先谦、顾亭林,恰可作为札记体、集注体之代表,深深影响了高步瀛之考证体例。下面以高步瀛对"嵎夷"之

① 参王铿:《东晋南朝时期"三吴"的地理范围》,《中国史研究》2007年第1期。

② 程金造曾评高步瀛之《古文辞类纂笺》曰:"先生笺注姚氏此书……在姚氏选的周秦至清代各体文辞七百多,凡涉及名物制度、学术、政治、地理、职官、文字音训的都加以考证。但先生笺注姚书,与他人注前人诗文集者不同,一般注前代诗文集者,大抵释事释义,其阐述范围,止限于本书本句,无所发挥。先生笺证姚书,则贯串古今,穷源竟委。其注解在形式上虽附于某篇某句这下,实则是独立的一首考证文字。若是把这部书中的千万条注解,摘出来辑为一书,便是今时一部顾亭林《日知录》,而文字之细密,条理之井然,则又过之。(山西人民出版社《中国现代社会科学家传略》第七辑。)"转引自《古文辞类纂笺出版说明》,长春:吉林大学出版社,1997年。

③ 王森然:《高步瀛评传》。

考证来说明。

王融《永明九年策秀才文》有云“及嵎夷废职，昧谷亏方”，对于“嵎夷”，高步瀛首先校勘，征诸史典，指出版本不同，谓“《尧典》嵎夷，《史记·周本纪》作‘郁夷’，《说文》土部作‘堣夷’，山部‘崵’字下作‘嵎銕’，《尧典》《释文》引《尚书考灵曜》、《夏本纪》《索隐》引《古文尚书》及《帝命验》并作‘禺铁’，《尧典》孔疏引夏侯等书作‘嵎铁’”。

其次释义，谓“《尧典》《释文》引马融曰：‘嵎，海嵎也。夷，莱夷也。’伪孔传曰：‘东表之地称嵎夷。’”

再次以集注的形式汇综清人考辨“嵎夷”之具体位置。王鸣盛《尚书后案》以《尧典》嵎夷即《禹贡》之嵎夷；《说文》土部谓“堣夷，在冀州”，山部谓“崵山，在辽西。一曰嵎铁，旸谷也”；《夏本纪》嵎夷《索隐》谓“在辽西”；孙星衍《尚书今古文注疏》认为在永平府，与马融主青州说异；江声《尚书集注音疏》、洪亮吉《四史发伏》卷一皆认为《说文》“堣夷，在冀州”之“冀州”为“青州”之误。针对青州之所在地，高步瀛谓薛季宣《书古文训》、蔡沈尚《书集传》认为青州在登州，为山东蓬莱县治；于钦《齐乘》同薛、蔡，但又以为在海宁州，为山东牟平县治。接着高步瀛又考成山，引《史记·封禅书》言日主祠成山，《集解》引韦昭指出成山在东莱不夜县，高步瀛言“在今山东文登县东北”；引胡渭《禹贡锥指》卷四谓：“羲仲所在，在此颇为近理。”

针对以上文献，高步瀛总结说：“三者（按，即登州、海宁州、东莱不夜县）皆在青州之域，以《禹贡》言之，似登州为是。”

进而又指出《后汉书·东夷传》、《通典》“边防”以东夷九种为嵎夷，《禹贡锥指》、蒋廷锡《尚书地理今释》、朱骏声《尚书古注便读》皆以嵎夷为朝鲜地；又钱泰吉《铜熨斗斋随笔》卷一、皮锡瑞《今文尚书考证》谓郁夷即倭夷，为日本之地。针对“朝鲜说”，高步瀛驳正曰：“尧时版图恐未及此，则其说未足据也。”针对“日本说”，高步瀛驳正曰：“夫汉时言三神山，犹在虚无缥缈之间，而谓尧时以至此候日，则必无之事矣。"①

从一个"嵎夷"之考证,征引文献超过15种,既显示出高步瀛精熟舆地之学,又可见其考证之识。虽仅是对前人观点加以驳正,并未给出最终答案,但却为后人不再袭用前人观点提供了详证。虽这种札记体、集注体的体例看似琐碎,但确可见考证家之严谨与博学。这种体例留给今人的不在形式,而是一种治学精神的感召——所谓无征不信、孤证不立、实事求是。

3. 态度:多闻阙疑的精神

清之考证学家讲求实事求是,秉此原则也就决定了他们在考证过程中须做到多闻阙疑,而不轻易断以己意。王森然在比较高步瀛与吴承仕治"三礼"之方法时叙述到:"先生之讲三礼,与吴检斋先生不同。检斋于援引经文之外,常断以己意,而先生则谓今古时异,吾人所见,未必尽合于古,与其为不必正确之论案,不若多列证援以听识者自行抉择之为愈也。"②如在考证郭有道之卒年问题时,高步瀛引梁章钜、朱琦、翁方纲之考证,并驳《后汉书·灵帝纪》关于历数之记载。最后谓:"今志其相舛者如此,俟精历数者考正之。"③

在具体考证过程中,高步瀛亦多将前贤观点加以搜罗、排比,有时表明自己之观点,但大多数情况是"听识者自行抉择"。如王俭《褚渊碑文》"储后幼冲,贻厥之寄",高步瀛考证"贻厥",先明出处,引《诗·文王有声》曰:"贻厥孙谋,以燕翼子。"而具体考证则引胡仔《苕溪渔隐丛话》前集卷十一论"友于、贻厥";引吴幵《优古堂诗话》引《南史》、《北史》、陶渊明诗明"友于",以证杜诗之本;引王楙《野客丛书》考"友于、贻厥",并指出魏晋人之谬④。对"贻厥为子孙"高步瀛并未表明自

① 高步瀛:《南北朝文举要》,第136—137页。
② 王森然:《高步瀛评传》。
③ 高步瀛:《两汉文举要》,第282页。
④ 高步瀛:《南北朝文举要》,第105页。

己看法，只是通过征引胡、吴、王三人之考证，以供人识断。虽高步瀛未言己见，但我们从其所引文献也便明晰了友于、贻厥之典源和后世流传(如杜甫、韩愈之诗)，以及魏晋人之误。

考证为传统选学研究的重要组成部分，高步瀛站在前人研究成果的基础之上，从而对一些问题能够做出梳理与总结，为今人以传统选学为基础开拓新选学的研究课题贡献了自己的卓识。

四、艺术评点

评点盛于明清，但也因其形式招致时人诋呵。如今能够见到的举要系列的《文选》文，文中批注皆被删削，保留下来的只有分章断义和附于文末的总评。穆克宏教授讨论高步瀛之选学评点，切入点是高步瀛之分章断义。本节拟以附于文末的总评为切入点进行分析。

1. 评点的形式和采录的范围

文末之总评或为高步瀛自评，或以“集评”的形式采录前贤评语，间抒己见。现就高步瀛举要系列选录的54篇《文选》文所附集评整理成下表：

表3　高步瀛举要系列选录《文选》文集评统计

序号	评家	次数
1	谭献	34
2	何焯	13
3	高步瀛	13
4	李兆洛	7
5	蒋士铨	4
6	姚鼐	3
7	方苞	3
8	真西山(德秀)	2

续表

序号	评家	次数
9	吴北江(闿生)	2
10	吴汝纶	2
11	许叔夏(梿)	1
12	浦起龙	1
13	曾国藩	1
14	陆雨侯	1
15	储同人	1
16	姚薑坞	1
17	张裕钊	1

谭献为晚清著名词学家,亦曾评校李兆洛所纂《骈体文钞》①,高步瀛之采录李兆洛、谭献评语,当取自谭评本《骈体文钞》。据赵俊玲考证,“今传收录何焯《文选》评点的著作共有三种”,分别是“乾隆三十四年(1769)蒋维钧辑《义门读书记》本,乾隆三十七年叶树藩海录轩朱墨套印何评《文选》本,乾隆四十三年启秀堂刻于光华《重订文选集评》本”②。这三种版本皆为高步瀛所见,何焯之评当采自三本中相关评语。蒋士铨为乾隆年间著名文学家,与赵翼、袁枚并称“乾隆三大家”。诗、词、曲之外,古文亦“行以劲气,出以深情,而又雅正有法”,有古文和骈文合集《忠雅堂文集》,且曾评选《四六法海》③,高步瀛之采录蒋士铨评语当取自《忠雅堂评选四六法海》。高步瀛曾作《古文辞类纂笺》,对评点该书者亦熟稔,故诸如姚鼐、曾国藩、吴汝纶、张裕

① 参钟涛、彭蕾:《李兆洛〈骈体文钞〉成书和版本考述》,《励耘学刊》(文学卷)2015年第1期。

② 赵俊玲:《〈文选〉评点研究》,上海:上海古籍出版社,2013年,第203—204页。

③ 参徐国华:《蒋士铨研究》第五章《蒋士铨古文创作与骈文评点初论》,华东师范大学2005年博士学位论文。

钊等人之评语，当取自诸家评点《古文辞类纂》①。真德秀曾编《文章正宗》，相关真氏评语，高步瀛当取自此书。方苞为桐城初祖，倡“义法说”，有关于评《史记》诸文（清王拯曾纂辑《归方评点史记合笔》），高步瀛《两汉文举要》中所录《文选》文载方苞评语，当取于方苞评《史记》。浦起龙有《古文眉诠》，相关浦氏评语，高步瀛当取此。姚范上呈方苞，下启姚鼐，为桐城派代表，其《援鹑堂笔记》中多论义法之言，高步瀛采录姚范评语当取此书。又据高步瀛《选学纲领》“文选诸家注”所附《何氏评选文选》后按语曰：“今载海录轩本，与《义门读书记》大致相同，而与《援鹑堂笔记》所引多有出入。”②由此，亦可佐证高步瀛录姚范之评点当取自《援鹑堂笔记》。储欣（字同人）为清古文大家，在茅坤《唐宋八大家文钞》的基础上增加李翱、孙樵二人，编为《唐宋十大家全集录》。所采储欣评语，高步瀛当取自此书。许梿字叔夏，高步瀛当采其《六朝文絜》。陆云龙（字雨侯）之评语不知采自何处，待考。

对于所集评语，高步瀛有时会加以评骘，如曹植《与吴质书》，高步瀛引谭献评曰：“以感逝为主，不立间架，自成章法。”对谭评，高步瀛曰：“谭评甚是。余旧评云：文以既痛逝者、行自念也二语为主。而于评论诸子中间插入，乃文章变化之妙。孙月峰辈不足以知之，反谓于法不宜，妄矣。”③不仅肯定了谭献之评，并以自己之评与谭评相印证，又驳明代选学家孙月峰（有《孙月峰先生评文选三十卷》）之“妄”。

集评这种形式不仅能够见出所评之文的历史性价值，且能够让读者从多个角度见出其恒久的魅力。

---

① 按，高步瀛所集评语，皆可见于吴闿生辑《古文辞类纂诸家评识》（见《历代文化续编》下册）及吴孟复、蒋立甫主编《古文辞类纂评注》中“集评”。

② 高步瀛：《选学纲领》。

③ 高步瀛：《魏晋文举要》，第 12 页。

2. 评点内容及特色

文章评点主要着眼于主旨、结构、语言特色、艺术风格等,此外,则是梳理源流。高步瀛所集评点不出这些内容,而从中则可探析高步瀛之文章学理论。

吴承学教授曾总结道:"四库馆臣强烈贬斥以文法评点儒家经典和以时文之法评点文章的著作,以评点学为时俗之体,把评点之学与晚明文风、时文俗体捆绑在一起,在某种程度上,'评点'成为恶谥。"[①]然尽管官方反对,却并不能完全扼杀评点之风。桐城派示人轨辙、传衍文法,更为学文者指示向上途径,端赖评点(或批点)之功[②]。姚鼐曾谓:"震川阅本《史记》,于学文者最为有益。圈点启发人意,有愈于解说者矣。可借一部临之,熟读必觉有大胜处。"[③]李承渊评《古文辞类纂》亦谓:"姚先生承方、刘二公之业,亦尝示学者前辈批点可资启发。"[④]高步瀛选文评点所集诸家,其中方苞、姚范、姚鼐、曾国藩、吴汝纶、张裕钊、吴北江皆属桐城派,所评诸文皆是"义法"、"神理气味格律声色"等理论标语的体现,如张裕钊评《过秦论》曰:"玮丽之辞,瑰放之气。"[⑤]方苞评《报任少卿书》曰:"如山之出云,如水之赴壑,千态万状,变化于自然,由其气之盛也。"[⑥]吴汝纶评《移让太常博士书》曰:"子骏文气峻厉。"[⑦]

除去桐城诸家,真西山、李兆洛、谭献、储欣等人评语亦多着眼于"神理、气味、格律、声色",如真西山评《报孙会宗书》曰:"文气豪荡似

① 吴承学:《〈四库全书〉与评点之学》,《文学评论》2007 年第 1 期。

② 可参徐雁平:《批点本的内部流通与桐城派的发展》,《文学遗产》2012 年第 1 期。

③ 转引自吴承学:《〈四库全书〉与评点之学》。

④ 李承渊:《校刊〈古文辞类纂〉后序》,姚鼐纂:《古文辞类纂》,上海:上海古籍出版社,1998 年,第 1—2 页。转引自赵俊玲:《〈文选〉评点研究》,第 274 页。

⑤ 高步瀛:《两汉文举要》,第 13 页。

⑥ 同上,第 108 页。

⑦ 同上,第 198 页。

史迁。"[①]李兆洛评《六代论》曰："一气奔放，尚是西汉之遗。"[②]谭献评《出师表》曰："喷薄而发，言在于此，意在于彼。"[③]储欣评《喻巴蜀檄》曰："严厉而文。文质彬彬，色声调法交至。"[④]

高步瀛虽不认同自己为桐城传人，他的门人如程金造亦为乃师辨白[⑤]，但仅从评点所体现出的桐城派特色就可看出，他们的不认同与辨白似都显得苍白无力。高步瀛对桐城诸家及偏于桐城理论诸家评点的选择，以及自己之评点，都可坐实这一点。如其评《马汧督诔并序》曰："词旨沉郁，声情激越。"[⑥]偏重于"声色"；评《归去来辞》曰："此文寓感愤于冲淡，化瑰丽为平夷，须从其胸襟兴象间理会，不当仅于字句间求之。"[⑦]偏重于"神理"；评《王命论》曰："闳括渊懿，犹有西汉余风。"[⑧]偏于从整体风格上予以观照。

此外，高步瀛受学于吴汝纶，亦可从评点上见出其师承。吴闿生曾指出，《桐城吴先生点勘文选》一书之评点"依姚鼐《文选》评本为底本，多取姚鼐及其评本所载姚范之说"。吴汝纶"评骘则兼取张皋文、李申耆、方植之、曾文正之说，亦时以己意断定之"[⑨]。高步瀛之评点一如吴汝纶，如其评《与杨德祖书》曰："语意切挚。"并对何焯之评"以己意断定之"，曰："何焯谓气焰非阿兄敢望，信然。"[⑩]

---

① 高步瀛：《两汉文举要》，第166页。

② 高步瀛：《魏晋文举要》，第78页。

③ 同上，第89页。

④ 高步瀛：《两汉文举要》，第83页。

⑤ 程金造谓："先生笺注姚氏此书，绝未涉及桐城文章家法一字。"转引自《古文辞类纂笺出版说明》，长春：吉林大学出版社，1997年。

⑥ 高步瀛：《魏晋文举要》，第125页。

⑦ 同上，第158页。

⑧ 同上，第214页。

⑨ 吴闿生《吴先生点勘群书总集部·文选》卷首识语，吴汝纶《桐城吴先生全书六种》附《桐城吴先生群书点勘五十种》，国家图书馆藏光绪间及民国间刻本汇印本，转引自赵俊玲：《〈文选〉评点研究》，上海：上海古籍出版社，2013年，第275页。

⑩ 高步瀛：《魏晋文举要》，第43页。

集评虽看似采录前人,实寓有某种理论指向。高步瀛之选学评点,并非像穆克宏教授所分析的那些断章析义,那只是一种指示门径的初阶;真正登堂入室的,乃在于文末所附的集评所隐含的理论指向。

以上从笺疏、校勘、考证及评点四个方面分别分析了高步瀛之选学研究成绩及特色,这只是一种便于分析的方式。总的来说,高步瀛之选学研究特色可以概括为:1. 广征博引,以经典著述为依归;2. 参驳辨难,不以成说为恒论;3. 内容丰富,为后人提供无限空间。

五、发明义例

高步瀛在《选学纲领》"李注略例"中曾就张云璈、胡克家、钱泰吉等人关于李注义例之观点有所分析与辨证,在《文选李注义疏》中亦对李注义例多有阐说,如《两都赋序》有云"以兴废继绝,润色鸿业",李善注云:"言能发起遗文,以光赞大业也。《论语》子曰:兴灭国,继绝世。然文虽出彼,而意微殊,不可以文害意,他皆类此。"高步瀛疏曰:"'然文虽出彼'云云,亦李氏自述注例。"并就胡绍煐考证"鸿业"当作"洪业"加案语道:"'鸿'、'洪'字通。李注引书,遇有其字不同而通用者,则云某与某同。然亦有人所共知,不加申释者,亦有径改所引书以就本书者,其例未甚画一。"①在"举要"系列《文选》文中高步瀛亦不忘对李注义例的阐说,如王俭《褚渊碑文》有云"餐东野之秘宝",高步瀛引李善注引《典引》曰:"御东序之秘宝。"并谓:"然'野'当为'杼',古'序'字也。"对此,高步瀛指出:"李善《文选注》凡'然',皆'然则'之意。"②在《选学纲领》"李注略例"中,高步瀛亦曾指出:"李氏注'然则'皆止云'然',胡克家《考异》已言之。"③

诚如张云璈所谓:"李氏之注《文选》自有其例,不明其例,则李注

① 高步瀛:《文选李注义疏》,第8页。
② 高步瀛:《南北朝文举要》,第113页。
③ 高步瀛:《选学纲领》。

之次第不可得而知也；凡五臣注之阑入李氏者不可得而知也；且非五臣注而阑入李氏者更不可得而知也。”[①]李注义例明，才能辨别孰为善注、孰为五臣注，由此才能进一步讨论二者优绌。辨别未清，妄下己意，以至贻误后人。我们看到，张云璈、钱泰吉等人做的发明李注义例的工作被高步瀛及其同时人如李详、骆鸿凯等继承了下来，但李、高而后，却很少有人踵武前贤。日本斯波六郎博士有《李善〈文选〉注引文义例考》一文，从引文之目的、态度、记载法三大方面非常详细地分析总结了李注引文义例，实乃敦实之作。斯波六郎在注中遗憾地提到："高步瀛有《李注略例》，记于其《文选李注义疏》卷一及骆鸿凯文中，但还未得见。”但我们可以看到，斯波六郎已用自己的研究呼应了高步瀛。上文高步瀛分析“鸿”、“洪”所谓“李注引书，遇有其字不同而通用者，则云某与某同”，斯波六郎举《吴都赋》“翘关扛鼎”注引《列子》证之[②]。可以想象，若斯波六郎得见高步瀛之作，对其研究将提供诸多借鉴。

第三节　余论：新选学研究领域的涉足

自日本学者神田喜一郎于1936年提倡“新文选学”这一范畴（或概念）以来，中国学者如顾农、许逸民、周文海、傅刚、王立群等对此展开了热烈的探讨。如今言中国选学家对现代选学（或新选学）的开拓，皆推骆鸿凯及其《文选学》。若考之实际，学术研究其实并未因时代发展而表现出新与旧（或现代与传统）的泾渭分明。即如新选学的研究范围，从许逸民与清水凯夫之各自概括也可看出，选学之传统与现代

① 引自高步瀛《选学纲领》“李注略例”。

② 斯波六郎撰，权赫子、曹虹译：《李善〈文选〉注引文义例考》，《古典文献研究》（第十四辑），南京：凤凰出版社，2011年。

应是一个整体范畴[①],体现出"你中有我、我中有你"的特色。而且,即使现代人所从事的选学研究,也可能是传统选学研究的范畴,只是所采用的方法与传统有所区别而已[②]。可以说,现代选学是传统选学随着时代发展,因文献材料的发掘及理论概念、研究方法的更新,从而表现出适应时代需求及学术内在理路的变化。

由此,我们讨论高步瀛对现代选学研究领域的涉足,只是以现代的视角来审视其传统方式掩盖下的成绩,但并不能就此说明高步瀛已跨入新选学研究者范围。从研究特色上来说,笔者同意王立群教授的划分,将其列为传统选学研究的代表。现仅以许逸民所总结的"八学"[③]为依据,并参考斯波六郎博士之界定,来介绍高步瀛对新选学研究领域的涉足:

一、文选注释学

"'新选学',在注释方面也不能不有所创新。首先我们需要对前人旧注加以总结,或择要整理各种单注本,或汇总诸家注疏而成集注本,总之,要下一番去伪存真、去粗取精的功夫。"[④]高步瀛之笺疏虽大多为引文释义,但亦有通过汇总诸家注疏并断以己意来释义的,如薛综《移诸葛恪等劳军》有云"藜茎稂莠",对于"藜",高步瀛依次引《说文》、《史记·太史公自序》正义、《汉书·司马迁传》颜注三家释藜;对于"茎",则依次引《尔雅·释草》、《齐民要术》十引《诗义疏》、《诗·我行其野》毛传释义;对于"稂莠",先总括曰:"稂莠亦各有二种,一种

① 参傅刚:《传统"选学"与"新选学"》,《文史知识》1998年第4期。

② 按,傅刚指出,"斯波六郎博士的版本研究与胡克家的版本研究在本质上并没有什么不同"。参《传统"选学"与"新选学"》。如赵俊玲之《〈文选〉评点研究》,亦是传统选学的研究范畴,即从评点的角度对明清文选评点学予以梳理与论述,且在版本学上比较有特色。

③ 许逸民:《"新文选学"界说》,《21世纪"文选学"研究展望(笔谈)》,《郑州大学学报》2010年第3期。

④ 许逸民:《"新文选学"界说》。

为禾粟之秕者。”引《诗·大田》毛传、《说文》、胡承珙《毛诗后笺》卷二十一释稂莠之第一种；“一种为田间自生之草”，引《尔雅·释草》、《说文》、《史记·司马相如传》集解引《汉书音义》、《太平御览》百卉部五引韦曜问答、罗愿《尔雅翼》卷八引韦曜问答及焦循《孟子正义》卷二十三释义，最后高步瀛指出“此文所言，当属后一种，故与善草相对”①。一字之释，排比诸家观点，并断以己意，从而使人明了文义。

二、文选校勘学及文选版本学

前文在论高步瀛之选学校勘时已经提及，其综合运用新发现的版本、史书、别集、类书等方式进行校勘，正合许逸民所谓：“‘新选学’的校勘学除了继承前人的校勘成果，继续校理李注而外，我认为还应利用唐写本（包括敦煌写本及《文选校注》残卷等）、宋刻本和史传、笔记等资料校订《文选》正文，争取在汇校的基础上搞出一个《文选》白文的定本。”②而对版本，高步瀛亦如许逸民所谓“理清各种版本的渊源流变”，其在《文选序》题下曾梳理《文选》注源流，曰：“《旧唐书·经籍志》、《新唐书·艺文志》皆有李善注《文选》六十卷。《新志》又有五臣注《文选》三十卷。至宋人合李善及五臣为六臣注，仍从善分为六十卷。或又增公孙罗《文选钞》、《文选音决》及陆善经注为《集注》，分为一百二十卷，今不传，惟有唐写残本存日本《金泽文库》，有罗振玉印本及日本帝国大学印本。”③在笺注《为宋公修张良庙教》“夫盛德不泯”之“夫”音时，高步瀛引《文选集注》引《文选音诀》，亦对《集注》加以梳理，曰：“王重民曰：日本国《见在书目》有公孙罗《文选钞》五十九卷、《文选音诀》十卷。案：《旧唐书·经籍志》有《文选注》六十卷、《文选音》十卷，皆公孙罗撰。《新唐书·艺文志》亦有之。殆即《钞》与《音

① 高步瀛：《魏晋文举要》，第92页。

② 许逸民：《“新文选学”界说》。

③ 高步瀛：《南北朝文举要》，第245页。

诀》也。《见在书目》为唐时日本人作,著录当时所得中国书。则《钞》与《音诀》当是公孙罗书原名。”①

此外,高步瀛在《选学纲领》中所论“李善文选注”、“五臣文选注”及“诸家评李注及五臣注之优绌”,亦是对各种注本源流、优劣之梳理评定,皆可纳入文选版本学之研究。

三、 文选编纂学及选录标准

关于《文选》之编者,在古代已有学者探求,比如杨慎就有萧统聚集“高斋十学士”编纂《文选》之说,高步瀛引史料予以辩驳,并指出所谓的扬州文选楼、池州文选阁皆与《文选》之编纂无关②。在《南北朝文举要》所收《文选序》中,高步瀛虽省略了对“高斋十学士”之考辨,但最后附以总评,曰:“词旨渊懿,于文章遽变之源流,实确有所见。至以藻采为文,故经子大文转不选录,自是六朝风习,当分别观之。”③此可谓谈到了《文选》的选录标准,且“六朝风习”四字从大的社会背景、文学潮流上予以了提示,这亦暗合了许逸民所谓的“关于(文选)史料学,我认为应该结合‘选学’发展史,阐述《文选》所由产生的政治、历史、文学等各种背景史料”④。

高步瀛之选学研究可谓传统选学的总结,同时亦体现出对现代选学(或新选学)研究领域的涉足,只是因其《文选李注义疏》为未完之作,及其所采用的方式为传统笺疏体例,从而限制了人们予以整体论述,进而探求其理论建构。而如今对高步瀛选学予以绍介者,亦忽略了其举要系列中的相关篇章。甚至因未见其《选学纲领》,从而对其选学研究显得较为片面。

① 高步瀛:《南北朝文举要》,第 2 页。
② 参《文选李注义疏》所附《文选序》,及《选学纲领》第一部分“文选之作”。
③ 高步瀛:《南北朝文举要》,第 263 页。
④ 许逸民:《“新文选学”界说》。

本章主要以两汉、魏晋、南北朝三段举要所收《文选》文为依据来分析了高步瀛之选学研究。从整个选学研究史来看,高步瀛之研究仅是其中的一个点。但正因为这一个个点的荟集,从而形成了丰富多彩、丰硕厚实的选学研究史。清末民初的时代变更所引起的学术思潮变更,折射到单个学人身上所产生的治学方式与目的的变化,为后人建构学术史、思想史提供了鲜活的个案。高步瀛凭借自己的研究为后人留下了厚重的成果、敦实的学术态度和丰富的资源。从此点意义上观之,亦不可忽略高步瀛之选学研究。金毓黻曾评价说:“今世续学之士,治选学者,颇不乏人;其裒然成帙不愧专门名家者,间亦有之。然若先生之兀坐一室,博综群籍,原始要终,殚见洽闻者,殊不多覯。此诚崇贤以后所希有,不仅为昭明之功臣也。”①

① 金毓黻:《选学纲领识语》。

第四章

高步瀛的文章辨体理论与文章学思想

文章学研究是上世纪80年代以来逐渐兴起的一个学术热点，至今仍为文史学家所倾心。然中国古代并无学科意义上的文章学之称，降至晚清民国，《京师大学堂章程》(1898年)及梁启超、周作人、陈寅恪等人，或不重视词章学，或主文章不能称为"学"，或认为"词章之学"根本不构成一门独立的学问①。本章主要以历代文举要为依托，对高步瀛之文章学思想予以梳理和分析，揭示其对今天之文章学研究所具有的价值。

第一节　文章学理论的继承与实践

高步瀛有专门辨析文体、评析文法之作《文章源流》②，此书原为

① 欧明俊:《学术视野中的古代文章学》，王水照、侯体健主编:《中国古代文章学的衍化与异形——中国古代文章学二集》，上海:复旦大学出版社，2014年，第47页。

② 收入余祖坤所编《历代文话续编》，刘春现以"文体学"角度予以论述，然《文章源流》所涵盖的内容远非"文体学"所能包容。具体参刘春现:《〈文章源流〉与清末民国时期的文体学研究》，《安徽大学学报》2016年第2期。

其任教北师大和莲池书院时的讲义，讲授时间与其编撰历代文举要的时间重合，二者之间存在的关系今无人道及。从文体学的角度讲，高步瀛之历代文举要是其文章辨体理论的具体实践。附于其中的评点，则是其构建文章学理论的重要依据。

一、 文章辨体理论的继承与实践

1. 文章辨体的传统

中国古人有辨体之传统。从高步瀛历代文举要所引用材料可知，《尔雅》、《说文解字》、《广雅》、《释名》已有辨体之见，王逸、颜师古、张铣等人笺注，亦间有申论。汉末蔡邕《独断》[①]、曹丕《典论·论文》，辨体意识已非常自觉。至陆机、挚虞、刘勰、钟嵘、萧统等人出，言文者无不以辨体为先。刘师培曾言："昔《文赋》作于陆机，《诗品》始于钟嵘，论文之作，此其滥觞。彦和绍陆，始论文心；子由述韩，始言文气。后世以降，著述日繁。所论之旨，厥有二端：一曰文体，二曰文法。《雕龙》一书，溯各体之起源，明立言之有当，体各为篇，聚必以类，诚文学之津筏也。"[②]后之踵武者不绝于时，以选集、评论、专著等形式，共同丰富着辨体之传统。

科举制度施行以后，所考科目如律赋、策论等，都有明确的体式规定，这成为诸多文章选集首要辨体之原因。至晚清民初，文章之习从用备制艺到知识传授，梳理文章源流之首要任务仍在辨体。世换时移，文体也随时而变，不辨体则无以用。故从传统上来说，时人之论著皆蹈袭刘师培所言二端（文体与文法），这可以《历代文话续编》所收晚清民初之作得到印证。如与高步瀛同处晚清民初的吴曾祺（1852—1929）有《涵芬楼文谈（谭）》（出版于宣统三年），其中"辨体篇"云：

① 可参刘跃进：《〈独断〉与秦汉文体研究》，《文学遗产》2002 年第 5 期。

② 刘师培：《文说序》，《文说 论文杂记》，《刘申叔遗书》第 20 册，民国廿三年宁武南氏校印本。

> 作文之法，首在辨体。人之一身，目主视而耳主听，手职持而足职行，数者不能相假，惟文亦然。固有精语名言，而不足以为吾文重者，体敝故也。
>
> 大凡辨体之要，于最先者第识其所由来，于稍后者，当知其所由变，故有名异而实则同，名同而实则异，或古有而今无，或古无而今有，一一为之考其源流，追其派别，则于数千年间体制之殊，亦可以思过半矣。①

吴氏所言，可代表其时辨体以识文章源流之共同旨向，高步瀛《文章源流》、历代文举要之辨体亦复如是。

2.《文章源流》与历代文举要的关系

据余祖坤所言，《文章源流》为高步瀛任教北师大及莲池书院时的讲义②。从本书第一章梳理高步瀛任教情况可知，其任教北师大的时间段为：(1) 1921 年至 1927 年 5 月兼职时期；(2) 1927 年 5 月至 1930 年秋专任师大教授；(3) 1931 年"九一八"事变后返回北平至 1937 年"卢沟桥事变"北师大为日伪占据。据王森然所记，1934 年莲池讲学院设立，高步瀛应当局之敦请每周到讲学院一次，成《文章流别新论》二卷。高步瀛之历代文举要则为其第三段任教北师大期间所撰定(《骈文举要》为任教萃升书院时所作)。由此可推测，高步瀛之历代文举要与《文章源流》应成书于同时。

《文章源流》首为"总论"，包括文章之名义、起源、类别、作文之要义等，大抵绍述桐城派如方苞、姚范、姚鼐、刘大櫆、曾国藩、吴汝纶、张裕钊、姚永朴、吴闿生等之言论，并有申辩；次辨文体，以储欣、姚鼐、曾国藩三人之文体分类为参考而有所损益，最终分成三门十六类，各类下又分细类，每类不仅援引蔡邕、挚虞、刘勰、吴讷等先见以明源流，并

① 吴曾祺：《涵芬楼文谈》，北京：金城出版社，2011 年，第 16 页。

② 余祖坤：《文章源流前言》，《历代文话续编》下册，第 1253 页。

附相关代表作予以评点。可以说,《文章源流》是融文法评点、文体辨析、文章源流、文学知识考辨(作家、篇目等)等为一体的综合性著作,而非仅局限于文体学一隅。

《文章源流》虽标举众文体之代表作,然仅限于篇名,而历代文举要(先秦至唐宋)则是高步瀛文章学思想之具体实践。经笔者统计,历代文举要共选文396题425篇,其中有117篇见于《文章源流》。所涉文体13类,只有传注类[①]、典志类、诗词类[②]未见于《文章源流》。历代文举要中关于《史记》书名、骚体、陶渊明年谱等考据亦见于《文章源流》中。历代文举要所引桐城诸家亦皆见于《文章源流》中。可知,历代文举要乃高步瀛根据《文章源流》之辨体、文法(立意、谋篇、造句等)所编选的文选。

3. 历代文举要的文体实践

历代文举要以时间为序,选录157家作品(先秦4家、两汉16家、魏晋17家、南北朝40家、唐宋80家)。按传统四部之分,选文涵盖经(《左传》、《孟子》)、史(《史记》、《汉书》、《新五代史》等)、子(《战国策》、《庄子》)、集;按高步瀛之文体分类,包含13类。现对三门之文体分布作一统计表,如下表1、2、3。

由统计表可清晰看出,高步瀛之选文在文体选择上表现出以下四个特点:

(1) 文体细类丰富。《文选》分三十七类[③],《古文辞类纂》分十三类,《经史百家杂钞》分十一类,高步瀛之历代文举要涉及13类55体,这对进行文体学研究提供了一定的资源性价值,对我们全面认识古代文章具有一定的借鉴意义,尤其是一些今人比较陌生的文体,如"序跋

---

① 按,高步瀛评韩愈《禘祫议》、刘敞《天子五门议》皆云"可为考据文之法",可作"传注类"文之参考。

② 诗词类虽属于"词章",但不属于"散文"(古文、骈文)。

③ 《文选》分类为选学研究史上的一个公案,有三十七、三十八、三十九三种,可参傅刚:《〈文选〉三十九类说补证》,《文献》1998年第3期。

类”的“读”,“诏令类”的“教”、“德音”,“叙记类”的“述”,“词赋类”的“连珠”,“箴铭类”的“箴”,“哀祭类”的“祝告”(选有两篇上梁文)等。

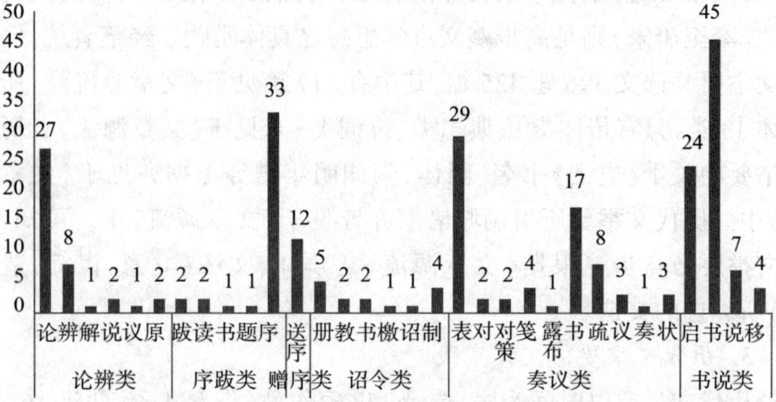

表 1　论议门文体分布统计表

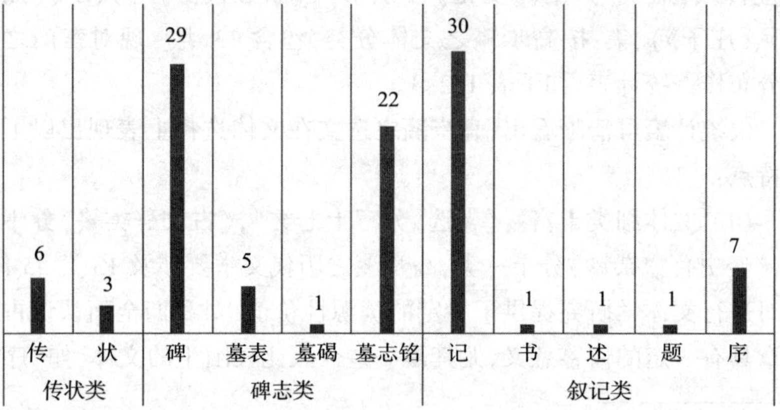

表 2　记载门文体分布统计表

(2) 文体选择分轻重主次。如“论辨类”之“论”、“序跋类”之“序”、“奏议类”之“表”、“书说类”之“启”和“书”、“碑志类”之“碑”

和"墓志铭"、"叙记类"之"记"、"词赋类"之"连珠"、"箴铭类"之"铭"和"哀祭类"之"祭文",这些文体所选篇目较多,可见高步瀛之重视程度。大部分则只选1篇,以体现举要之义。

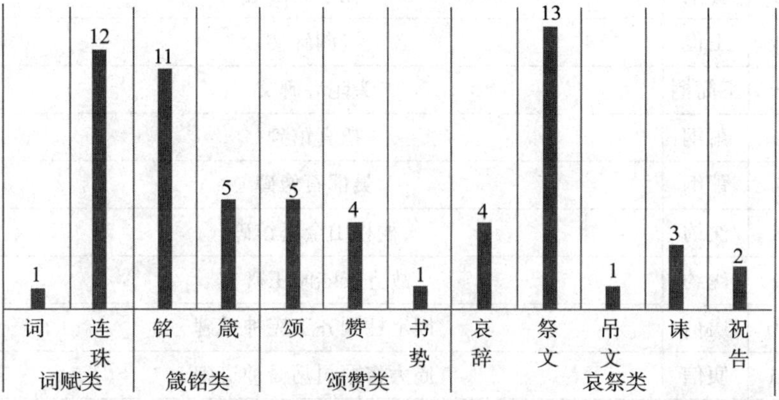

表3 词章门文体分布统计表

(3) 基于选文篇数之不同,由篇数多的文体能够看出此一文体之衍变、不同作家之风格等。如"碑志类"之"碑",高步瀛在《文章源流》中分为三类:

① 纪功德之碑;② 庙碑;③ 墓碑。其中墓碑又称为:a. 神道碑,或署神道碑铭,或署神道碑文,或署神道碑;b. 墓碑;c. 碑。高步瀛又指出《文选》所录之碑,皆称碑文。后世又有称碑为"先茔"、"新茔"、"先德"者[①]。历代文举要中所收碑文有:

历代文举要所收碑文统计表

序号	作者	篇名
1	蔡邕	陈太丘碑文

① 高步瀛:《文章源流》,《历代文话续编》下册,第1489—1494页。

续表

序号	作者	篇名
2	蔡邕	郭有道碑文
3	曹丕	孔子庙碑
4	王俭	褚渊碑文
5	王简栖	头陀寺碑文
6	萧纲	招真馆碑
7	萧纲	吴郡石像碑
8	沈约	桐柏山金庭馆碑
9	沈约	故齐安陆昭王碑文
10	庾信	周上柱国齐王宪神道碑
11	庾信	周大将军司马裔神道碑
12	徐陵	司空徐州刺史侯安都德政碑
13	温子升	寒陵山寺碑
14	温子升	常山公主碑
15	王勃	益州绵竹县武都山净惠寺碑
16	杨炯	大周明威将军梁公神道碑
17	卢照邻	益州至真观主黎君碑
18	崔融	嵩山启母庙碑
19	张说	齐黄门侍郎卢思道碑
20	张说	故开府仪同三司上柱国赠扬州刺史大都督梁国公姚文贞公神道碑
21	杨炎	大唐燕支山神宁济公祠堂碑
22	韩愈	平淮西碑
23	韩愈	南海神庙碑
24	韩愈	柳州罗池庙碑
25	韩愈	曹成王碑

续表

序号	作者	篇名
26	韩愈	司徒兼侍中中书令赠太尉许国公神道碑铭
27	刘禹锡	彭阳侯令狐氏先庙碑
28	欧阳修	资政殿学士户部侍郎文正范公神道碑铭
29	王安石	广西转运使孙君墓碑
30	苏轼	表忠观碑

由上表可看出,自东汉、魏晋、南北朝至唐宋,高步瀛皆选有碑文,细按诸家之作,便可见文章源流。他如“论”“书”诸体亦复如是。

(4) 某一作家同体之作选取多篇,可见此作家之风格、艺术特色之同异。如连珠体,高步瀛独选庾信《拟连珠十二首》,谓:“子山此文,但叙身世,与《哀江南赋》相表里,李兆洛以为连珠之别格,是也。”①今人论及《哀江南赋》鲜有连带《拟连珠》而论者;再如“书说类”之“书”,选曹丕两篇:《与朝歌令吴质书》《与吴质书》。曹植两篇:《与杨德祖书》《与吴季重书》。曹丕两篇同与一人,曹植两篇写给两个人。对《与朝歌令吴质书》,蒋士铨和谭献所着眼的是其风格,所谓“气体闲逸,风韵盎然”(蒋士铨评)、“萦拂有致”(谭献评)②;而对《与吴质书》,谭献和高步瀛皆注目于此篇章法之妙,所谓“不立间架,自成章法”(谭献评)、“文以既痛逝者、行自念也二语为主。而于评论诸子中间插入,乃文章变化之妙”(高步瀛评)③。曹植两篇虽写给不同的人,但从文章风格上来说,却表现出一致性,高步瀛皆看到了其“雄骏之气”。其评《与杨德祖书》曰:“语意切挚,真甘苦自得之言。后幅倾吐怀抱,不欲以文人自囿,尤觉英气逼人。何义门谓气焰非阿兄敢望,

① 高步瀛:《南北朝文举要》,第708页。
② 高步瀛:《魏晋文举要》,第6页。
③ 同上,第12页。

信然。”①评《与吴季重书》曰:“魏晋之文,渊雅有余,而气势多不振。子建特为雄骏,此篇尤觉光焰非常。”②

二、文章学理论的梳理与继承

历代文举要所收 425 篇选文,仅 15 篇(篇中及篇末)没有评语。从高步瀛吸收诸家评语之心理上来说,可以说其赞同前贤及时人评论(偶有不同意者即加辩驳),加上其自评,故可藉此来探析高步瀛对前贤有关文章学理论的梳理与继承。

文章学理论的构建既得于文章创作实践的经验,亦有赖评赏诸家之作。举凡“文气说”(曹丕)、“移情论”(陆机),至桐城文派之“义法说”(方苞)、“神气说”(刘大櫆)、“阳刚阴柔说”(姚鼐)、“经济说”(曾国藩)等,不仅能够用来评判作者自己之文,亦可施诸他人,尤其可作为后学模范。身处传统文章面临时代挑战之高步瀛,其已很难提出关于文章学的理论(虽然其有着丰富的创作及鉴赏经验)。历代文举要中所内隐的文章学理论(或主张),可以说是他对前人理论主张之梳理与总结,及在此基础上为传承传统文章学理论而作出的回应。

笔者通过梳理历代文举要所附诸家评语,总结出高步瀛之文章学理论主张体现为“跌宕论”、“渊懿论”、“文气论”、“声音论”、“结构论”等五个方面。

1. 跌宕论

“跌宕论”为古典文章学中一较为重要的理论③,然至今无人系统论述。在历代文举要所附诸家评识中,含有宕字的词尚有顿宕(或顿

① 高步瀛:《魏晋文举要》,第 43 页。

② 同上,第 48 页。

③ 朱熹评《庄子》曰“跌荡”,康有为评黄遵宪“诗文跌宕多姿”。参(宋)黎靖德编,王星贤点校:《朱子语类》卷第一百二十五,北京:中华书局,1986 年(2004 重印),第 2989 页;康有为:《〈人境庐诗草〉序》,康有为撰,姜义华、张荣华编校:《康有为全集》第八集,北京:中国人民大学出版社,2007 年,第 409 页。

挫)、谲宕、逸宕、动宕、遒宕、奇宕、澹宕等,笔者皆纳入跌宕论中。按跌宕若形容人,则指放荡不羁;施于文章,则指文笔豪放、富于变化、抑扬顿挫等。然高步瀛之跌宕论涵义较为丰富(见下表):

(1) 指文笔富于变化,不平铺直叙、呆滞刻板。此层涵义,谲宕、顿宕、动宕、奇宕与跌宕同意。如下表中1,2,3,4,14,19,27。

(2) 指文章呈现的整体风格,因宕而使文章显得有活力、有生气。如遒宕、逸宕、澹宕、动宕等,皆含跌宕意。如下表中5,8,11,12,15,18,22—26,28,35。

(3) 指行文表现出的一种气势,与表现手法、叙事手法细部层面上的跌宕不同,气势的跌宕是基于整体上的观照,可以是某一段落,也可以是整篇文章,然又不同于风格层面的"跌宕"。

为直观感知跌宕的笔法、风格和气势,现各以选文为例说明之。

《郑伯克段于鄢》:姚鼐、曾国藩皆未选,入选《古文观止》,高步瀛于《左传》首选此文,可见其卓识。后来选文者如朱东润等,亦皆选此篇。此文通过铺叙郑庄公纵容其胞弟共叔段之"居京非制"、"命西鄙北鄙贰于己"、"与母姜氏合谋袭郑",一层层将共叔段之野心渲染开来,然实际是为自己争夺王位造势。克段之后,把母姜氏放逐到城颖,并誓言"不及黄泉,无相见";然为了表现自己之孝心,故又演出了一段"阙地及泉,隧而相见"之闹剧。故吴闿生评此文"诡激谲宕",意谓其文笔看似平直,却与实际相曲折①。

薛综《移诸葛恪等劳军》:《文选》、《古文辞类纂》皆未选此文。曾国藩选,题名《与诸葛恪书》。高步瀛当袭曾国藩。对三国文,高步瀛于魏选曹丕、曹植、繁钦、吴质、曹冏、阮籍,于蜀独选诸葛亮,于吴则独选薛综,足见薛综此文之"要"。全文如下:

① 此种笔法,亦可谓之"反言"。参余祖坤:《论中国古代文章学中的"反言"笔法》,《华南师范大学学报》2012 年第 5 期。

山越恃阻，不宾历世，缓则有鼠，急则狼顾。皇帝赫然，命将西征，神策内授，武师外震。兵不染锷，甲不沾汗。元恶既枭，种党归义，荡涤山薮，献戎十万。野无遗寇，邑罔残奸。既扫凶慝，又充军用。藜莠稂莠，化为善草。魑魅魍魉，更成虎士。虽实国家威灵之所加，亦信元帅临履之所致也。虽《诗》美执讯，《易》嘉折首，周之方、召，汉之卫、霍，岂足以谈？功轶古人，勋超前世。

主上欢然，遥用叹息。感《四牡》之遗典，思饮至之旧章。故遣中台近官，迎致犒赐，以旌茂功，以慰劬劳。①

序号	篇名	评家	评语	理论涵义
1	郑伯克段	吴闿生	此诡激谲宕之文也，明谓郑庄不孝耳，却吞吐其词，不肯径出，故文特婉妙。	文笔
2	过秦论上	高步瀛	此文自起至弱国入朝，喷薄而出，文气极盛。故于孝文、庄襄，稍用顿宕以缓其气，使不至有直无曲。而及至秦王以下，乃可纵辔而骋矣。	文笔
3	陈政事疏	方展卿	贾生文最善转笔换气，忽而驰骤，忽而旋转，极其恣肆跌宕。于此处求之，可长笔力。	文笔
4	谏猎书	吴汝纶	此文用笔之奇，古今所罕。文本谏猎，而全篇只陵阻险射猛兽六字为正面文字，卒然三句，已是意外突接之笔。常人于此下，便可接其为祸也不难矣。今乃更著舆不及还辕二句，从极逼仄界中，顿宕夷犹从容不迫。虽有乌获二句，更加倍跌宕。枯木朽株二语亦然。胡越二语尤为奇险。总之句句从天外飞来，无一语平接。再加虽完全无患一折，尤为出人意表。如此短章，而奇肆怪变乃尔，非长卿绝世才，那得有此。滑口读过，蔑却绝世奇文矣。	文笔

① 高步瀛：《魏晋文举要》，第90—93页。

续表

序号	篇名	评家	评语	理论涵义
5	移诸葛恪等劳军	谭献	逸宕,非六朝人所及。	风格
6	三月三日曲水诗序	谭献	开阖动宕。	气势
7	宋孝武宣贵妃诔	谭献	殊有宕逸之气。	气势
8	拜中军记室辞随王笺	蒋士铨	遒宕温丽,高压流辈。	风格
9	诣建平王上书	谭献	开阖动宕。	气势
10	广绝交论	蒋士铨	研炼之中,自积遒宕。	气势
11	为韦雍州致仕表	蒋士铨	俯仰遒宕。	风格
12	与王僧辩书	蒋士铨	跌宕自是徐公本色。	风格
13	答周处士书	谭献	调笑中,文气排宕。	气势
14	马说	张裕钊	其神妙尤在中间奇宕处与转捩变化无迹可寻处。	文笔
15	送王含秀才序	佚名	澹宕夷犹,风神绝远。	风格
16	送李愿归盘谷序	佚名	别出奇径,跌宕自喜。	气势
17	毛颖传	茅坤	设虚景摹写,工极古今,其连翩跌宕,刻画司马子长。	气势

续表

序号	篇名	评家	评语	理论涵义
18	试大理评事王君墓志铭	茅坤	澹宕多奇。	风格
19	试大理评事王君墓志铭	张裕钊	写嫖姚倜傥之概于谲绝奇宕之中，其间翩若惊鸿处，往往使读者洒悚欲绝。	文笔
20	五箴	李刚己	汉氏以降，为四言韵语者，自太史公、杨子云之外，鲜能出三百篇之范围，惟韩公不袭取三百篇形貌，而力足与之并，如此五首，词旨深切，笔势奇宕，实周成《小毖》、卫武《抑戒》之嗣音也。	气势
21	子产不毁乡校颂	吴汝纶	纵横跌宕，使人忘其为有韵之文。	气势
22	柳州山水近治可游者记	茅坤	全是叙事，不著一句议论，却澹宕风雅。	风格
23	五代史记伶官传序	刘大櫆	跌宕遒逸，风神绝似史迁。	风格
24	送田画秀才宁亲万州序	茅坤	风韵跌宕。	风格
25	黄梦升墓志铭	刘大櫆	欧公叙事之文，独得史迁风神，此篇遒宕古逸，当为墓志第一。	风格
26	战国策目录序	王遵岩	此序与《新序》序相类，而此篇为英爽轶宕。	风格
27	读孟尝君传	吴闿生	此文乃短篇中之极则，雄迈英爽，跌宕变化，故能尺幅中具有万里波涛之势。	文笔

续表

序号	篇名	评家	评语	理论涵义
28	泰州海陵县主簿许君墓志铭	刘大櫆	以议论行序事,而感叹深挚,跌宕昭朗。	风格
29	王深父墓志铭	吴汝纶	究极笔势,跌宕自喜。	气势
30	送石昌言北使引	刘大櫆	波澜跌宕,极为老成。	气势
31	方山子传	李刚己	东坡文字长于议论,叙事之作,不逮韩、欧远甚,惟此篇跌宕有奇气。	气势
32	上枢密韩太尉书	刘大櫆	文亦有疏宕之气。	气势
33	早秋上阳宫侍宴序	蒋士铨	逸宕之气,直逼子安而上之矣。	气势
34	神龙历序	高步瀛	典丽精实,仍寓疏宕之气,故自可珍。	气势
35	上学士舍人启	高步瀛	飞卿之文,宛转动宕,不如义山。	风格

丹杨郡险阻异常,吴国君臣皆不主张征伐。然诸葛恪力陈征伐之利,孙权便任其领丹杨太守出征。诸葛恪采取了屯居粮草、抢断山民后路(粮食)的策略,使山民不战而降;所谓擒贼先擒王,又斩杀丹杨首胡伉,"于是老幼相携而出"归顺吴国。薛综奉命犒劳军士,先移此书与诸葛恪等,即此文所载。

此文属骈体,且基本为四言,用典("感《四牡》之遗典,思饮至之旧章")、比喻("藜蓁稂莠,化为善草。魑魅魍魉,更成虎士")、对比("虽实国家威灵之所加,亦信元帅临履之所致"、"周之方、召,汉之卫、霍")等修辞运用自如,四言体亦不觉典重而显得有文采,叙述有层次、主旨明确,故谭献评此文"逸宕",所谓超脱不受拘束,是从整体上对此文风格的一种感知和评定,而非一字一句。笔者所理解的逸宕,即此文不受限于体式上的限制(四言、骈体),不受宫廷官样文章风格的限制,能够尽展作者之才气。

徐陵《答周处士书》:周弘让托徐陵向朝廷推荐方圆,然征召之时,方圆又不应聘。故徐陵作《答周处士书》以答之,高步瀛曰:"观此书,既欲孝穆荐圆于朝,征聘之时,圆亦不应,则纯为增处士虚声起见,与己频征不出,一同伎俩。其心甚属卑鄙,宜孝穆之答书明为嘲笑也。"①

高步瀛将答书分为三段,原文不录,现附其断义:

第一段开头至"何劳逸之相悬也",谓:"以上周之隐居。案因其夫妇偕隐,而及到家修养并及房中,意含讥笑。"

第二段"又承有方生"至"请复详言",谓:"以上言方生必不轻出,何以荐为?"

第三段"昔楚国两龚"至文末,谓:"以上言周既高隐,似不宜属荐。真所谓以子之矛,陷子之楯者,充隐之流能勿颜汗。"②

徐陵此答书文采斐然,意指明朗,谭献评曰"文气排宕",此并非指豪放,而是指此文表现出的一种自然舒畅之气。对周弘让隐居以钓高名之行为,徐陵借其荐人一事予以了婉转的嘲笑。

2. "渊懿论"

渊懿指渊深美好。可施于人之品性,如扬雄《〈法言〉序》:"圣人聪明渊懿。"③又可论人之才气,如梁启超论严复:"严又陵哲学大家,人多知之;至其诗才之渊懿,或罕知者。"④还可用于评文,从历代文举要来看,"渊懿论"着眼于文章风格、用词和主旨。远溯其源,可谓温柔敦厚;近追其本,则为桐城姚鼐"阴柔说",亦可谓曾国藩之"情韵说"

① 高步瀛:《南北朝文举要》,第597页。

② 以上高步瀛:《南北朝文举要》,第597—601页。

③ 扬雄:《法言》卷六《五百篇》,《丛书集成初编》第530册,第23页。

④ 梁启超:《饮冰室诗话》五,北京:人民文学出版社,1959年,第3页。

(曾氏选古文四象,以情韵属少阴)。具体如下表:

序号	篇名	评家	内容
1	王命论	高步瀛	闳括渊懿,犹有西汉余风。
2	文选序	高步瀛	词旨渊懿,于文章遽变之源流,实确有所见。
3	新刻漏铭	谭献	辞尚体要,渊懿淑灵。
4	贞节君碣	高步瀛	雅洁渊懿,中郎遗则。
5	齐黄门侍郎卢思道碑	高步瀛	渊懿朴茂,自宜独步一时。
6	孔子庙碑	谭献	闳约渊懿。
7	工部侍郎李公集序	高步瀛	渊懿绵渺,具有远神。
8	进学解	曾国藩	仿客难解嘲,气味之渊懿不及,而论道论文二段,精实处过之。

如上表,第 2 条着眼于文章之主旨不浮泛、有深度;第 3 条则就文章之辞而论,强调其厚实、深美,符合铭文之体;其他皆可谓从总整体上评论文章风格之渊深美好、情韵深厚。

3. 文气论

古人论诗古文,皆喜以气论之。桐城文派因推崇唐宋八家,尤其韩愈所谓“气盛则言之短长与声之高下者皆宜”,甚为桐城乐道,故评文亦皆主“文气论”。高步瀛曾梳理道:

以气论文,为文家一大发明,遂为古今所不能易。养气之说,始于孟子,然非为为文计也,而其文滂薄充沛,未始非养气之功。王仲任《论衡·自纪篇》亦有养气自守之言,文虽不工,亦能达其所见。自魏文帝发此论,后人祖之,刘彦和《文心雕龙·养气篇》、《颜氏家训·文章篇》,以迄至韩退之《答李翊书》、苏子由《上枢密韩太尉书》,皆各有发明。后来论文者,皆出其所得,要必以子桓为开山也。①

> 养气之说，发自《孟子》，《论衡·自纪篇》亦言之。而以气论文，则始自魏文帝《典论·论文》，其言文以气为主，遂开后来养气之功。《文心雕龙·气骨(养气)篇》、《颜氏家训·文章篇》皆有所阐发，而公言气盛则言之短长与声之高下者皆宜，尤为深造自得之言。②

据统计，历代文举要所附评语径自以文气相论者有6篇；而名目繁多之气，如喷薄、雄骏(雄伟、雄迈、骏迈)、瑰放(瑰玮)、跌宕、雄肆、豪荡、峻厉、雄直、闲逸、英气、真气、风云之气、宕逸、排宕、灵气、生气、朴厚、雄阔、侠气等，可见高步瀛及桐城先贤之重视程度。

余祖坤曾指出："'气'这一范畴，在中国古典文章学中具有很丰富的涵义，它有时指文章所体现的天地之元气，有时指创作主体的精神动力，有时指作者的气质禀赋，有时指作品的风格特点，有时指文章语言节奏所形成的气势。"③较之高步瀛之"文气论"仍有未尽之意。高步瀛之"文气论"可施于语词运用、结构布置、行文气势、整体风格等，一切均可以"气"论之。

此外，一定之体便有一定之"气"，故清王猷定论道：

---

① 高步瀛：《魏晋文举要》，第17页。

② 高步瀛：《唐宋文举要》，第202页。按，高步瀛《文章源流》亦论"养气说"，见《历代文话续编》下册，第1347页。吴曾祺亦有"养气篇"，其曰："昔贤论文，莫不以气为主。曹子桓谓'气之清浊有体，不可勉强而致'，韩文公谓'气盛则言之短长与声之高下皆宜'，柳子厚谓'未敢昏气出之，惧其杂也，未敢矜气作之，惧其骄也'，李习之谓'义深意远理辨气厚，则辞盛而文昌'，李文饶谓'气不可以不息，不息则流荡而忘返'。此数君子者，皆深于文也，而其言之相似如此。"吴曾祺：《涵芬楼文谈》，第23页。周振甫亦对刘勰、韩愈、柳宗元、苏洵、姚鼐、梅曾亮、方东树、张裕钊等之"因声求气"说进行过梳理，参周振甫著：《怎样学习古文》，北京：中华书局，2014年，第31—44页。

③ 余祖坤：《论古典文章学中的"潜气内转"》，《中南民族大学学报》2012年第1期。

> 夫秦阿房之高且敞也，鲁灵光之岿且焕也，临春结绮之侈且丽也，扬子之亭、葛氏之庐之幽且阒也，亦甚不同，乃其为之也，楹檐榱桷则无不同也。故耳目四肢皆具，始可以为人；根荄枝叶皆备，始可以为木也。然则辞固有体，而气乃行于体之中者也。古人之为是言也，有所兼而言之，后人泥其言而不察，亦已过矣。①

王猷定将气与文体联系起来，"气行于体之中"，故想要"合体"，就应采用合体之"气"，而这"气"可体现为辞藻的选择、技巧的运用等方面，如其谓："撷葩搴英，词必衒巧，则为骚人文士之习。"②高步瀛亦注重体与气之和谐，如其评魏征《谏用刑疏》曰："气体朴厚，语意剀挚，犹存西汉风格。"③看其评语，便使人想到司马相如之《谏猎书》。

文气论在今天的散文阅读、研究与写作中，均有非常重要的理论价值，值得令人认真总结。

4. 以声论文

中国古诗自其发源便有可歌之特点，故以声韵、音节等为主要内容之声律论成为诗歌理论的重要组成部分。文章学研究亦有以声论文之尚。揆诸实际，骈文尤重声律。韩愈所谓"言之短长与声之高下"，亦着眼于文章之声音。因此，以韩愈为宗尚之桐城文人有注重因声求气、以声论文之传统。以历代文举要所选文为例，方苞评《南阳樊绍述墓志铭》曰："守官以一语括之，盖志以文为主，详其行身治官，则于首尾不称，樊文甚奇，恐世无识，故并举其辞与声之学，以其于声有独得，证其于词无可疑耳。章法与《蓝田县丞厅壁记》同。"④姚范评《论起昌陵疏》曰："子政之文，如睹古之君子，右征角，左宫羽，趋以

① 王猷定：《与友论文书》，王运熙、顾易生主编：《清代文论选》，北京：人民文学出版社，1999 年，第 33 页。

② 同上，第 34 页。

③ 高步瀛：《唐宋文举要》，第 29 页。

④ 同上，第 383 页。

《采�春》,行以《肆夏》,规矩揖扬,玉声锵鸣之容。《谏昌陵疏》浑容遒逸,当为第一。"①

刘大櫆《论文偶记》云:

> 神、气者,文之最精处也,音节者,文之稍粗处也,字句者,文之最粗处也。然论文而至于字句,则文之能事尽矣。盖音节者,神、气之迹也,字句者,音节之矩也。神、气不可见,于音节见之,音节无可准,以字句准之。②

神气、音节、字句乃一有机整体,任何一个环节都须尽美,始能工文。故其评《送石昌言北使引》:"波澜跌宕,极为老成,句调声响,中窾合节。"③

钱基博论曾国藩曰:"湘乡曾国藩以雄直之气,宏通之识,发为文章,而又据高位,自称私淑于桐城,而欲少矫其懦缓之失,故其持论以光气为主,以音响为辅,探源扬、马,专宗退之,奇偶错综,而偶多于奇,复字单词,杂厕相间,厚集其气,使光彩炳焕,而戛然有声。"④对曾国藩之"持论以光气为主"尤具只眼。曾国藩评《柳州罗池庙碑》曰:"此文情韵不匮,声调铿锵,乃文章第一妙境。情以生文,文亦足以生情,文以引声,声亦足以引文。循环互发,油然不能已,庶可渐入佳境。"⑤

曾国藩之得意门生吴汝纶与张裕钊,论文皆肖乃师。吴汝纶评韩愈《送董邵南游河北序》曰:"韩公为文,每争起句,凝练矜重,独创奇格,故老相传姚姬传先生每诵此句,必数易其气而始成声,足见古人经

① 高步瀛:《两汉文举要》,第187页。
② 刘大櫆:《论文偶记》,北京:人民文学出版社,1959年,第3页。
③ 高步瀛:《唐宋文举要》,第992页。
④ 钱基博:《现代中国文学史》,长春:吉林人民出版社,2012年,第30页。
⑤ 高步瀛:《唐宋文举要》,第311页。

营之苦矣。"[①]又记载道:"张裕钊初见曾公,公为引声读此文(按王安石《泰州海陵县主簿许君墓志铭》),抑扬抗坠,声之敛侈,无不中节,使文字精神意态尽出。廉卿言下顿悟,不待讲说而明。自此研讨王文,笔端日益精进。此固见廉卿识解过人,亦见文字高能助学人神智,全在乎精读也。"[②]其评《黄梦升墓志铭》亦曰:"此文音节之美,句句可歌。"[③]张裕钊评《读荀子》:"卓识伟论,上下千古,其文势甚雄阔,而以盘劲之致行之,弥觉声光郁然。"[④]

高步瀛虽非桐城中人,然其以声论文,不可不谓受桐城之影响。其主要着眼于文章之音节可诵、声情并美。如其评《答湘东王求文集诗苑书》曰:"藻采欲流,雅饬可诵。"[⑤]评《应责》曰:"河东文多苦涩,此篇则啰郎可诵,其论文尤见心得,可为集中之冠。"[⑥]

此外,谭献亦重以声论文,高步瀛多有称引,亦可为高步瀛之声论佐证。

吴曾祺在《切响篇》中论道:"人但知《文选》一书,为讲骈文者不可不读,余则谓讲散文者亦不可不读,盖以求音韵之谐者,莫此为近。"[⑦]徐幼铮评《钴鉧潭记》曰:"结语哀怨之音,反用一乐字托出,在诸记中,尤令人泪随声下。"[⑧]由此,高步瀛之以声论文既承继桐城传统,又与时人之论文潮流相一致。

5. 结构论

高步瀛之文章结构理论,主要承接方苞首倡之"义法说":

---

① 高步瀛:《唐宋文举要》,第 210 页。
② 同上,第 940 页。
③ 同上,第 761 页。
④ 同上,第 160 页。
⑤ 高步瀛:《南北朝文举要》,第 245 页。
⑥ 高步瀛:《唐宋文举要》,第 651 页。
⑦ 吴曾祺:《涵芬楼文谈》,第 33 页。
⑧ 高步瀛:《唐宋文举要》,第 501 页。

欲文章结构得宜，必先有法；言法必言义，故古文家首重义法。法者，属乎形式，而义则其内容也。"义法"二字，出于《史记·十二诸侯年表序》。所谓孔子"西观周史，论史记旧闻，兴于鲁而次《春秋》，上记隐，下至哀之获麟，约其辞文，去其烦重，以制义法"是也。方望溪曰："《春秋》之制义法，自太史公发之，而后之深于文者亦具焉。义即《易》之所谓'言有物'也，法即《易》之所谓'言有序'也。义以为经而法纬之，然后为成体之文。"又曰："孔子于《艮》五爻辞，释之曰：'言有序。'《家人》之《象》，系之曰：'言有物。'凡文之愈久而传，未有越此者也。"此以《春秋》之义法，通于《易》之"有物"、"有序"，实为学文之要领。后世论文者多从之，而先后轻重，所见亦稍有不同。①

高步瀛先解明方苞"义法说"之涵义，并以之为"学文之要领"。至于"后世论文者"，其分析道：

包慎伯（世臣）曰："自唐氏有为古文之学，上者好言道，其次则言法，说者曰：言道者，言之有物者也；言法者，言之有序者也。近世治古文者，一若非言道则无以自尊其文，是非世臣所敢知也。天下之事，莫不有法，法之于文也，尤精而严。"又曰："文之所以精者，曰义，曰法。故义胜则言有物，法立则言有序。然以有物之言，而言之无序，则不辞。故有物者，不可袭而取；有序者，可以学而致。是以善文者必尽心于法以为言，而不敢纵其所欲也。"此注重有序者也。李申耆（兆洛）曰："古文义法之说，自望溪张之。私谓义充则法自具，不当歧而二之。文之有法，始自昌黎，盖以酬应投赠之义无可立，假于法以立之，便文自营而已。习之者遂藉

① 高步瀛：《文章源流》，《历代文话续编》下册，第1294页。

法为文,几于以文为戏矣。宋之诸儒,矫之以义,而讲章语录之文出焉,则又非也。”刘融斋(熙载)曰:“论事叙事,皆以穷尽事理为先。事理尽后,斯可再讲笔法。不然,离有物以求有章,曾足以适用而不朽乎?”皆注重有物者也。①

以上包世臣注重“有序”,而李兆洛、刘熙载注重“有物”,皆有偏废之嫌,故高步瀛总结道:

要之,二者不可偏废。有物而无序,昔人所谓满屋散钱而无贯索;有序而无物,则有贯索而无钱,其弊为尤大。且法者,非死物,在人所以用之,明乎规矩之中,又必超乎规矩之外。②

高步瀛之“不可偏废论”可谓“义法说”之完美阐释,为其“结构论”奠定了坚实的理论基础,且有效地指导了他对选文结构的分析,对古典散文的现代传播与阐释起到了积极作用。

高步瀛之“结构论”注重文章之起法(即开头),行文中间的转接,段落之间的关系(过渡、呼应等),以及结法(即结尾)等,可谓对“言有序”之实践。以李翱《题燕太子丹传后》为例:

荆轲感燕丹之义,高雨农曰:“一起已注末节。”函匕首入秦劫始皇,将以存燕霸诸侯。事虽不成,拗一句以取势。然亦壮士也。翻起。惜其智谋不足以知变识机。捷转。始皇之道,异于齐桓,曹沫功成,荆轲杀身,其所遭者然也。前段急促,故此纡徐以缓其气。及欲促槛车驾秦王以如燕,童子妇人且明其不能,而轲行之,其弗就也非不幸。高曰:“缴智谋不足。”燕丹之心,苟可以报秦,虽举燕国犹

① 高步瀛:《文章源流》,第1294—1295页。

② 以上高步瀛对“义法说”之申论,见《文章源流》,《历代文话续编》下册,第1295页。

不顾，况美人哉？高曰："写足起句燕丹之义。"〇笔意飞翥，有昂头天外之势。轲不晓而当之，陋矣。冷隽。①

按文体来说，此文属"论议门序跋类之题"，与跋相类，姚鼐、曾国藩皆未选。此文虽短，然将荆轲之大义凛然、始皇之"道"、荆轲刺秦不能成功之由、燕太子丹之为人、荆轲之陋皆予以揭示；其尤可贵处，寥寥数语，却首尾贯穿（高雨农评语）、翻折造势、气势昂然等，观高步瀛之评语便能清晰明了此文之结构，故吴汝纶评此文："笔笔转，句句变，皆从空中折换，极顿挫反侧之势。是太史公神妙之境，不易到也。"②

再如刘向《论起昌龄疏》，首论"自古及今，未有不亡之国"，接着通过举例，分别论"薄葬之可法"、"厚葬之宜戒"，从结构上来说，此两段已形成对比。论至此，刘向总结道：

是故德弥厚者葬弥薄，知愈深者葬愈微。无德寡知，其葬愈厚，丘陇弥高，宫庙甚丽，发掘必速。由是观之，明暗之效，葬之吉凶，昭然可见矣。周德既衰而奢侈，宣王贤而中兴，更为俭宫室，小寝庙。诗人美之，《斯干》之诗是也，上章道宫室之如制，下章言子孙之众多也。及鲁严公，刻饰宗庙，多筑台囿，后嗣再绝，《春秋》刺焉。周宣如彼而昌，鲁、秦如此而绝，是则奢俭之得失也。③

对此段，高步瀛谓："以上双束法戒，并引周、鲁事，以证奢俭之得失。"按，所谓"双束法"，当是指"是故德弥厚者葬弥薄，知愈深者葬愈微。无德寡知，其葬愈厚，丘陇弥高，宫庙甚丽，发掘必速。由是观之，

① 高步瀛：《唐宋文举要》，第549—550页。按，小字为评语，注明"高雨农"、"高曰"者，为高步瀛引；未标者，为高步瀛自评。

② 高步瀛：《唐宋文举要》，第550页。

③ 高步瀛：《两汉文举要》，第185页。

明暗之效，葬之吉凶，昭然可见矣"。即从正反两方面予以总结，从而对"葬"达到鉴戒。后又以周宣王之俭、鲁严公之奢更进一步证明"得失"之理。在这里，高步瀛提出了"双束法"这一总结法。

他如评曹丕《与吴质书》："文以'既痛逝者、行自念也'二语为主。而于评论诸子中间插入，乃文章变化之妙。孙月峰辈不足以知之，反谓于法不宜，妄矣。"①评潘岳《哀永逝文》："反结作收，意更沈痛。"②凡此种种，皆是对文章结构的阐释。

高步瀛之"结构论"发挥桐城先贤之"义法说"，对理解行文脉络、文章主旨、艺术手法等皆有裨益，即使今天之语文教学，所谓分段、总结大意、概括主旨、艺术手法等，亦应借鉴高步瀛等人之"结构论"。

高步瀛在历代文举要中亦有表达关于文境论、移情论等文章学理论，须再挖掘。可以说，历代文举要是高步瀛实践其文章辨体思想、传播文章学理论的载体，是认识其学术理路的较好凭借。由历代文举要又可上溯桐城文派之理论架构，且内隐着对晚清民初时流（各种文派思想）的回应，对中国散文史、文学史撰著之研究亦不无裨益。

第二节　高步瀛对文章源流的梳理与辩证

不管是古人论文，还是晚清民初教育部的章程规定，抑或 20 世纪至今之文学史研究与教学，文章源流的梳理都是其重要内容。高步瀛之历代文举要表面看是以时系人、自上而下编选，然细按之，其中内隐着其对文章源流的梳理。

一、秦汉之风——由唐宋古文上溯秦汉

明代文派相沿争胜，七子派倡秦汉之风，唐宋派主唐宋之胜，这些

① 高步瀛：《魏晋文举要》，第 12 页。
② 高步瀛：《南北朝文举要》，第 129 页。

皆为清人之文章创作与宗尚奠定了基础。高步瀛承桐城余韵,以选本为载体,完成了对唐宋古文发展脉络之梳理,并沿着桐城文派之宗尚,以归有光为桥梁,将唐宋古文上溯至秦汉,从而建构起一条源远流长的古文传统。

1. 唐宋古文的发展脉络

对唐宋八家之由来,高步瀛曾梳理道:

> 明、清之世,言唐、宋文者,必归宿于八家。考八家之选,始于宋吕东莱《文章关键》。然于韩、柳、欧阳、曾、三苏外,有宛丘(按张耒,人称宛丘先生)而无半山(按王安石,号半山),且亦未立八家之名。今所谓八家者,始于明朱右所录《八先生文集》,而其书今不传。唐顺之所著《文编》,其于唐、宋文,则八家外无所取。茅鹿门因之,有《唐宋八大家文钞》。后人迭相祖述,不可胜举,而以方望溪、刘海峰评录为精善。①

唐宋古文经由清人,尤其桐城文派之阐释从而获得了后世宗尚之地位,然"古文运动"之发生、发展乃至成为一时风尚,并非仅由唐宋八家之力,故高步瀛历代文举要于唐宋阶段,所取非仅限于茅坤、桐城派所宗之八家:

> 在韩愈以前,选取了李华、苏预、元结、独孤及、权德舆、梁肃等古文运动先驱者的作品;在韩愈同时和以后,选取了李翱、皇甫湜、张籍、李汉、杜牧、孙樵等古文运动后继者的作品,显示了唐代古文运动发生发展的一条鲜明的线。在宋代,选取了柳开、穆修、尹洙等宋六家的先驱者和六家以后晁补之、朱熹的作品,也有同

① 高步瀛:《唐宋文举要》,第1页。

样的作用。①

高步瀛在《唐宋文举要》中曾多次辑录沈德潜之评语，今人论沈氏者多论其五朝诗别裁集，实沈氏亦为清代古文大家。其曾损益茅坤《唐宋八大家文钞》、储欣《唐宋十家文全集录》而成《唐宋八家文读本》，在《序》中有云：

> 文删，存三十卷，钩画点读，稍分眉目。初学者熟读深思，有得于心，由此以览茅氏、储氏所葺，并窥八家全文，更有旷然心目间者。治经义者有得于此，治古文者亦未必不有得于此。外此，唐则有李习之、杜牧之、孙可之，宋则有李泰伯、司马文正公、王梅溪、陈同甫、文信国诸公文，俱当蒐讨畋猎者。学者尚究心焉。②

由沈氏言较于高步瀛之于古文发展脉络的梳理可推知，高氏当借鉴了沈德潜之主张，从而使"古文运动"的发生发展不至于在唐突然出现了韩、柳，韩、柳一转而至宋六家。

从《唐宋文举要》选文所附评语，亦可窥略高步瀛对古文发展脉络之梳理。其评陈子昂《堂弟孜墓志铭》曰："雄俊倜傥，韩公先导。"③评贾至《工部侍郎李公集序》曰："开、天之间，力矫六朝词胜之弊，故其议论如此。然当时之文尚纯驳互见，非独子至之文体格未纯，即幼临亦未免此。起衰八代之誉独归韩公，岂偶然哉？"④再如韩云卿《平蛮颂》，韩氏为韩愈叔父，高步瀛选此文的目的是指陈韩愈之"家学渊源"，在题下，高氏引韩愈《科斗书后记》曰："愈叔父当大历世，文辞独

① 刘大杰、钱仲联：《唐宋文举要前言》。
② 沈德潜：《唐宋八家文序》，《清代文论选》，第453页。
③ 高步瀛：《唐宋文举要》，第36页。
④ 同上，第77页。

行中朝，天下之欲铭述其先人功行，取信来世者，咸归韩氏。”引李白《去思颂碑》曰：“云卿文章冠世。”引皇甫湜《韩文公神道碑》曰：“叔父云卿，当肃宗、代宗时，独为文章官。”又引李翱《韩君夫人韦氏墓志铭》曰：“礼部郎中云卿好立节义，有大功于昭陵，其文章出于时，而官不甚高。”最后加案语，谓：“观以上诸家之言，则云卿之文为时所重可知，而退之家学之渊源亦可知矣。”①正因此家学渊源，故吴汝纶评此文曰：“雄直劲厉，造语奇崛，已开退之先声。”②

以上皆可见韩愈之前古文之发展。韩柳之后诸家，如高步瀛评吕温《成皋铭》曰：“李悉伯（按李慈铭，字悉伯）谓此文置之韩、柳集中，亦为高作。步瀛以为此文较韩则不能及，与柳庶如骖之靳耳。其义意体格，亦颇与张孟阳《剑阁铭》相近。”③在李翱《题燕太子丹传后》题下，高步瀛引皇甫湜《谕业》曰：“李襄阳之文，如燕市夜鸿，华亭晓鹤，嘹唳亦足惊听，然而才力偕鲜，悠然高远。”高氏案曰：“评习之之文，苏明允为最允（见后），苏子美（舜钦）称其词不逮韩，而理过于柳，（《郡斋读书志》卷十七引苏舜钦《李文公集序》，今《苏学士集》无此文。）陈伯玉（振孙）谓习之为文，源委于退之，但才气不能及（《直斋书录解题》卷十六），皆可为定评。叶梦得径谓习之学力，实过韩退之，（《岩下放言》卷下，全谢山《鲒埼亭集》外编三十七《李习之论》亦取其说。）则推崇太过矣。”④

再如皇甫湜之《韩文公墓志铭》，高步瀛引缪艺风（荃孙）曰：“（皇甫）湜，韩门弟子，句奇语重，不离师法，而雕琢艰深，或格格不能自达其意，较之同时文人，固已超出流辈。”（《跋皇甫持正集》）⑤又引《古文

① 高步瀛：《唐宋文举要》，第134页。
② 同上，第140页。
③ 同上，第541页。
④ 同上，第549页。
⑤ 同上，第569页。

渊鉴》评曰："渊奥古绝，殆有意仿昌黎而为之者。"[①]

他如评李汉"受知昌黎最深"[②]；孙樵"信昌黎先生嫡传也"[③]、"得韩之奇崛"[④]；穆修"自是文家正轨"[⑤]、尹洙"文笔警特，议论通达，似唐之杜牧之"[⑥]；刘敞"文字简古，而神气极远，颇近欧公"[⑦]；晁补之"摹写极工，巉刻处直逼柳州"[⑧]；朱熹"浑重温纯，近似南丰"[⑨]等，皆是对古文发展源流之梳理。

2. 由唐宋上溯秦汉

桐城诸家崇尚归有光，且由归有光对《史记》之评点，亦皆以《史记》、《汉书》之"义法"为依归，完成了由唐宋古文诸家上溯秦汉之风的路数。高步瀛之选文及评点所遵循的理路亦复如是。然除受桐城宗尚之影响外，我以为其亦受沈德潜之影响。沈氏《唐宋八家文序》开头以"自问自答"的形式对八家文予以了评介：

> 或谓："八家之文，果皆以言载道、有醇无驳者乎？"
>
> 应之曰："文之与道为一者，理则天人性命，伦则君臣父子，治则礼、乐、刑、政。欲稍增损而不得者，六经、四子是也。后此，宋五子庶能表章之。余如贾、董、匡、刘、马、班，犹且醇驳相参，奈何于唐宋八家，遽求其备乎？……然则八家之文，亦醇驳参焉者也。"
>
> 或谓："如子言，后之学者，唯应于宋五子书是求，而乃问途于

① 高步瀛：《唐宋文举要》，第 575 页。
② 同上，第 581 页。
③ 同上，第 642 页。
④ 同上，第 647 页。
⑤ 同上，第 658 页。
⑥ 同上，第 665 页。
⑦ 同上，第 794 页。
⑧ 同上，第 1119 页。
⑨ 同上，第 1129 页。

唐、宋八家之文，则何也？”

应之曰：“宋五子书，秋实也；唐、宋八家之文，春华也。天下无骛春华而弃秋实者，亦即无舍春华而求秋实者。惟从事于韩、柳以下之文，而熟复焉，而深造焉，将怪怪奇奇、浑涵变化，与夫纡余深厚、清陗遒折，悉融会于一心一手之间，以是上窥贾、董、匡、刘、马、班，几可纵横贯穿而摩其垒者。”①

沈德潜主张于唐宋八家、宋五子诸家之文“融会于一心一手之间”，进而“上窥贾、董、匡、刘、马、班”，也就是由唐宋上溯秦汉。高步瀛则对所选唐宋诸家尽可能予以上溯，以打通古文之发展源流，具体表现为梳理唐宋文对秦汉文风格、章法等方面的绍述。

文章风格：如高步瀛评陈子昂《谏用刑疏》：“气体朴厚，语意剀挚，犹存西汉风格。”②评张说《贞节君碣》：“雅洁渊懿，中郎（按，蔡邕）遗则。”③如曾国藩评韩愈《读荀子》：“矜慎之至，一字不苟，文气类史公《年表序》。”④再如姚鼐评《答李翊书》：“此文学《庄子》。”张裕钊曰：“学《庄子》而得其沉着精刻者，惟退之此书而已。”⑤方苞评《送幽州李端公序》曰：“体制字法，皆仿《三传》《三礼》。”⑥

再以柳宗元之“游记”为例。因“永贞革新”（805年）失败，柳宗元等八司马被贬流放，其中柳宗元被贬永州。元和十年（815年）又出为柳州刺史，至卒于任所。晚年的柳宗元身处僻地，内心郁结，然回朝无望，故借永州、柳州山水以寄托心志，遂给后世留下了一篇篇佳篇奇构，后人称为“永州八记”，即《始得西山宴游记》、《钴鉧潭记》、《钴鉧

① 沈德潜：《唐宋八家文序》，《清代文论选》，第452页。

② 高步瀛：《唐宋文举要》，第29页。

③ 同上，第43页。

④ 同上，第160页。

⑤ 同上，第202页。

⑥ 同上，第218页。

潭西小丘记》、《至小丘西小石潭记》、《袁家渴记》、《石渠记》、《石涧记》、《小石城山记》。高步瀛另选《游黄溪记》和《柳州山水近治可游者记》。其中,《游黄溪记》乃“永州八记”之前篇,与“永州八记”实为一整体;《柳州山水近治可游者记》则可看作“永州九记”之续,风格特色与之差别无二。

永州、柳州地远僻陋,加之柳宗元被贬、出外做官,故整体来说这十篇山水游记体现出“幽冷”的风格特色①;以文章源流而观之,则远绍《水经注》②,甚至《山海经》③。“山水、田园”在魏晋六朝成为诗歌的重要题材,至唐王维、孟浩然又获得了新的发展。而以山水为古文题材,虽亦发源于六朝,如《水经注》中的一些片段,但可以说至柳宗元始成其大④。故方苞评曰:“子厚诸记,以身闲境寂,又得山水以荡其精神,故言皆称心,探幽发奇而出之,若不经意。”李刚己亦赞曰:“子厚山水诸作,其寄兴之旷远,状物之工妙,直合陶、谢之诗,杨、马之赋,镕为一炉,洵属文家绝境。”⑤

柳宗元之前,高步瀛选元结《右溪记》,已“代表着单纯的游记问世”⑥;柳宗元之后,多承其流绪,如宋晁补之《新城游北山记》,高步瀛

---

① 刘大櫆评柳宗元山水记曰:“山水之佳,必奇峭,必幽冷,子厚得之以为文,琢句炼字,无不精工,古无此调,子厚创为之。”(《古文辞类纂》吴先生录诸家评识)高步瀛:《文章源流》,《历代文话续编》下册,第1515页。

② 如姚鼐评曰“如子厚山水记,间用《水经注》兴象”,见《唐宋文举要》,第489页。

③ 如何焯评《柳州山水近治可游者记》曰:“此篇多拟《山经》。”见《唐宋文举要》,第517页。

④ 曾国藩评柳宗元山水记曰:“陶公及韦、白、苏、陆闲适之诗,雕刻物态,逸趣横生,读之栩栩焉,神愉而体轻,惜古文家少此种;独柳子厚山水记,破空而游,并物我纳诸大适之域,非他家所有。若欧、苏、曾、王,以议论入之,或就情韵为文,于兹类盖为变调。”(《书札》卷十四《覆吴南屏》)高步瀛:《文章源流》,《历代文话续编》下册,第1515页。

⑤ 高步瀛:《唐宋文举要》,第496页。

⑥ 刘明华:《丛生的文体:唐宋五大文体的繁荣》,南京:江苏教育出版社,2000年,第273页。

评曰:“摹写极工,巉刻处直逼柳州。”①桐城派亦多祖尚柳宗元诸山水记,不仅肖其风格,就连篇幅上亦以短小为尚,如姚鼐《游媚笔泉记》、刘大櫆《游三游洞记》等。

结构章法:如高步瀛评张说《齐黄门侍郎卢思道碑》“事齐,历散骑侍郎……擢迁者四而已”一段,曰:“仕迹于此段述之,以下皆称其文学,是文字用意处。总括数语以收束前半篇,此法出自《史记曹相国世家》、《绛侯周勃世家》、《樊哙列传》等。”②虽这种“祖庐陵,祢震川”的作法有时会招致质疑③,然文章之传播、接受,确可见后人“近史公”、“法子云”。高步瀛承桐城先哲及沈德潜等人之后,将古文由唐宋上溯至秦汉,建构起源远流长的古文史。

二、 六朝之韵——由唐宋骈文上溯六朝

桐城文派虽尊尚古文,然如刘开、吴汝纶等,皆兼善骈文。高步瀛早年以骈文称名,至莲池书院受吴汝纶之教授,方问途古文,故其论文不拘骈散,不论门户,更未以桐城宗尚自限。在历代文举要中,魏晋文如曹丕诸书,已见骈文之风;南北朝文则多录徐陵、庾信之骈文佳作;唐宋文则选四卷骈文,足见高步瀛对骈文之重视。

清代骈散之争衍至晚清民初犹烈,周勋初先生谓当时有三派④,然

---

① 高步瀛:《唐宋文举要》,第1119页。

② 同上,第45页。

③ 按,汪琬《与梁曰缉论类稿书》曰:“今之读某文者,不曰祖庐陵,即曰祢震川也。其未读某文者,亦附和云云,悠悠耳食之论,某闻之未尝心服而首肯也,何也?凡为文者,其始也,必求其所从入;其既也,必求其所从出。彼句剽字窃,步趋尺寸以言工者,皆能入而不能出者也。古今人虽不相及,然而学问本末,莫不各有所会心,与其所得力者,即父子兄弟犹不相假借,而况庐陵、震川乎?以某之文上视二君子,其气力之厚薄,议论之醇疵,局法之工拙,固已大相区绝矣,至其得力会心之所在,可以自喻,不可以语人,亦岂能驱之使尽同古人邪?”见《清代文论选》,第242页。

④ “总结上言,可知民国初年的文坛上,有三个文学流派在相互竞争,一是以姚氏兄弟和林纾为代表的桐城派,二是以刘师培为代表的《文选》派,三是以章太炎为代表的朴学派。”周勋初:《黄季刚先生〈文心雕龙札记〉的学术渊源》,《当代学术研究思辨》(增订本),北京:北京大学出版社,2013年,第6页。

较为通行的说法为桐城派和文选派。陈平原先生在分析民初代表桐城、选学两大文派的四部重要著述《中国中古文学史》（刘师培）、《文心雕龙札记》（黄侃）、《春觉斋论文》（林纾）、《文学研究法》（姚永朴）时指出："前者推崇六朝，后者独尊唐宋；前者学养丰厚，后者体会深入，本该各有千秋。可为何前者一路凯歌，而后者兵败如山倒？除了时局的变迁、人事的集合，更有两点值得注意：一是六朝的文章趣味与其时刚传入的西方文学观念比较容易会通；一是朴学家的思路与作为大学课程兼著述体例的'文学史'比较容易契合。"[①]由此，高步瀛之注重骈文是与民初时流相合拍的。

关于六朝文、骈文之发展，未见高步瀛之梳理，对唐宋骈文曾梳理道：

> 唐初文体，沿六朝之习，虽以太宗之雄才，亦学庾子山为文，此一时风气使然，殊不关政治污隆。……当时最著者为四杰，其下品犹存齐、梁韵味，而鸿篇巨制，则务恢而张之。……及燕、许以气格为主，而风气一变。于是渐压齐、梁，而崇汉、魏矣。然古文之体格未成，骈俪之宗风亦坠，虽见雅饬，殊乏精采。开、天以后，日益蜕化。洎韩、柳出，而骈文益衰，然作者亦未尝绝也。晚唐温、李齐名，义山隶事精切，藻思周密，实出飞卿之上。然才力渐薄，遂开宋四六之先声矣。……由宋一代，作者固不乏人。然其上者，洵能食古而化，推陈出新，其下者，则语意平凡，振采不飞，负声无力。观王厚斋之指南，洪容斋之摘句，知汉家自有法度，即以长卿、子云之才，亦不能不俯而就范也。[②]

高步瀛之骈文观以六朝徐、庾为"正"，而唐宋骈文皆其流衍，故其

① 陈平原：《作为学科的文学史》，北京：北京大学出版社，2011年，第21页。

② 高步瀛：《唐宋文举要》下册，第1133页。

选文及评点以溯源六朝为导向，并举要以现唐宋骈文之发展实际。

对六朝骈文，高步瀛以评判其风格、特点为主，主要引述蒋士铨（取其评选《四六法海》），间下己意。如蒋士铨评庾信《周上柱国齐王宪神道碑》曰："赵松雪以雄秀评右军之字，余谓子山骈体直受此二言不愧。"①高步瀛评庾信《周大将军司马裔神道碑》曰："用事精切，为子山擅长。此篇尤觉气机疏畅，情词悱恻。蒋心余以为集中别调，殊未是。"②

对唐宋骈文，高步瀛则多溯源六朝，如引蒋士铨评王勃《还冀州别洛下知己序》曰："清圆浏亮，学六朝者，所当问津。"③再如高步瀛评吕温《药师如来绣像赞》曰："松秀流利，宛转关生，其写情切至处，颇近子山。"④评李商隐《祭全义县伏波庙文》曰："祭文骈俪不用韵，六朝已有此体。"⑤评温庭筠《上学士舍人启二首》曰："飞卿之文，宛转动宕，不如义山，而句之坚卓过之，藻采秾丽，亦足相埒。"⑥等等。

骈文与古文皆为文章，不应因形式上的区别或褒或贬，桐城中期代表刘开曾论道：

> 夫文辞一术，体虽百变，道本同源。经纬错以成文，元黄合而为采，故骈之与散，并派而争流，殊途而合辙。千枝竞秀，乃独木之荣；九子异形，本一龙之产。故骈中无散，则气壅而难疏；散中无骈，则辞孤而易瘠。两者但可相成，不能偏废。……世儒执墟曲之见，腾埳井之波，宗散者鄙俪词为俳优，宗骈者以单行为薄

① 高步瀛：《南北朝文举要》，第765页。

② 同上，第800页。

③ 高步瀛：《唐宋文举要》下册，第1170页。

④ 同上，第1493页。

⑤ 同上，第1541页。

⑥ 同上，第1566页。

弱，是犹恩甲而仇乙，是夏而非冬也。①

吴曾祺亦申论：

大凡学骈体者，不可不知散体；学散体者，不可不通骈体。二者不惟不相背，且互相为用。况古人集中，于无韵之文，居十之六七，于有韵之文，亦居十之二三。苟徒知议论叙事之为古文，而不知铭诔、颂赞、箴铭之属皆为古文，是三者已去其一矣，尚得谓之能文之士乎哉。②

按诸文章发展实际，确如吴氏所论。高步瀛历代文举要以实践证明骈散皆为文章"艺苑"之"华"，不可偏废。

第三节　高步瀛的文章学思想

作为文章选本，历代文举要内隐着高步瀛对"文章"的看法，为我们探讨其文章学思想提供了厚实的文本。

一、对《文选》及桐城派选文思想的继承与开拓

1. 对《文选》及桐城派选文思想的继承

"选本的标准不同：或以时代，或以体制，或以事类，或以派别，或以人，或以地；也有兼用两种标准的。"③历代文举要按时代（作者）先

---

① 刘开：《与王子卿太守论骈体书》，《清代文论选》，第727—728页。

② 吴曾祺：《涵芬楼文谈》，第12页。

③ 佩弦（朱自清）：《论中国文学选本与专籍》。按笔者将古代选本的编排方式分为：(1)依体系篇，如萧统《文选》、真德秀《文章正宗》、唐顺之《文编》、姚鼐《古文辞类纂》、曾国藩《经史百家杂钞》等；(2)依时代先后编选，如吕祖谦《古文关键》、楼昉《崇古文诀》、林云铭《古文析义》等；(3)依作者系篇，如茅坤《唐宋八大家文钞》，先分八家，然后继以分体；(4)编选者自创编排体例，如谢枋得分"放胆文"与"小心文"两类编选《文章轨范》，归有光分"仁、义、礼、智、信"五集编选《文章指南》，清李扶九"以笔法为序"选编《古文笔法百篇》等。

后排列，再依人系篇，不分体。选文情况见下表1：

表1　历代文举要选文情况统计

朝代	家数	篇数	见载情况
先秦	4	19	9篇见于《经史百家杂钞》
两汉	16	27	17篇见于《古文辞类纂》，21篇见于《经史百家杂钞》
魏晋	17	25	22篇见于《文选》
南北朝	40	106	宋、齐、梁共58篇选文，其中27篇见于《文选》
唐宋(甲编)	40	178	127篇见于《古文辞类纂》，90篇见于《经史百家杂钞》
唐宋(乙编)	49	70	
合计	166	425	

《文选》选文，标持“事出于沉思，义归乎翰藻”，因此，“老庄之作，管孟之流。盖以立意为宗，不以能文为本。今之所撰，又以略诸。若贤人之美辞，忠臣之抗直，谋夫之话，辩士之端，冰释泉涌，金相玉振。所谓坐狙丘，议稷下，仲连之却秦军，食其之下齐国，留侯之发八难，曲逆之吐六奇。盖乃事美一时，语流千载，概见坟籍，旁出子史。若斯之流，又亦繁博。虽传之简牍，而事异篇章，今之所集，亦所不取”。而对于“综缉辞采”之“论赞”，“错比文华”之“序述”则“杂而集之”。故其题曰“文选”，诚所谓“主于藻饰”①，与六朝为文宗尚藻饰之风相应。

姚鼐《古文辞类纂》为桐城派影响最深、流传最广的选本，其选文以“神理气味格律声色”八字为标准，目的在于指导士人对古文的研读与仿习，从而达到义理、考据、辞章兼备。

曾国藩《经史百家杂钞》承袭义理、考据、辞章兼备的思想，然时势所趋，曾国藩特增加“经济”之标准，目的使时人通过对古文的学习而了解治乱兴衰、文物制度、学术思想，最终能够经世济民，以应对时局。

① 高步瀛：《文选李注义疏·文选序》，第3—32页。

故在《古文辞类纂》的基础上特增加经、史、子三类文章，且每类选文，皆以经冠之。王联曾称赞到："曾氏纂文，每类冠以经，次为史传百家，混经史子而为一。盖经为文之最早者，而以文视之，始于曾氏，姚所不逮也。且循名责实，溯古文之源流于经史百家，于是古文之源流益广，家法益明，举凡宗经法圣之说，皆取而融会于无形，而标榜韩柳，祖述欧曾之狭隘见解遁销无迹，使文体汇类由总集扩张至经史百家，此曾氏之特识也。"①

由表1可看出，历代文举要一方面继承了《文选》、《古文辞类纂》及《经史百家杂钞》对古文的选择标准及范围，尤其是《经史百家杂钞》。《文选》及《古文辞类纂》基于编选标准不选经、史、子，而《经史百家杂钞》则有意选此三类来达到经济的目的。高步瀛亦继承了曾国藩的选文标准，对往昔先哲之文多加选录，而不仅仅局限于萧统、姚鼐之选。于经选《左传》、《孟子》，于子选《战国策》、《庄子》，于史则选《史记》、《汉书》及欧阳修《五代史》等，以期"明道、济世"。高步瀛所选篇目虽与曾国藩有出入，但亦有重合，而且二人皆寓意了深切的经世思想。所谓"文章合为时而著"的有用思想，使二人把编选目光皆投向了"以立意为宗""语流千载"的经、史、子三类。此外，高步瀛对经、史、子三类的选录，亦与时流相应。在评论选本的"三件毛病"时，佩弦（朱自清）针对"太熟太狭"的毛病指出补救此毛病"极易"："曾国藩《经史百家杂钞》已见及此；近年的选本更多推陈出新，自经史至于笔记，译文，诗，词，曲等，都可入选，只可惜又太零碎了。"②这股对"经史至于笔记，译文，诗，词，曲等，都可入选"的潮流，应对高步瀛之选有所影响。

高步瀛对古文的编选范围，未超出萧统、姚鼐、曾国藩等人，所不

① 王联曾：《〈古文辞类纂〉与〈经史百家杂钞〉序目异同考》，《中法大学月刊》1934年第4卷第3期。

② 朱自清：《论中国文学选本与专籍》。

同者,只是部分篇章的选择有所出入。比如《左传》,高步瀛所选六篇《郑伯克段》、《秦晋韩原之战》、《晋文公之反国》(《经史百家杂钞》名为《晋文公重耳之亡》)、《晋楚城濮之战》、《晋楚邲之战》及《晋楚鄢陵之战》,除《郑伯克段》未选入《经史百家杂钞》外,其他五篇皆入选。而高步瀛所选《战国策》7篇,则是其自己的选择。曾国藩之《经史百家杂钞》虽有使人明晰古今学术思想之目的,然对先秦学术思想流派进行总结的《庄子·天下》却未选,高步瀛则选入《先秦文举要》,此可见高步瀛之眼光。再如唐宋八大家,高步瀛《唐宋文举要》选八家古文共133篇,只有7篇未选入《古文辞类纂》,有45篇未选入《经史百家杂钞》,由此亦可见高步瀛对于姚、曾之继承。

2. 对《文选》及桐城派选文思想的开拓

高步瀛的选文思想因时代变转的影响,表现为不墨守《文选》及桐城派的选文思想。这种开拓意识,具体表现为对当时选学派和桐城派的"争执"以自己的选文实践予以了呼应和矫正。

(1) 对两派的呼应

六朝"文笔"之辨在晚清民初又重被人提起,终衍成以唐宋古文为代表的桐城派和以六朝、《文选》之骈文为代表之选学派相争。对此段学术史公案已有多人论及,今不赘述。高步瀛之历代文举要产生于二派相争之后,对二派做出了合乎文章衍变、传承之呼应与矫正。

今人论及桐城派,往往把学派、诗派和文派混为一谈[①];晚清民初之言及桐城文派者,又以"湘乡"替"桐城"[②]。高步瀛之于桐城文派,既由吴闿生、吴汝纶、张裕钊上溯曾国藩,又由姚永朴等上溯方苞、姚鼐。从这一点来说,高步瀛的确可谓桐城传人。然由其对骈文之编选、对《文选》之重视,则又体现出其对选学派之继承。而关于文、文章

① 可参吴孟复:《桐城文派述论》,合肥:安徽教育出版社,2001年,第1页。
② 吴孟复:《桐城文派述论》,第167页。

之定义，则可看出他对以章太炎为首的“魏晋文派”[①]的继承。高步瀛曾论道：

> 文章者，有广狭二义。《论语》孔子赞尧曰：“焕乎其有文章。”指礼乐、法度而言。子贡曰：“夫子之文章，可得耳闻也。”指威仪、文辞而言。皆广义也。后世言文章者，多指文家之著作，则为狭义。魏文帝《典论论文》曰：“盖文章，经国之大业，不朽之盛事。”韩退之《进学解》曰：“沈浸醲郁，含英咀华，作为文章，其书满家。”皆是也。
>
> 《说文》曰：“彣，䋣也。彰，彣彰也。”段注曰：“‘彣’与‘文’义别，凡言文章，皆当作‘彣彰’。作‘文章’者，省也。”章太炎曰：“《传》曰：‘博学于文。’不可作‘彣’。《雅》曰：‘出言有章。’不可作‘彰’。独以五采，彰施五色，有言黻言黻、言文言章者，宜作‘彣彰’，然古者或无其字，本以‘文章’引伸。”其说甚析。又曰：“命其形质曰‘文’，状其华美曰‘彣’，指其起止曰‘章’，道其素绚曰‘彰’。凡彣者，必皆成文，凡成文者，不皆彣。”又曰：“成句读文，不成句读文，通谓之文。”则其义亦广。[②]

此处关于文、文章之定义皆广章太炎之说。然由阮元至刘师培则将文、文章局限于“用韵、用偶”，故高步瀛对《文选》之选录标准、阮元等人之主张皆予以辩驳：

---

① 参高步瀛：《文章源流》，《历代文话续编》下册，第1266—1270页。按，钱基博分清末民初之文人为魏晋文、骈文、散文；周勋初则分桐城派、选学派和朴学派。章太炎论文多次驳斥阮元“文笔之论”，然其传人黄侃虽被钱基博归为魏晋文，而在周勋初、陈平原等人，皆将其归为选学派。

② 高步瀛：《文章源流》，《历代文话续编》下册，第1266—1267页。

> 夫所谓彰施者，非徒藻丽之文也，即冲淡朴素之文，亦属之。譬如图画，金碧楼台，与平远山水，同见绘事之美也。自六朝文与笔分，而骈俪采饰之作，始谓之文。此一时风气使然，殊非正中之论。抱朴子《百家》篇曰："狭见之徒，区区执一，去博乱精，思而不识，惑诗赋琐碎之文，而忽子论深美之言，真伪颠倒，玉石混淆。"可谓深中其失矣；顾习俗移人，贤者不免。昭明选文，既不录经子及史，而于史论、述赞独加选录。……(引文选序)推厥由来，实文笔分途之说误之耳。而阮伯元复扬其波，以为用韵用偶，始得为文，单行之语，乃古人所谓直言之言，论难之语，不得为文。近人尚有从其说者，此偏激之论，故章氏辞而辟之也。①

"近人"从"阮元之说"者即刘师培。然不管是桐城派，还是选学派，都因其偏狭的文学主张而自限了文章发展之正途。

当日倡言新文化运动之众，以钱玄同为首者竞相传播"选学妖孽、桐城谬种"之口号，力图打倒这些旧文学。而其时钱玄同与高步瀛恰为同事("五四"运动时，高步瀛任职教育部，钱玄同任教北京大学，然二者皆在男、女高师兼课。后又皆任职北师大，且钱玄同为中文系主任，成了高步瀛名义上的领导)，"可谓冤家路窄"，作为对两派皆能会心之高步瀛曾为两派鸣不平。顾学颉曾追忆道：

> 事隔多年，高先生给我们讲《文选》时，一天，忽然大声发起脾气来，说："有人曾说'选学妖孽，桐城谬种！'谁是'妖孽'？谁是'谬种'？他们懂吗？"——声色俱厉，大声斥责一阵之后，又慢慢

① 高步瀛：《文章源流》，《历代文话续编》下册，第1269—1270页。按，章太炎曾多次辟阮元之说，参章太炎讲演，诸祖耿、王謇、王乘六等记录章太炎讲演录：《章太炎国学讲演录》，北京：中华书局，第46页、290页；章太炎著，庞俊、郭诚永疏证：《国故论衡疏证》，北京：中华书局，2008年，第247、256页。

平静下来，说："这也难怪，有些文章还作不通的人，就自吹自擂是庾徐复生，方姚再世，吹墟自己是骈文家，古文家，胡说一通，招摇过市。这是骈文、古文的末流、败类，不能怪《文选》，怪方姚。有人提出要打到他们，也是情有可原的。"①

不独高步瀛鸣不平，作为身处争论之中的姚永朴，晚年对昔日文派之争犹耿介于怀。吴孟复曾回忆道：

(1935 年 2 月) 一日，日且暮，讲方辍，起视庭阶，雪深盈尺矣。先生因留之饮，复诵惜抱寿海峰诗："如今中酒能多少？他日奇文恐散亡！"先生喟然曰："子亦青年，以为奇文耶？谬种耶？"复谨对曰："为文章者，有所法而后能，有所变而后大。自其当变者而观之，则未变者皆谬种也；自其足法而言之，则可法者皆奇文也。先生《文学研究法》言之详矣。"先生莞尔曰："有是哉！'奋臂拨背'，几何不为引车卖浆者语耶！昔在京中，林琴南与钱玄同争，吾固不直琴南也。若吾子言，则桐城固白话文学之先驱矣。"②

晚清民初之文派之争已成为学术史、思想史中的印迹，高步瀛的"呼应"既体现出他对文章传统的捍卫，也体现出他对传承文章的自觉。

(2) 对两派的矫正

高步瀛用以矫正二派之偏颇的实践即是其选录了一定量的骈文。

萧统以辞采、文华为尚，却未将宗尚藻饰、骈俪、声律之风的骈文予以检选。由于桐城派之文章学理论及姚、曾二人对选文标准的界

① 顾学颉：《笺证、考据学大家——高步瀛先生》，《海峡两岸著名学者：师友录》，第 69 页。

② 吴孟复：《桐城文派述论》（第 2 版）附录《书姚仲实〈文学研究法〉后序》，合肥：安徽教育出版社，2001 年，第 217 页。

定，所以二人亦未选骈文。高步瀛“论文，无骈、散”①，其选唐宋骈文，首先缘于其对文的定义（上已论及）。其次，在高步瀛之前有明王志坚编选的《四六法海》（高步瀛所参考者应为蒋士铨评选本），选录魏晋至元702篇四六文；清李兆洛编选的《骈体文钞》，选录秦至隋末的骈体文774篇。另有许梿编选的晋宋至陈隋的《六朝文絜》。高步瀛于《四六法海》、《骈体文钞》、《六朝文絜》很熟悉，对李兆洛、许梿、蒋士铨之批点亦多采录，故其编选唐宋骈文，含有接续李兆洛、许梿之选的意味。再次，古文向以载道为士人相尚，而骈文则偏于艺术性。民国时文学教育功能的转换与文学欣赏对艺术性的要求，也提示高步瀛不能忽略骈文。此外，高步瀛选骈文更直接的原因，则是其对曾国藩文章学理论的继承。在论析“唐人奏状，多用偶句”时，高步瀛引曾国藩评陆挚《奉天请罢琼林大盈二库状》曰：

> 骈体文大雅所羞称，以其不能发挥精义，并恐以芜累而伤气也。陆公则无一句不对，无一字不谐平仄，无一联不调马蹄；而义理之精，足以比隆濂、洛；气势之盛，亦堪方驾韩、苏。退之本为陆公所取士，子瞻奏议，终身效法陆公。而公之剖析事理，精当不移，则非韩、苏所能及。

高氏接续曾国藩之论，曰：“观此，则知专以骈散定文之高下者，非笃论矣。”②因此，用高步瀛自己的话说，之所以选骈文，乃“并存其梗概，以备学者审择焉”③。

这种不分骈散的选文思想还可上溯源至清中叶。比高步瀛稍前或同时之人亦多主不分骈散、骈散相济之论，如周祺曰：

① 程金造：《高步瀛传略及传略后记》。

② 高步瀛：《文章源流》，《历代文话续编》下册，第1455页。

③ 高步瀛：《唐宋文举要》乙编《序言》。

其实骈体之文,必藉散笔以疏其气,而后其词意乃爽而能透;散体之文,必藉骈语以厚其力,而后其结构乃整而不肤。否则,骈偶虽华,不伤于堆砌,即苦于沉闷;散行虽峭,不流于油滑,即堕于枯虚。盖二体实相辅而行,固有不能偏废者也。①

郭象升曰:

尊《文选》者,又仅以为骈文之学,不知古文正须从此入手,(即其中诗歌字句,皆可为古文资料,不特杂文也。)朱梅崖、王铁夫、曾涤生、吴挚甫诸君,论之详矣。②

章太炎曰:

骈文、散文,各有短长。言宜单者,不能使之偶;语合偶者,不能使之单。③

吴曾祺曰:

大凡学骈体者,不可不知散体;学散体者,不可不通骈体。二者不惟不相背,且互相为用。况古人集中,于无韵之文,居十之六七,于有韵之文,亦居十之二三。苟徒知议论叙事之为古文,而不知铭诔、颂赞、箴铭之属皆为古文,是三者已去其一矣,尚得谓之能文之士乎哉。④

① 周祺:《文体辨要·国文述要》,《历代文话续编》(中册),第1023页。

② 郭象升:《五朝古文类案叙例》,《历代文话续编》(下册),第2022页。

③ 章太炎讲演,诸祖耿、王謇、王乘六等记录章太炎讲演录:《章太炎国学讲演录》,北京:中华书局,第289页。

④ 吴曾祺:《涵芬楼文谈》,第12页。

可见,高步瀛之不分骈散不仅合乎文学发展潮流,亦与时人之主张相应。选古文继承了文以载道的传统①;选骈文,则暗合了其时之文学观念与文学史编撰体例②。

骈体、散体只是文章之形式,皆为充分表达内容而服务,因此,两种体式本无高下之别,只是一种形式上之区别。如高步瀛论古文、骈文之"设色":

> 不独古文如此,骈文亦以浮艳为戒,故寻常四六尺牍不得攔入骈文也。然骈文设色,与古文亦有不同。魏晋之文相去尚不甚远,至齐梁以后,则分道扬镳。故骈文佳句不宜入古文,犹词家佳句不宜入诗也。盖骈文难学而易工,古文易学而难工。学骈文者须多隶古事,多加藻采,故初学每苦其难;然能多读、多看,材料既富,隶事自精,再加以藻饰,便已绮丽可观,故曰难学而易工。若寻常散文,则学者皆能为之,语及古文胜境,往往童而学之,至皓首犹不能逮,故曰易学而难工也。古文设色,亦较骈文为难。③

古文、骈文因体式之别,故在文法上有诸多区别,但这并不能成为二者高下之评判。高步瀛论(于)公异《平朱泚布》曰:"德宗览之,感涕失声,左右六宫皆呜咽。(《国史补》)可见文之感人,固无骈散之分矣。"④阮元等人尊骈体与桐城派崇唐宋古文,乃至章太炎等人以魏晋文章为尚,又民国时周作人等尚晚明小品,从为文之习尚来说皆无可

① 高步瀛论韩愈《原道》诸篇,曰:"退之著《原道》、《原性》、《原毁》、《原人》、《原鬼》,凡五篇。其《原道》一篇……实古今有数文字。近人加意掊击,至有不敢以此文入选者。呜呼!使我国文章不亡,此文终留天壤。"高步瀛:《文章源流》,《历代文话续编》下册,第1370—1371页。

② 陈平原:《作为学科的文学史》,北京:北京大学出版社,2011年,第21页。

③ 高步瀛:《文章源流》,《历代文话续编》下册,第1340页。

④ 同上,第1462页。

厚非。然标榜某一体式之作，而诋他体为不可诵习，则不仅有失偏颇，且影响了后来之人。高步瀛以自己不拘骈散的选文实践矫正了当时文派的偏颇。

二、选文以致用、济世

桐城派的古文选本，都含有指导诸生学习、作为参考书的目的。历代文举要的编选目的虽是用作教导学生的讲义，但其深层的编选思想除了继承桐城派"致用"之外，也因时势激荡而隐含有"济世"的思想。

1. 选文以"致用"

自古而今，文章皆含有实用的作用，如汉大赋用于讴歌汉王朝的统一，唐诗用于歌咏大唐的繁盛，宋词用于市民享受等。唐宋古文至明清尤受欢迎，个中主要原因便是以古文为时文，从而获得仕途之阶。历代文举要产生于白话文盛行之年代，其原有的科举功用已荡然无存，但高步瀛仍标举"用备学者习肄"[①]，故其编选了大量的"表"、"书"、"墓志铭"、"祭文"等实用类文体（今天已归为公文），体现了其以实用为旨归的文章学思想。

此外，其辨析文体、梳理文章源流时，又常常观照当下（民国），从而呈现文章衍变之历史。如论历代制诰沿革，曰："民国既建，制诰概无所用，而下行之文，分四类：令、训令、指令、布告。见民国十七年六月颁行《公文程式条例》。"[②]论"御札"曰："御札亦通称曰诏……长官对属吏亦得用札，前清犹然，至民国始不用耳。"[③]论"奏议类"曰："近世文家于奏议类列目甚繁，（如《古文辞通义》、《涵芬楼文谭》）颇觉琐

---

① 高步瀛：《唐宋文举要》甲编《序言》，上海：上海古籍出版社，1982 年。
② 高步瀛：《文章源流》，《历代文话续编》下册，第 1424 页。
③ 同上，第 1435 页。

屑。"[①]论"宣誓"曰:"民国以后,官吏莅任,皆有宣誓,考之于古,韦殷卿(陟)《誓文》(《全唐文》卷三百六)颇能相合。张然明(奂)有金不入(《后汉书·张奂传》),吴处默(隐之)酌水励清(《晋书·良吏传》),是有望于今日当道者,又非徒区区一誓而已。"[②]

总之,高步瀛虽选历代文章,然其最终指向却为当下,在梳理文章源流衍变之目的下,将文章之用施于当时。

2. 选文以"济世"

高步瀛是"真儒",一生持节,即使在日本占据北平时,他亦能保持节操。其历代文举要,除作为作文的参考外,选文背后也隐含有济世的思想。

高步瀛曾谓:"文之功用,其大者曰明道,曰济世。"并引严九能之说,曰:

> 素常持论,谓文之不可已于世者有两端,一以明道,一以济世,舍是而勿贵也。之二者,古人于论说见之居多,然而为之略有二难:虽有一孔之明,而所照不周,知其一,不知其二,若是乎明道之难言也;出位而言事,徒以骇人之观听,有类于於孟氏之云横议者,未有益于人,先有损于己,若是乎济世之难言也。[③]

继引许周生论道:

> 九能以明道、济世二者自歉,则余以为毋庸也。夫为文者,孰不曰我以明道乎哉?其果有明耶?否耶?士不得圣人为之师,而又蔽于数千载是非交错、同异杂糅之说,非有十倍往古之才智者,

① 高步瀛:《文章源流》,《历代文话续编》下册,第1443页。
② 同上,第1607页。
③ 高步瀛:《文章源流》,《历代文话续编》下册,第1303页。

固无由知道之所在而明之矣。若济世之文,又有难焉。伏居一室,未尝听睹当世事,以审俗知弊,酌古今之得失,凡行政难易、轻重、缓急,人情所畏、所安,财用之盈绌,事可成与否,概弗晓,而徒搜索故籍,为迂远难行之论,则不如其已也。且夫道非言所可明,而言有时足以明道;世非言所可济,而言有时足以济世。作者或不自知,而后世读者,乃独得之意表,还以归功于其人之言者,往往有之。①

针对严、许二人之说,高步瀛加按语道:

此两说,可以相成,知其难则有所慎,而不敢轻发;然又不得以难而自沮也。其他发表思想,抒写性情,叙记事物,关于人生日用尤切,不待缕述。……吾独惜近代文人,稍能为文,即以为吾得圣人之道,于是俯视一世,俨然自命为圣贤;而迹其行事,或贪黩无厌,謑诟无节,立身行己之道,漫然不知,天下安有如是圣贤哉?②

可以说,这种"文以明道"的编选思想承自古人。本节以曹植《孔子庙碑》、司马迁《史记·魏公子列传》及《史记·货殖列传》为代表来探析高步瀛的济世思想。

(1)《孔子庙碑》——文以明道的现实意义

高步瀛选魏晋文25篇,其中有22篇见于《文选》。剩下3篇中,薛综《移诸葛恪等劳军》,见于《经史百家杂钞》及《骈体文钞》;王羲之《遗殷浩书》见于《经史百家杂钞》;曹植《孔子庙碑》见于《骈体文钞》。

此文创作于"黄初元年,大魏受命",既有向海内宣扬曹魏"胤轩

① 高步瀛:《文章源流》,《历代文话续编》下册,第1303—1304页。
② 同上,第1304页。

辕之高纵，绍虞氏之遐统，应历数以改物，扬仁风以作教”的封建正统地位，也是为了宣扬儒家道德，进一步为曹魏的统治奠定人伦思想方面的基础，所谓“缉熙圣绪，绍显上世，追存二代三恪之礼，兼绍宣尼褒成之后”①。魏晋时，传统儒学先受到玄学之冲击，继而为佛家掩映了光辉；到高步瀛所处之民国，新文化运动扬言“打倒孔家店”，以儒学为代表的传统文化遭受了致命打击。加之其时社会动荡，人心浮泛，故高步瀛选此篇，除了从文章方面见出曹植“情兼雅怨，体被文质”之艺术特色外，其隐含的目的则是为了发扬儒学文以明道的现实意义。

曹丕曾言：“观古今文人，类不护细行，鲜能以名节自立。”②曹丕此言应本于《尚书·旅獒》所谓：“不矜细行，终累大德。”故“无行”、“无德”、“无道”，在儒家的哲学里均可划等号。“德”的范畴包含“气节”、“名节”的内容，于文人而言，则要求其遵守传统儒家之君臣大义、民族气节。宋明理学家所谓“饿死事小，失节事大”，即针对文人而发。高步瀛曾论道：

> 文之功用，其大者曰明道，曰济世。……此两说，可以相成，知其难则有所慎，而不敢轻发；然又不得以难而自沮也。其他发表四象，抒写性情，叙记事物，关于人生日用尤切，不待缕述。且夫一国之文字，发于民族之性情，其关于立国根本，实非常之重，故世之灭人国家者，必先灭其语言文字。吾国立国数千年，前代圣贤之心产，皆于文字存之。苟其非人丧心病狂，断无摧残本国文字以为快者，此不待讼言者也。吾独惜近代文人，稍能为文，即以为吾得圣人之道，于是俯视一世，俨然自命为圣贤；而迹其行事，或贪黩无厌，諓诟无节，立身行己之道，漫然不知，天下安有如是圣贤哉？杜子美诗云：“文章一小技，于道未为尊。”欧阳永叔

① 曹植：《孔子庙碑》，《魏晋文举要》，第49页。
② 曹丕：《与吴质书》，《魏晋文举要》，第8页。

曰："今之学者，莫不慕古圣贤之不朽，而勤一世以尽心于文字间者，为可悲也。"夫二子之言，本有感而发，与理学家以学文为玩物丧志者不同，后人往往误会其意，以为视文字为轻，则非也。然要知文章之源，先有学问，文章之外，别有事业，而有文无行，尤当悬为厉禁。古人云："士先器识而后文艺。"愿学者深思此言。①

对"近代文人"的深切忧虑，使其发出"愿学者深思此言"的肺腑之言。故对发明古代圣贤之"道"之文多有选录。《孔子庙碑》的选录即可见一斑。

（2）《李将军列传》和《魏公子列传》——战争年代的呼吁

20世纪的中国古代文学史，论述汉文时皆注目于贾谊、贾山等政论文，高步瀛则将眼光投向了《史记》和《汉书》。虽《古文观止》、《经史百家杂钞》亦于《史记》和《汉书》有所选录，但高步瀛所选《李将军列传》、《魏公子列传》和《货殖列传》为其独选。其中，《李将军列传》和《魏公子列传》寓以了高步瀛面对战争年代的深切呼吁。

民初军阀混战，直、奉、皖三系为争夺统治权，置天下百姓之性命而不顾。高步瀛在论"对"体时曾云：

《文心雕龙》有《议对》篇，后半皆论对策。由今核之，议对之体，颇与对策不同，故各为目焉。试更详之，则对有因驳议而起者：如吾丘子赣（寿王）《禁民挟弓矢对》（《汉书·吾丘寿王传》）、贾君房（捐之）《罢珠厓对》（《汉书·贾捐之传》）是也。……君房之议，力陈穷兵广地之痛，激竦切挚，惊心动魄，若施于今日（黷）〔黩〕武之国，尤为万全良药。此二对者，非特议对之佳章，实亦文家之伟作。②

① 高步瀛：《文章源流》，《历代文话续编》下册，第1303—1304页。
② 同上，第1457—1458页。

“穷兵广地”,正是当时各系军阀之现实写照。虽姚鼐、曾国藩皆选《罢珠厓对》,然因所处时代不同,故其出发点当与高步瀛不同。文学为社会时代之反映,由此也可知,选文亦含对社会现实之考虑。

面对外敌入侵,晚清政府屡次求和签约;日本发动“九一八”事变,蒋介石政府亦奉行“不抵抗政策”。在论“盟辞”时,高步瀛发抒了对“时局”的呼吁:

> 若夫汉盟匈奴(韩昌、张猛与呼韩邪单于盟约,见《汉书·匈奴传下》),唐盟吐蕃(张季权、刘元鼎,皆有《与吐蕃盟文》,见《全唐文》四百三十三及七百四十六),为中外约盟之大事。然呼韩来朝,并非莅盟之力;浑瑊见执(新、旧《唐书·浑瑊传》及《吐蕃传》),且有背盟之变。夫不求庙堂战胜之本,而徒欲折冲坛坫之间,徒为外人所笑,此亦千古之龟鉴矣。①

虽“龟鉴”不远,然某些主政者却仍不耻于“为外人所笑”。甚而下者,在国难当头,竟做了“汉奸”、“走狗”。程金造记载:“伪师范大学成立,聘先生任教,或胁劝焉。先生曰:‘吾以老耄不能随大汉旌旗跋旅山川卫国,已愧平生志,而可以为贼乎?’”②故高步瀛特别表彰司马迁之“传游侠以著民族之精神”,在《两汉文举要》中,特选了《史记》中的《李将军列传》和《魏公子列传》,其目的当是以“飞将军”之精神激励国民奋勇抗敌,以魏公子信陵君屈尊保国的行为感召国民,他说:“若以事实而论,毛公、薛公劝公子救魏数言,为国民者,皆当各书于坐

① 高步瀛:《文章源流》,第1606页。
② 程金造:《霸县高先生行状》。

右。彼甘心为外人鹰犬者,实自绝于人类也。"①

(3)《货殖列传》——关心社会民生

自宋范浚《题史记货殖传》(《香溪集》卷六),到清人如戴名世、朱鹤龄等,至近人胡适、梁启超等,皆有论及《货殖列传》,然高步瀛则以其为文章编入选本。

中国传统士人对社会民生一直葆有一份关心。《诗经》中已多《豳风·七月》式的书写,从屈原"长太息以掩涕兮,哀民生之多艰",到范仲淹"处庙堂之高,则忧其民";又杜甫之呼号"安得广厦千万间,大庇天下寒士俱欢颜":不管身居庙堂、还是沉沦江湖,关怀之心皆一致。

晚清民国之社会动荡,导致民不聊生。《高步瀛先生评传》中介绍,高步瀛"境本不裕,事变(按,七七事变)以还,乡间不可复居,戚姻率逃难来依,故旧之失业者,亦多赖先生赒恤以举火"。故其特别推崇司马迁"传货殖以諭社会之心理,是何等胸襟,何等识见"②,其评《史记·货殖列传》曰:

> 史公此传,与《平准书》相表里。然《平准书》详于取民之法,所谓最下者与之争也。此传一语揭明,不复再述其事,而上既与民争财,民之桀者,遂亦吸天下之财自肥其家,此《货殖传》所以立也。其历叙五方谣俗物产,以见民生国计、世运消长所在,尤为千古特识。自班氏父子,已不能通知其意。故孟坚作《汉书》,虽有此传,然有继续而无恢张,遗精神而存形式。以后之史,并此而无

① 高步瀛:《两汉文举要》,第112页。按,毛公、薛公劝公子语,云:"公子所以重于赵,名闻诸侯者,徒以有魏也。今秦攻魏,魏急而公子不恤,使秦破大梁,而夷先王之宗庙,公子当何面目立天下乎?"抗日战争爆发后,高步瀛作有《丁丑(1937年)杂诗五首》,顾学颉云:"先生效屈原美人香草之辞,以艳体诗寓幽愤爱国之情,悽婉哀怨,具见先生当时的忧国心情。"诗歌内容详见顾学颉:《鉴证、考据学大家——高步瀛先生》,附录二。

② 同上,第112页。

之。盖我国史家,注重政治,而于社会情状,人民生活,皆所弗顾。遂致太史公伟抱,不能复明于天下,良可惜也。西国旧史,其弊亦与我国相同,注重社会民生者,亦近代之发明。而太史公于二千年前已开其端,其识之远大,为何如哉!①

"有清之末,邦国忧患频仍,浮嚣成习,国脉之凋残也极矣。津门严范孙先生,发愤于举世萎靡之时,殚心教育,启处未遑。四方人士求托,为严先生提挈者至众,惟范静生以政治鸣,而阆仙以词章鸣。"②由此,高步瀛之历代文举要,不单单是一部文选,一部探析文体、文章源流的著作,更是对忧患时代寓以了深切关怀,值得今人重新挖掘!

三、尊体论

尊体论是中国古代文学批评思想中的一种普遍认识,体现出对文学本体的根本思考。汉人论《诗》有"风、雅"、"变风、变雅"之别,古人论唐宋诗有"唐音、宋调"之异。凡此种种,皆为尊体论。具体到文章这一体式,尊体论或以人论,或以文章体式论,或以时代论,或以风格论等,皆是从整体上完成了对文章源流之梳理,从而见出史之发展。

高步瀛由唐宋古文上溯秦汉、由唐宋骈文上溯六朝,其间亦对诸如"西汉之文"、"东汉之文"、"史迁风神"、"骈文正格"、"四六上驷"、"六朝文"、"子政奏疏"、"魏晋之文"、"南宋四六"等予以指出和辩正,从而为正确认识文章源流、作家作品艺术特色等提供了借鉴。

如"中郎遗矩",是指蔡邕碑文所树立的体式。历代文举要所收

① 高步瀛:《两汉文举要》,第133页。按,李埏等有《〈史记·货殖列传〉研究》(昆明:云南大学出版社,2002年),所论"司马迁之经济思想"等,及附录"《史记·货殖列传》研究论著索引",个中大多研究,高步瀛已先点出。

② 王森然:《高步瀛先生评传》。

30篇碑文，其中评家明确指出为“中郎遗矩”的有四篇①，并以韩愈《试大理评事王君墓志铭》作为反例来证明不合“中郎遗矩”②。自曹植、王俭到张说、柳宗元，于“中郎遗矩”代有传人，可见文章源流。

从结构上来说，表墓之文一般包括墓主先世、墓主生平、品性、功绩等，最后作铭；从风格上来说，则以“雅洁渊懿”为优。表墓之文最忌讳的便是流为谀词，然因作文之人多为受墓主亲旧之请，或与墓主交谊深厚，故往往不能抱以客观态度，以致影响行文风格。高步瀛所选蔡邕碑文（《文选》、姚选未选，曾钞选），《陈太丘碑文》为吴汝纶所称赏③，蔡邕自谓《郭有道碑文》“无愧”④，李兆洛评为“正宗”⑤，故高步瀛选录、评点后世碑文，便多以“中郎遗矩”为“正格”。

对“失体”之作，高步瀛多予以辩证。如李兆洛评温子升《寒陵山寺碑》曰：“此亦纪功碑也，托之佛寺已为失体，文亦委茶不振，以其为唐初等慈昭仁诸文嚆矢，故仍录之。”对李氏所谓“失体”之说，高步瀛辩驳曰：“当时以韩陵之战归功于佛佑，立碑之旨正在乎此。失体之诮，作者固不任咎也，就文而论，亦不得谓之委茶。”⑥

再如皇甫湜《韩文公墓志铭》，蒋叔起（伯超）《南漘楛语》卷一曰：“皇甫湜《谕业》云：韩吏部之文，如长江秋注，千里一道，冲飙激浪，污流不滞。然而施诸灌溉，或寡于用。湜评如此，并非心折于昌黎也。其《韩文公铭》茹古涵今云云，与长江秋注之评，先后矛盾，盖谀墓之文耳。”将此文谓为“谀墓之文”，言下之意即不合“碑文”之体。对蒋氏

---

① 分别为曹植《孔子庙碑》、王俭《褚渊碑文》、张说《贞节君碣》、柳宗元《故襄阳丞赵君墓志》。

② 曾国藩评曰：“以蔡伯喈碑文律之，此等文已失古意。”高步瀛：《唐宋文举要》，第371页。

③ 吴汝纶评曰：“纯用虚叙，神气俊逸，此中郎诸碑之冠。”高步瀛：《两汉文举要》，第278页。

④ 高步瀛：《两汉文举要》，第271页。

⑤ 同上，第283页。

⑥ 高步瀛：《南北朝文举要》，第663页。

之评，高步瀛辩驳曰："人之议论，先后不必尽同，《谕业》评韩文施诸灌溉，或寡于用，亦非贬词。谓高文不宜世俗之用耳。此云姬氏以来，一人而已，虽不免推崇少过，而其形容韩公文字，实能相肖，胜于彼评，不得以谀墓目之。叔起本不知文，且恒有意求韩公之短，故不能平心而出也。"①

作为一名骈散兼擅的文章大家，高步瀛有着丰富的创作经验，并通过《文章源流》和历代文举要完成了他对文章理论和思想的建构。今人论及桐城末学的理论建构皆以姚永朴之《文学研究法》为殿军，其实高步瀛之选本实践和理论建构与姚永朴不分轩轾。历代文举要的"典范"价值非常值得今人去传习。

① 高步瀛：《唐宋文举要》，第575页。

第五章

高步瀛对考据学的传承与实践

有关考据学究竟是一种学术方法、还是一个学术门类之争论，相沿已久①。清儒如焦循、孙星衍、章学诚等，清末民国之梁启超、胡适、傅斯年、钱穆等，聚讼纷纭。上世纪 90 年代以来，孙钦善、漆永祥、庞天佑、郭康松、罗炳良、林庆彰等学者纷纷对考据学予以追溯源流、辨证名义、探讨原因、辨析流派、总结治学方法等。林庆彰视考据学为一种治学方法②；郭康松则将考据学视为朴学、汉学的代名词，并明言“真正意义上的考据学是在明代中后期萌芽，在清代才最终发展成熟，此前只有考据而没有考据学”，其对研究范围的界定，参考了胡适所划分的四部分：文字学、训诂学、校勘学、考订学③，又采纳顾颉刚所划分

---

① 可参罗志田：《方法成了学名：清代考据何以成学》，《文艺研究》2010 年第 2 期。

② 参林庆彰：《明代考据学研究》第一章《绪论》之第一节《考据与考据学》，上海：华东师范大学出版社，2015 年，第 1—3 页。

③ 胡适：《清代学者的治学方法》，欧阳哲生编：《胡适文集》第 2 册《胡适文存》，北京：北京大学出版社，1998 年，第 288 页。

的广、狭二义(广义包括音韵、文字、训诂、版本、校勘诸学;狭义的是专指考订历史然否及书籍的真伪和时代),并主张添加历算学、辑佚学、金石学等名目①。另有徐道彬谓考据学为一种学术形式,“是清代尤其是乾嘉时期的主要学术特征”,而在界定考据学的定义及划定考据学的范围时,则采自顾颉刚的“广狭二义说”及孙钦善的分类标准②。

本书所论高步瀛虽无专门的考据学著作,但他所有著述皆可见考据学的治学方法、规范与精神等。本章基于考据学作为学术的一个门类,以历代文举要为依据,对高步瀛之考据学作一全面梳理,并揭示其学术史意义。

第一节　高步瀛考据学的学术渊源与时代背景

一、清儒考据学传统

首先,高步瀛用来证明己说的证据、观点大部分采自清儒。高步瀛生当清末,但其著述却皆产生于民国,故从分期上来说,其已不属于清之考据学家。然纵观高步瀛之历代文举要,其用以笺疏释义、证明己说之依据,大部分采自清儒,如方以智、顾炎武、阎若璩、王鸣盛、钱大昕、钱大昭、王念孙、吴仁杰、陈澧等。

其次是对清儒考据方法的继承。清儒考据讲究实事求是,故亦有称考据学为征实之学,因此在考据过程中须秉持无证不信的考据方法;清儒读书广博,故考据时主张广征博引、融会贯通的方法。小学至清发展迅速,训诂、音韵等皆成专门之学,故亦主张由文字训诂入手以明经义的考据方法。清代学术自始至终贯穿着今古文之争,客观来讲,真正的考据应摒弃门户之见,始见真知,故辨别今古文之见,亦成

① 郭康松:《清代考据学研究》“绪论”,武汉:崇文书局,2001 年,第 1—8 页。
② 徐道彬:《戴震考据学研究》“前言”,合肥:安徽大学出版社,2007 年,第 1—11 页。

为考据学之一种方法。然纵使多方考证，亦有不能确证者，故存阙疑，等等。这些方法在高步瀛之考据中皆可见其继承与发扬。

学与术是两个不同的概念，考据由“术”发展成为一种“学”，其传给后人更多的是一种学术思想。高步瀛等民国学人去清未远，且自小即生长在考据学的氛围中，因此，除去简单的对考据学作为一种“术”的继承外，更多地是对考据学这种学术思想的继承。

清末倡言维新、革命，在应对西方列强侵略的关头，产生了其积极的效应。然纵是对国故进行了猛烈的打击，却不能割裂清代考据学传统对高步瀛等民国学人的灌溉。即使到了今天，我们所从事的学术研究，亦可从清儒之考据学寻得根源。

二、民国学者尚考据的时代思潮

民国学术的创造者主要是晚清诸大家及其门人（或学生），故从学术统系上来说，可谓是清代考据学的新发展。王国维指出：“道、咸以降，途辙稍变，言经者及今文，考史者兼辽、金、元，治地理者逮四裔，务为前人所不为，虽承乾嘉专门之学，然亦逆睹世变，有国初诸老经世之志。故……道、咸以降之学新。”①“乾嘉专门之学”提示了考据学之传承，故有人称民国之考据学为“新汉学”或“新考证学”。从清末民初诸学者著述之名称、自述治学功夫皆可见考据学之风尚，如胡适在其所作《庐山游记》“后记”中言：“我作《庐山游记》，不觉写了许多考据，归宗寺后的一个塔竟费了我几千字的考据！这自然是性情的偏向，很难遏止。”又自陈自己有考据癖：“我们有历史考据癖的人到了这些地方，看见了许多捏造的古迹，心里实在忍不住。我为什么要做这种细

① 王国维：《沈乙庵先生七十寿序》，傅杰编校：《王国维论学集》，北京：中国社会科学出版社，1997 年，第 401 页。

碎的考据呢？也不过'心潰涌，笔手扰'，忍耐不住而已。"[①]余英时在探讨胡适的思想时曾指出，"他的'爆得大名'虽然是由于文学革命，但是他能进北京大学任教则主要还是靠考据文字"。"胡适学术的起点和终点都是中国的考证学"[②]。陈垣亦谓："胡注（按胡三省《资治通鉴注》）长于地理及考证，今日学者无不知。书名表微，非微何必表也？曰：考证为史学方法之一，欲实事求是，非考证不可。彼毕生从事考证，以为尽史学之能事者固非；薄视考证以为不足道者，亦未必是也。"[③]

更主要的，考据学的治学方法与精神等与清末民初兴起的"新文化革命"、"文学革命"、"整理国故运动"、"古史辨"等思想潮流有着潜在的暗合。"科学"、"实证主义"等西方思想也与考据学的征实精神若合符节。民初学人继承清儒考据学而有所创新，自是学术发展的内在理路。

第二节　高步瀛考据学的内容及方法

本书对高步瀛考据学的分析，只限于其对名物、制度、学术、舆地、历史等内容的考订，而如胡适所划定的文字学、训诂学、校勘学，不在分析之内。现梳理如下。

一、考据学的内容

高步瀛之考据与传统的训诂、笺注以揭明字义、文义有很大区别，

① 胡适：《庐山游记》"后记"（1928年4月20日），《胡适文存》三集，合肥：黄山书社，1996年，第136页。

② 余英时：《中国近代思想史上的胡适——〈胡适之先生年谱长编初稿〉序》，《现代危机与思想人物》，北京：生活·读书·新知三联书店，2012年，第152、182页。

③ 陈垣：《通鉴胡注表微·考证篇第六》，北京：中华书局，1962年，第98页。

其不仅以清人读书札记的体例组织行文，亦如清人之考据以辨明某个语词、某段历史等为依归。

（一）舆地

舆地之学渊源甚早，明清以来渐成专门之学。尤其是清朝，涌现出了顾炎武、顾栋高、邹汉勋等舆地大家。清嘉道以后，受西方列强侵略之影响，舆地学（尤其是西北舆地学）研究又与国家存亡、民族统一等现实意义联系在了一起，更使得这门学问成为显学。清末民初，杨守敬、柯劭忞、王国维、陈垣等学者亦纷纷究心舆地。从背景上来说，高步瀛之舆地考据既继承前人，又与当时思潮相一致。

高步瀛熟精舆地学，程金造回忆说："先生精古地理学，尝以州县治所，区疆划属，与时迁变。学者不慎，易囿近情。以论古事，则毫厘之差，或致千里之失。故其东亳西亳之辨，丰京镐京之别，王季之所葬，荆楚蔡国之迁移，与夫述武安，论蓝田，定鸿门，皆旁参博证，往复申辨，闻者晓然如指诸掌。"①纵观历代文举要中之舆地考据，有考山川之确切位置、州县之今古迁移、有关舆地固定称谓的辨析等。

1. 地理位置

如"姑射山"之位置，在《庄子·逍遥游篇》中，肩吾向连叔描述藐姑射山之神人，高氏考证道：

> 陆（德明）曰："姑射，徐音夜，又食亦反。李：实夜反，山名，在北海中。"案：《山海经·海内北经》曰："列姑射山在海河洲中。"郭璞注曰："《庄子》所谓藐姑射之山也。"《列子·黄帝篇》曰："列姑射山在海河洲中。山上有神人焉，吸风饮露，不食五穀，

① 程金造：《高步瀛传略及传略后记》。按，王森然亦有同样描述："（其）尤精舆地之学，常谓旧日州县所治，每有变迁，疆域时有伸缩，偶有不慎，则易为后日之情形所拘。以之上论古事，是所谓失之毫厘，差之千里者欤？故其论武安，论蓝田，论鸿门，皆旁征博引，反复辨析，使闻者涣然冰释，是盖遵古而不轻于疑古，一有所疑，则必有解决之方法也。"王森然：《高步瀛评传》。

心如渊泉,形如处女。"张湛注曰:"见《山海经》。"陆谓在北海中,与郭、张并合也。《东山经》曰:"又南三百八十里,曰姑射之山;又南水行三百里,流沙百里,曰北姑射之山;又南三百里,曰南姑射之山。"《隋书·地理志》临汾有姑射山,下文言藐姑射之山,汾水之阳,故毕沅、郝懿行皆以此山当之,而斥郭注为误。又殷敬顺《列子释文》引《山海经》曰:"姑射国在海中西南,山环之,从国南水行百里,曰姑射之山;又西南行三百八十里,曰里姑射山。"秦恩复据此遂谓《东山经》北姑射、南姑射两山当在《海内北经》,不知何时脱写,羼入《东山经》。郭庆藩《集释》引李桢亦主其说。然古人引书,往往以意为说,且或所见本各有不同,必谓殷氏所引为古本,据以改《山海经》,亦武断甚矣。李桢又疑《隋志》以姑射属临汾,或后世据此篇汾水之阳一语以名其地之山,其说是也。①

高步瀛首先引陆德明释音,并指出姑射山在北海中。接着引郭璞、张湛之说,指出与陆说合。又引《东山经》所谓"南北姑射山"之说,证以《隋书·地理志》所载临汾姑射山,又清人毕沅、郝懿行皆以此(《隋书·地理志》所载)斥郭璞之误。对《东山经》所载,高氏又引殷敬顺之说,而秦恩复据殷敬顺之说而主《东山经》"南北姑射山"之说乃《北山经》之文,郭庆藩引李桢亦主此说。此涉及古人引书、版本等问题,故高步瀛指出"古人引书,往往以意为说,且或所见本各有不同",秦恩复、李桢、郭庆藩等"武断甚矣"。然高步瀛对李桢所谓"后世据此篇汾水之阳一语以名其地之山"表示认同。

高步瀛对某一问题之考据,往往举一反三。上面对姑射山之考证,便论及古人引书问题。而对历代姑射山之考证,高步瀛亦能条分缕析。这是高步瀛所有考证皆能做到的,其可贵处又往往在于对问题

① 高步瀛:《先秦文举要》,第115—116页。

的升华。比如此处考证姑射山，其最后总结说：

> 《庄子》一书本多寓言，必求其地以实之，则凿矣。故或以姑射属北海，或以姑射属临汾，即今山西临汾县西，又或以此文姑射属北海，而以下姑射属临汾，断断聚讼，恐转为庄生所笑也。①

后卢照邻作《益州至真观主黎君碑》，其中有“汾阳处子，目击而言忘”，高步瀛又引毕、郝、殷、秦、李、郭诸家说，与《逍遥游》之考证一致。高步瀛于此文亦总结说：

> 要之庄生寓言，文人用事，固不必刻舟求剑也。（或谓藐姑射之山，即今之库页岛，亦傅会之说，恐未足据。）②

两处对同一内容的考证，高步瀛基于诸家之说，不求“傅会”“刻舟求剑”之确指，而在此基础上论及庄子、卢照邻之“寓言”、“用事”，也即文章之法，可谓考据与词章的统一。

2. 州县移易

州县之名今古迁移，然其最初地理位置凭借典籍所载却可寻绎。若以今度古，则难免致误。故凡涉及州县，高步瀛皆予以爬梳典籍，以古代地志所载明其出处，以《水经注》及他人考证为依据，最后证以具有总结性、当代性的《一统志》。具体到某个朝代，如唐则以《括地志》为据，明则以《大明一统志》为据，亦皆与《大清一统志》相参正。如霸陵县，刘向《论起昌龄疏》有曰“孝文皇帝居霸陵”，高步瀛首先引《汉书·地理志》所载，谓：“京兆尹霸陵县，原注曰：‘故芷阳，文帝更名。’”接着引《水经·渭水注》曰：“霸水左合浐水，历白鹿原东，即霸

① 高步瀛：《先秦文举要》，第116页。按，“断断”疑为“断断”之讹误。

② 高步瀛：《唐宋文举要》（下册），第1302页。

川之西,故芷阳矣,谓之霸上。汉文帝葬其上,谓之霸陵,上有四出道以泻水。在长安东南三十里。”郦道元之注释让人清楚了霸陵原名霸上,因文帝葬此而得名,亦交代了大致位置。最后高步瀛引《大清一统志》曰:“陕西西安府,霸陵故城,在咸宁县东(今并入长安县)。”①

再如尧之葬处成阳县,《论起昌龄疏》谓“尧葬济阴”,高步瀛考证先指出尧葬成阳,如《汉书·地理志》济阴郡成阳县,原注曰:“有尧冢。”《续汉书·郡国志》同。郑樵《诗谱·曹谱》曰:“昔尧尝游成阳,死而葬焉。”又指出尧葬縠林,引《吕览·安死篇》曰:“尧葬于縠林。”高诱注曰:“传曰:尧葬成阳。此云縠林,成阳山下有縠林,是縠林即成阳矣。”高诱谓縠林在成阳山下,而高步瀛指出《海外南经》郭璞注、《水经·瓠子河》郦道元注、《晋书·地理志》“皆谓在成阳西”。进而梳理成阳县流变,谓:“汉成阳县,隋以后称雷泽县,故《括地志》、《元和(郡县)志》、《(太平)寰宇记》皆言在雷泽县西。《清统志》言在山东曹州府何泽县东北五十里,旧雷泽城西。”通过高氏之梳理,不仅可知高诱注之误,亦明晰了成阳之演变,也明确了尧冢之位置②。

3. 固定称谓

有些固定的舆地称谓,不予以考证则不易于理解文义。如“三江”,谢朓《拜中军记室辞随王笺》有曰“东乱三江,西浮七泽”,高步瀛先引李善观点,谓“三江,越境也。”继而考证曰:

> 《书·禹贡》曰:“三江既入。”《汉书·地理志》会稽郡吴县,原注曰:“南江在南,东入海。”扬州川毗陵县,注曰:“江在北,东入海。”扬州川丹阳郡芜湖县,注曰:“中江出西南,东至阳羡入海。”扬州川汉吴县,今江苏吴县治。毗陵,今武进县治。芜湖,今

① 以上《汉书·地理志》、《水经·渭水注》、《大清一统志》所载,见高步瀛:《两汉文举要》,第179页。

② 以上诸说,见高步瀛:《两汉文举要》,第180页。

安徽芜湖县治。阳羡，在今江苏宜兴县南。此《禹贡》之三江也。详见金榜《礼笺》卷一《成蓉禹贡班义述中》。而《吴语》韦昭注，以吴江、钱塘江、浦阳江为三江，《水经·渐江水注》引松江、浙江、浦阳江是也。《沔水注三》引郭景纯，以岷江、松江、浙江为三江，引庾仲初《扬都赋》，以娄江、东江、松江为三江。《禹贡》孔疏引《吴地记》同。皆非《禹贡》之三江，此就会稽而言，当从韦昭或郭景纯说也。①

对三江之解释，李善过于简单，故高步瀛详引典籍，指出五种说，最后从韦昭或郭璞说。

同样的考证三江，高步瀛能够依照文义而定其所指。王勃《秋日登洪府滕王阁饯别序》曰"襟三江而带五湖"，高步瀛考证曰：

《书·禹贡》曰："三江既入，震泽底定。"《周礼·夏官·职方氏》曰："扬州其川三江，其浸五湖。"案《禹贡》三江，当依《汉书·地理志》，详见金蕊中《礼说》及成芙卿《禹贡班义述》，今非必据《禹贡》三江，故不复述。孔冲远《禹贡》疏引《吴地记》曰："松江东北行七十里，得三江口，东北入海为娄江，东南入海为东江，并松江为三江。"与《水经·沔水》注三引庾仲初《扬都赋》注相同，即《吴越春秋》（卷十）所称范蠡出三江入五湖者，非《禹贡》之三江也。以此文襟三江之义推之，似三江即指此，不必泥《禹贡》、《周礼》也。②

此处考证"三江"，所引典籍一样，然高步瀛依文义同《吴地记》说。

① 高步瀛：《南北朝文举要》，第179—180页。
② 高步瀛：《唐宋文举要》（下册），第1173—1174页。

有些固定称谓相沿已久，然若究其确指，一般人恐难道得。如山东，贾谊《过秦论》(上)云："山东豪俊，遂并起而亡秦族矣。"高步瀛引阎若璩《潜邱札记》卷三曰："胡三省于《通鉴》(《周纪二》)秦孝公时河山以东强国六，注云：河自龙门上口南抵华阴而东流，秦国在河之西；山自鸟鼠同穴连延为长安南山，至于泰华，秦国在山之西，韩、魏、赵、齐、楚、燕六国皆在河山以东。余参以贾谊言，所谓建武关、函谷、临晋关，大抵为备山东诸侯。则可见自秦之外，皆谓之山东。"高步瀛又引方中履《古今释疑》曰："前史有山东之称者，皆据华而言之，谓华山之东也。"①由此知"山"指华山。

杜牧亦提及山东，在《罪言》中言"生人常病兵，兵祖于山东"，高步瀛考证曰：

> 山东，战国时指华山之东而言。《通鉴》卷二胡梅磵注曰："山自鸟鼠同穴，连延为长安南山，至于泰华，秦国在山之西，韩、魏、赵、齐、楚、燕六国，皆在山以东。"(按，此处胡三省注与上引有所不同)是也。杜子美《兵车行》曰："君不见汉家山东二百州"，《九家注》引赵彦材(次公)曰："山东者，太行山之东也，昔言山东，即古之晋地，今之河北也。今言山东，则谓太山之东，昔之齐地，今之京东路也。"阎百诗《潜邱札记》卷三驳之，引《通鉴》注及《史记·太史公自序正义》、《汉书·赵充国辛庆忌传赞》以证之，其说甚是。然牧之此文所谓山东者，自当指河北而言，不宜泛及华山以东。赵谓太行山以东，解杜诗则非，解此则是也。②

高氏首先溯源战国时之山东，同方中履说。又引胡三省说。赵次公注山东，因"山"不同，所指亦不同。最后如上面考证三江一样，此处

① 高步瀛：《两汉文举要》，第 11 页。
② 高步瀛：《唐宋文举要》(中)，第 621 页。

考证山东,高步瀛亦能做到实事求是,不泥于成说,依文义而从“太行山之东”说。

(二) 职官

乾隆在《历代职官表》卷首“上谕”中谓:“历朝改革,建置纷如,难以胜数。我国家文武内外官职品级,载在《大清会典》,本自秩然。至于援古证今,今之某官即前某代某官,又或古有今无,或古无今有,允宜勒定成书,昭垂永久,俾览者一目了然。”①高步瀛《历代文举要》对诸官职之考证,其思路与《历代职官表》相一致,旨在明晰其建置缘由、具体职责、历代流变等,最终归到理解文义。如驸马,曹植《求通亲亲表》云“驸马奉车”,高步瀛考证先指出驸马出处——《汉书·百官公卿表上》曰:“奉车都尉,掌御乘舆车;驸马都尉,掌驸马。”接着引颜师古注曰:“驸,副马也。非正驾车,皆为驸马。”由此可知,驸马为一职官,掌管副马之车的驾驶,然后世驸马却成了帝婿的称谓,故高步瀛又引朱右曾《曹集考异》之考证:

> 《汉书·金日磾传》:拜为驸马监,迁侍中,驸马都尉,光禄大夫,入侍左右,出则骑乘。驸马,犹车驾之副耳,非尚主之名也。魏何晏尚金城公主,拜驸马都尉,后世遂惟尚主者始拜此官。《陈书》:袁枢议曰:昔王姬下嫁,必适诸侯、同姓为主,闻于《公羊》之说,车服不系,显于诗人之篇。汉氏初与列侯尚主,自斯以后,降嫔素族。驸马都尉,置由汉武,或以假诸功臣,或以假于戚属。是以魏曹植表,驸马奉车,趣为一号。(《枢传》)按《三国志》,孔桂转驸马都尉。(见《明帝纪》注引《魏略》)是魏之驸马,不必尚主之称,所谓或以假诸功臣,或以假于戚属。子建此表,是假于戚属

① 《历代职官表》,王云五主编:《丛书集成初编》第0846册,上海:商务印书馆,1936年。

之明证。①

朱右曾之考证不仅溯源驸马之设置，且揭明了其演变，尤其解明了曹植文义。而在《褚渊碑文》中亦有“选尚余姚公主，拜驸马都尉”，高步瀛则引《通典·职官十一》梳理驸马都尉之设置、演变②。同是解释驸马，我们看到，对魏曹植所提驸马，高步瀛以《汉书》为据，辅以朱右曾之考证；而齐王俭所提驸马，高步瀛则引杜佑《通典》。通过《通典》所考我们也会发现，原本与驸马、奉车、骑并列的三都尉，在晋朝发生了变化，只剩下驸马都尉一职及奉朝请。而宋武帝永初以来，因奉朝请一职选杂，故尚主者唯拜驸马都尉。由此，若再以《汉书》为据便不能直接说明问题。对同一职官之历史演变，高步瀛能够做到根据变化而选择不同的证据予以考证，这种治学精神是非常难能可贵的。

再如太史公。司马迁《报任少卿书》开头云“太史公牛马走”，王鸣盛《十七史商榷》卷六“太史公”条及钱大昕《廿二史考异》卷五“史记五”皆曾梳理《太史公自序》、《封禅书》中所出现的“太史公”是指司马迁自己还是指其父司马谈③，然太史公亦为一官职。高步瀛引《太史公自序》集解引如淳注（引卫宏《汉仪注》）指出武帝置太史公，位在丞相之上。司马迁死后，汉宣帝以太史令行太史公之职。如淳此说，颜师古注《汉书·司马迁传》亦引。高步瀛又引《孝武本纪》索隐引《虞喜志林》载“公”之官阶自周至汉转卑，然位犹尊。虞喜此说，《太史公自序》正义亦引，且云“虞喜说为长”。高步瀛继引梁玉绳考证，梁氏主太史公为官名，并认同卫宏说。梁氏指出《西京杂记》、《隋

① 高步瀛：《魏晋文举要》，第 34 页。按，所引朱氏考证，文中括号内为高步瀛标识文献出处。

② 高步瀛：《南北朝文举要》，第 98 页。

③ 王鸣盛：《十七史商榷》卷六，上海：上海古籍出版社，2013 年，第 65 页。钱大昕：《廿二史考异》卷五，上海：上海古籍出版社，2014 年，第 87 页。

书·经籍志》、《史通·史官建置篇》、宋三刘《两汉刊误》皆同卫宏说。高步瀛亦主官名说,并以虞喜及卫宏言为是。然亦有不以太史公为官名者,高步瀛指出:

a. 孔融以为太史公称公者,仁德之正号,不必三事大夫(《后汉书·郑玄传》);

b. 桓谭《新论》谓太史公为东方朔所加(见《孝武本纪》索隐引);

c. 韦昭谓为杨恽所加(见《孝武本纪》集解引);

d. 颜师古(《司马迁传》注)、司马贞(《太史公自序》索隐)以为迁遵其父之称;

e. 吴仁杰《两汉刊误补遗》以为迁父子为太史令,比于邑令称公。

以上诸说,皆为梁玉绳所驳,高步瀛亦谓其"非"。与高步瀛时代相近之黄承吉、周寿昌、李慈铭亦皆主非官名:

黄承吉《梦陔堂文说》谓太史公犹言太史官之长,即太史令。高步瀛驳黄谓"然彼既以太史为官名,迁安得自加公乎?"

周寿昌《汉书注校补》主孔融说,谓如廷尉吴公、仆射谒者邓公、四皓园公、夏公、黄公之类,公非官称。李慈铭《越缦堂日记》谓太史公为当时官府通称,举例晋书令称令君、唐御史称端公之类。对周、李之说,高步瀛驳谓:"然如周、李之说,他人称之则可,安得以之自称,著之简册。且《报仁安书》亦称之,是并施之朋友矣。若非官名,终无以解也。"

高步瀛又引俞正燮《癸巳类稿》主太史公为署官,然高步瀛指出:"俞氏以太史公为官名是已,然又谓《史记》署太史公者,太史是官名,公者犹曰著书之人,则自相矛盾矣。”①

牛马走亦一官职,牛为“先”之误②,如此《报任少卿书》开头“太史公牛马走司马迁再拜言”便很容易理解了。

(三) 人物

对人物的考订,包括选文中出现的人物,如苏厉、战国四公子;还有便是作者,如陶渊明、韩愈等。所考内容包括人名(姓字)、生卒年及生平事迹等。文中人物,有助于我们对文义之理解;而作者考,则对今人之文学研究、思想研究及历史研究等皆有参考价值。

1. 考人物名字

在颜延年《陶征士诔》中,高步瀛考证陶渊明之名字。其先指出史传所载,如《宋书·隐逸·陶潜传》谓“潜字渊明,或云渊明字元亮”,萧统《陶渊明传》谓“陶渊明,字元亮,或云字渊明”,《晋书·隐逸传》及《莲社高贤传》但云“陶潜字渊明”,《南史·隐逸·陶潜传》云“字渊明,或云字深明,名元亮”。《南史》所谓“字深明”,高步瀛指出王鸣盛《十七史商榷》六十四有考证,乃避唐讳③。

后世及近人为陶渊明作年谱者有很多,对陶渊明之名字亦有考证。高步瀛引宋吴仁杰《陶靖节先生年谱》曰:“按先生之名渊明,见于集中者三。其名潜,见于本传者一。《集》载《孟府君传》及《祭程氏妹文》,皆自名渊明。又按萧统所作《传》及《晋书》、《南史》载先生对道济之言,则自称曰‘潜’。孟传不著岁月。祭文晋义熙三年所作,据此即先生在晋名‘渊明’可见也。对道济实宋元嘉三年,则先生至是盖更名‘潜’矣。”宋杨希闵所作《晋陶征士年谱》亦同吴仁杰之说,“渊

① 以上诸家观点,见高步瀛:《两汉文举要》,第88—89页。按,今人朱大可曾详细分析《太史公自序》中出现的十四处“太史公”,并分为十类,最后主张俞正燮之“书名说”,即“以官称为书名”。朱氏所据以分析之材料,皆为高氏所征引。论证思路亦同高步瀛。详参朱大可:《太史公释名考辨——兼论〈史记〉书名之演变》,《人文杂志》1983年第2期。

② 详参高步瀛:《两汉文举要》,第89页。

③ 参王鸣盛:《十七史商榷》卷六十四“渊明改深明”条,第843页。

明”和“潜”皆陶氏之名,然只有一字“元亮”。梁启超不同意吴、杨之说,其所作《陶渊明年谱》谓:“古者‘君子已孤不更名’,谓先生晚年更名,殆不近理。考先生五子,皆有两名。先生盖亦尔尔,渊明其名,而潜其小名欤?”梁启超之说带有猜测性质,故高步瀛驳正曰:“先生年已老,对人乃称小字理不可通。‘已孤不更名’虽见《礼记·曲礼下》,然古人不必定执此义。《汉书·刘向传》,初名更生,至成帝即位后,更名向。此时年四十六,父德于宣帝五凤二年已薨,至是二十四年矣,殊不以已孤更名为嫌也。赵嘉更名岐,程立更名昱,岂必皆父在者乎?况靖节当国家鼎革时,遭其变,改名曰潜,示不复出,又安以‘已孤不更名’相例乎?”高步瀛进而指出古直《陶靖节年谱》谓“潜乃其名,渊明小字”“尤不足取”。又叶树藩校《文选》曰:“惟颜知陶,故特著其为晋征士,又书其在晋之旧名,为独得先生署甲子之义焉。”①

由以上考订,可知“渊明”“潜”皆为陶氏名,而只有一字“元亮”。今人研究陶渊明已成专学,然对《宋书》、《晋书》、《南史》所记陶渊明名字之误,多忽略不计,对“渊明”为名还是为字亦难探究竟。

再如杨雄之姓,究竟为杨还是扬,今人亦有模糊处。庾信《谢滕王集序启》云:“言辞蹇吃,更甚杨雄。”高步瀛云:“杨雄,《文苑(英华)》作‘杨’,最善。诸本皆作‘扬’,惑于宋以来谓雄姓从手作扬之俗说也。”并引杨德祖《答临淄侯书》曰:“吾家子云。”又引《汉郎中郑固碑》曰:“君之子有杨乌之才。”高氏云:“乌即雄之子也。是本作‘杨’不作‘扬’。”并指出吴仁杰《两汉刊误补遗》卷十、段玉裁《经韵楼集》卷五《书汉书杨雄传后》、王念孙《读书杂志汉书三》皆有详细考辨②。

2. 考人物之生卒年

如李煜之卒年。徐铉曾为李煜作《大宋左千牛卫上将军追封吴王

① 以上所引,参高步瀛:《南北朝文举要》,第25—26页。

② 高步瀛:《南北朝文举要》,第691页。按,韩愈《原道》云“荀与杨”,高步瀛亦考证杨雄之姓。与此处所引一致。见高步瀛《唐宋文举要》上册,第155—156页。

陇西公墓志铭》，其中有云："太平兴国三年秋七月八日遘疾，薨于京师里第。"高步瀛先引《续资治通鉴长编》卷十九所载："太平兴国三年秋七月乙酉朔壬辰，赠太师吴王李煜卒。"进而指出《宋史·太宗纪》亦作壬辰，"与墓志言八日正合"。然陆游《南唐书》却记李煜卒于七月辛卯，是日正七夕。对陆游之说，高步瀛指出："后主盖以是日(七夕)生，以《宋史》及《长编》证之，似误。"①

李煜之卒年还牵涉其死因，今人多从王铚《默记》所谓李煜为太宗赐以牵机药毒死之说。然高步瀛指出："马氏(令)《南唐书》曰：太平兴国三年，公病，命翰林医官视疾，中使慰谕者数四，翌日薨。盖当日情事如此，而《默记》有赐牵机药之说，似李煜不得其死者。小说家言不足信也。"并引《行营杂录》所载后主"怀故国，念嫔妾散落，郁郁不自聊。常作长短句(帘外雨潺潺)……意思悽惋，不久下世"。高步瀛谓"所记似近情实"②。

3. 考人物之生平行迹

如韩愈《画记》有云："贞元甲戌年，余在京师……明年出京师，至河阳，与二三客论画品格，因出而观之。"此段涉及韩愈之行迹，即"至河阳"之时间。樊汝霖考证"明年""当是贞元十一年"。高步瀛考证曰：

> 韩愈《祭十二郎文》曰：吾年十九，始来京城，其后四年，而归视汝，又四年，吾往河阳省坟墓。樊注谓在十一年，方崧卿《韩文年表》载在十年，如方说，则非此文所言至河阳。《感二鸟赋》序曰：贞元十一年五月戊辰，愈东归。则至河阳殆在此时。故顾侠

① 高步瀛：《唐宋文举要》下册，第1598—1599页。按邵博亦记载曰："李王煜以太平兴国三年七月七日生日，钱王俶以雍熙四年八月二十四日生日，皆与赐器币，中使燕罢暴死。并见《国史》。"参邵博：《邵氏闻见后录》卷二十二。

② 同上，第1599页。

君《韩诗集注》所载年谱于十年十一年皆云归河阳也。①

高步瀛结合韩愈《祭十二郎文》、《感二鸟赋》序所载及方崧卿、顾侠君（按，顾嗣立字侠君）考证，定韩愈《画记》所谓"至河阳"乃贞元十一年。此类考订，既有助于韩愈行年研究，亦可为其文之编年提供借鉴。

再如孟子是否受业于子思，高步瀛引《史记·孟子荀卿列传》载："孟子，驺人也，受业子思之门人。"对"受业子思之门人"，高步瀛考证曰：

《（史记）索隐》曰：王劭以人为衍字。案《列女传·母仪》邹《孟轲母传》、《汉书·艺文志》、《风俗通·穷通篇》，皆以孟子受业子思，故王劭以人为衍字。然依年代计之，《家语·本姓解》言孔子十九岁生伯鱼，《史记·孔子世家》言伯鱼年五十，先孔子卒，孔子卒年七十三，则伯鱼当卒于鲁哀公十二年。又言子思年六十二，则不得与鲁穆公同时。毛大可《四书剩言》卷三以为八十二之误，当卒于周威烈王二十二年，《六国表》周显王三十三年孟子至梁，即《孟子》首章孟子见梁惠王也。赧王三年，秦败楚将屈丐，即《孟子·告子》下所谓秦楚构兵也。是年燕人立公子平，即《孟子·公孙丑》下所谓燕人畔也。自威烈王末年至此凡九十年，则孟子非寿逾百岁，不能及亲受业子思，故后人颇以为疑。万季野《群书疑辨》卷五引《孟子世谱》言孟子生于周烈王四年，卒于赧王二十六年，年八十有四。然以《六国表》核之，其所言孟子年岁事实皆不合，恐不足信。而《通鉴》卷一《周纪》于安王二十五年载子思言苟变于卫侯，自鲁哀十二年至此一百有六年，然则子思

① 高步瀛：《唐宋文举要》上册，第412页。

之寿又不止八十二，岂《孔子世家》言六十二者，指下作《中庸》而言，非谓其所卒之年，与前后言伯鱼子上等年若干者不同耶？果如此，则孟子受业子思，尚属可及。然《困学纪闻》卷十谓子思之年过于寿考，是终可疑也。且《孟子·离娄下》自言私淑诸人，不言受业子思，则《史记》人字又似非衍字。大抵子夏、子思、孟子、荀卿皆寿考，后人不能确定其年。焦里堂《孟子正义》于孟子受业子思但存疑义，不径下断语，得多闻阙疑之义矣。①

对《史记》等典籍所载不轻信，通过梳理相关年代，最终取焦循"多闻阙疑"之说，足见其严谨。不仅对孟子受业子思这一问题进行了缕析，有助于孟子生平研究，且对孟子年岁进行了考订。

4. 考人物之籍贯

在《唐宋文举要》的前言中，刘大杰、钱仲联曾指出高步瀛对韩愈籍贯之考订不如岑仲勉，对刘禹锡籍贯之考订不如卞孝萱。后学转精，这是学术发展的必然，然较之于高步瀛所处的时代，不得不说高氏之考订是超越前人的。换个角度，正是高步瀛之考订，为岑、卞之考订提供了借鉴，才使得韩、刘之籍贯考订有了更上一层楼的研究成果。

如韩愈《贞曜先生墓志铭》，高步瀛考证了孟郊之籍贯，先引韩醇言"孟郊，湖州武康人"，又引姚范《援鹑堂笔记》卷四十二据韩愈《与杨生书》称"平昌孟东野"，姚范指出唐德州有平昌县（今山东德平县治），又孟郊同姓叔父孟简，新、旧《唐书》皆云德州平昌人。高步瀛考证曰：

案，李习之《荐所知于徐州张仆射书》及《侯高墓志》，皆云平昌孟郊，《新旧唐书孟郊传》皆云武康（今属浙江）人。《唐才子

① 高步瀛：《唐宋文举要》上册，第154—155页。

传》卷五云，洛阳人。盖平昌其族望，武康后来所居，志称鄮、郢皆在江南，唐武康属湖州，湖州隶江南道也，洛阳其先世所居，志又云葬之洛阳东，其先人墓左，是也。①

由此，可明晰武康、平昌、洛阳与孟郊之关系。

（四）围绕选文的考订

围绕选文的考订是高步瀛考据内容中比较重要的一部分，主要内容又可分为：

1. 文体流变及规制

高步瀛是重要的文体学者、文章学家，故对所选文有其内隐的文体考虑。据笔者统计，在《历代文举要》中，高步瀛共考订了33种文体：册（《过秦论》上）、檄（《喻巴蜀檄》）、移（《移让太常博士书》、《北山移文》）、笺（《与魏文帝笺》、《拜中军记室辞随王笺》）、诔（《马汧督诔并序》）、教（《为宋公修张良庙教》）、表（《为宋公至洛阳谒五陵表》、《为范尚书让吏部封侯第一表》）、序（《三月三日曲水诗序》、《重答刘秣陵书序》）、书（《登大雷岸与妹书》、《与孟尚书书》）、颂（《河清颂》、《文选序》）、书势（《飞白书势铭》）、祭文（《祭颜光禄文》）、碑文（《褚渊碑文并序》、《文选序》）、策（《永明九年策秀才文五首》）、疏（《书汉武北伐图上疏》）、哀策（《齐敬皇后哀策文》）、骚（《文选序》）、令（《答王僧辩等劝进令》）、颂赞（《内典碑铭集林序》）、上表（《为齐明帝让宣城郡公第一表》）、状或行状（《齐竟陵文宣王行状》、《董公行状》）、章（《为陈六宫谢章》）、连珠（《拟连珠十二首》）、碣（《贞节君碣》）、志铭（《殿中少监马君墓志铭》）、厅壁记（《蓝田县丞厅壁记》）、哀辞（《欧阳生哀辞》）、阡表（《泷冈阡表》）、札子（《本朝百年无事札子》）、神道碑（《大周明威将军梁公神道碑》）、露布（《兵部奏姚州破贼

① 高步瀛：《唐宋文举要》上册，第384页。

设蒙俭等露布》、《为李贻孙上李相公启》)、上梁文(《英德殿上梁文》)、德音(《建炎三年十一月三日德音》)。

高步瀛任教北师大及莲池书院期间,所授讲义有《文章流别新论》,乃专门讲授文体流变、文章源流及文学评论的专著。今已收入《历代文话续编》,名为《文章源流》。历代文举要中关于文体流变及规制的考订,可谓《文章源流》的底本。对文体的考订,高步瀛皆予以溯源导流,并引典籍以明规制。如檄,高步瀛引《文心雕龙·檄移篇》曰:"周穆西征,祭公谋父称古有威让之令,令有文告之辞,即檄之本源也。檄者,皎也,宣露于外,皎然明白也。"刘勰对檄进行了溯源。高步瀛又引《汉书·高帝纪》颜师古注曰:"檄者,以木简为书,长尺二寸,用征召也。其有急事,则加以鸟语插之,示速疾也。"颜师古解释了檄之规制,并提示"羽檄"。对檄之功用,刘勰提及"威让之令",颜师古言"征召",故高步瀛又引李兆洛曰:"教令所颁,亦谓之檄,非止用之军旅也。"①

联系司马相如《喻巴蜀檄》,高步瀛引《史记·司马相如传》,评价此檄之作曰:"相如为郎数岁,会唐蒙使略通夜郎西僰中,发巴、蜀吏卒千人,郡又多为发转漕万余人,用兴法诛其渠帅,巴、蜀民大惊恐。(《汉书·武帝纪》曰:"元光五年,夏,发巴、蜀治南夷道。")上闻之,乃使相如责唐蒙,因喻告巴、蜀民以非上意,檄曰云云。"②正如李兆洛所谓"教令所颁""非止用之军旅也"。

2. 创作背景(或本事)

对每篇选文,高步瀛皆于题下引史籍交代创作背景,有些则予以详细考订,对理解文义、主旨不无裨益。如贾谊《陈政事疏》,高步瀛引《汉书·贾谊传》载:"拜谊为梁怀王太傅,数问以得失。是时匈奴强,侵边。天下初定,制度疏阔。诸侯王僭儗,地过古制,淮南、济北王皆

①② 高步瀛:《两汉文举要》,第79页。

为逆诛。谊数上疏陈政事，多所欲匡建，其大略云云。是时丞相绛侯周勃免就国，人有告勃谋反，逮系长安狱治，卒亡事，复爵邑。故贾谊以此讥上。上深纳其言，养臣下有节。是后大臣有罪，皆自杀，不受刑。"①据此，则可大致了解贾谊此疏为何而上、所疏内容大致为何。

再如梁肃《代太常答苏端驳杨绾谥议》，高步瀛先引《旧唐书·杨绾传》载杨绾之累擢升迁，不依附元载，死后代宗诏谥文简。继引《新(唐)书·(杨)绾传》载太常提议给予杨绾文贞之谥，比部郎中以为不妥，并得宰相常衮阴助。然代宗不以为然，不仅贬苏端巴州员外司马，且犹赐杨绾谥文简。苏端之驳文，见载于《通典》卷一百四《礼典》，高步瀛并指出亦见于《唐会要》卷八十、《册府元龟》卷五百九十五、《文苑英华》卷一百四十。明乎此议之创作背景，尤其所引苏端之驳文，参合梁肃此议，可谓针锋相对。如苏端驳斥杨绾为元载荐引，又明知元载之"恶"不能"批衷陈词"，却"宴安自泰，优游过日"，"竟劳圣上防伺之虑"。梁肃之议驳苏曰："杨文贞体淳素之质，协时中之德。爰自下列，至于宰司。秉心不渝，动必由道。与夫立功立事，开物济众，不同日语矣。而清俭厉俗，明哲保身，曰文与贞，在我惟允。秉公议者，其谁曰不然？今奉符谓公与元载交游，尝为载荐引，载之咎恶悉归于公。斯乃昧于观行定谥之义，且非君子成人之美也。"②

3. 创作时间

如《大唐中兴颂》，高步瀛先引《集古录跋尾》和《舆地纪胜》皆载此颂为元结文，颜真卿书，俗谓之"磨崖碑"。高步瀛考证曰：

> 《金石萃编》卷九十六载《大唐中兴颂》署云尚书水部员外郎兼殿中侍御史荆南节度判官元结撰，金紫光禄大夫前行抚州刺史上柱国鲁郡开国公颜真卿书，末云上元二年秋八月撰，大历六年

① 高步瀛：《两汉文举要》，第25页。

② 以上参高步瀛：《唐宋文举要》，第124—125页。

夏六月刻。王兰泉曰:《新唐书》传:史思明乱,命结发军挫贼南锋,结屯洛阳,守险全十五城,以讨贼功,迁监察御史里行,荆南节度使吕諲请益兵拒贼,帝进结水部员外郎,佐諲府,与碑题衔合。《吕諲传》称上元初拜荆州长史,澧、朗、峡、忠等五州节度使,则结之为判官,亦在其时。颂撰于上元二年,正与两传合也。颜真卿官抚州刺史,亦在大历六年,则是元结撰颂后十年而后书且刻也。碑颂肃宗中兴,即位灵武,收复两京,上皇还京等事。《唐书·肃宗本纪》:至德二载十二月丙午,上皇天帝至自蜀郡,则撰颂又在还京后四年。颂磨崖在祁阳县(今湖南属县)浯溪,结判荆南时寓居于此。

高步瀛以史传所载及元结行迹来证写作时间,所谓“以史证文”也。

4. 作者

古代文章多有著作权之争,苏李诗、《古诗十九首》等,因此对作者之考订,有助于结合作者生平、时代背景等理解文章精义。如《六代论》的作者,《文选》李善注、《魏志·武文世王公传》注引《魏氏春秋》皆谓为曹冏(字元首)作。何焯则据《酉阳杂俎·语资篇》载元魏尉瑾言“《九锡》或称王粲,《六代》亦言曹植”及《晋书·曹志传》所载定为曹植作,并以“元首不以文章名世,安得宏伟至此”质疑。李兆洛亦同意何焯之辨,主曹植作。然高步瀛谓:“此文是否陈思所为,殊难断定,故仍从元首之名。”①

再如《招真馆碑》,张溥《百三家》本附注指出本篇载《姑苏志》,题曰《招真治记》。又陈马抠《道学传》载张裕建招真馆,简文帝制碑。张氏又指出《艺文类聚》亦称简文帝《招真馆铭》,然《姑苏志》讹为昭

① 高步瀛:《魏晋文举要》,第 78 页。

明太子撰。高步瀛又引《大清一统志》引《续图经》载张裕建招真观，昭明太子为之撰碑。高步瀛指出《续图经》之误[①]。

5. 题目(或书名)

有些选文之题目存在差异,高步瀛皆予以考订。如韩愈《南海神庙碑》,朱熹(《韩文考异》)言"神或作东",《五百家补注》言《赵本》作《南海东庙碑》。高步瀛指出《(唐)文粹》、《观澜文甲集》"碑"下有文字,《集古录跋尾》、《金石录》目录皆作"南海神庙碑",《集古录目》作"南海广利王庙碑",此"盖从石本"。又武虚谷《授堂金石文字续跋》卷五谓:"碑题作《南海神庙碑》,石本阑入广利王三字。"高步瀛继引钱大昕《金石文跋尾》卷八亦主无"广利王"三字[②]。

再如《史记》之书名,自汉代开始便成了一个"问题",近人王国维、范文澜、张舜徽等皆予以讨论[③],至现代,陈直、洪业、杨明照、朱大可亦扩深研究[④],即至如今,亦有张文江、胡宝国从新的角度加以论析[⑤]。然从近现代学人对此问题之考辨来看,均未提及高步瀛之考订。

在《史记·魏公子列传》题下,高步瀛考订了《史记》书名演变之过程:

《史记》者,古史之通名也。司马迁所作,但称《太史公书》

---

① 高步瀛:《南北朝文举要》,第 284 页。

② 高步瀛:《唐宋文举要》上册,第 297 页。

③ 王国维、范文澜、张舜徽观点,皆为朱大可转引,参朱大可:《太史公释名考辨——兼论〈史记〉书名之演变》。

④ 陈直之见,参陈直:《太史公书名考》,《文史哲》1956 年第 6 期;杨明照之见,朱大可谓杨有《太史公书称史记考》,载《燕京学报》第二十六号;洪业及杨明照关于《史记》书名的考证,今人杨焄有《洪业与杨明照:从〈太史公书〉改称〈史记〉谈起》,见载于《澎湃新闻》2015 年 9 月 20 日。

⑤ 张文江有《〈史记·太史公自序〉讲记(外一篇)》,上海:上海文艺出版社,2015 年;胡宝国有《汉唐间史学的发展》,北京:北京大学出版社,2014 年。二人皆从"思想"发展的角度入手。

(《太史公自序》、《汉书·宣元六年·东平思王宇传》、《后汉书·班彪传》),亦称《太史公》(《汉书·艺文志》、《后汉书·窦融传、范升传、陈元传》),又称《太史记》(《风俗通·正失篇》),不称《史记》。(《后汉书·班彪传》曰:武帝时司马迁著《史记》。此乃范晔之言,至彪所论,仍曰《太史公书》。《汉书·五行志》所引《史记》,皆非《太史公书》,颜师古误以司马迁《史记》当之,致为后人所讥。)至荀悦《汉纪》,始言司马迁著《史记》(《汉纪》卷十四及卷三十一),又见《魏志·王肃传》(附《王郎传》后)。是《史记》称《太史公书》,殆起后汉之末年,魏以后因之,遂以古史之通名,为一家史之专名矣。①

高步瀛虽未能如陈直根据文献确切证明《史记》之称起于东汉桓帝初年,然"起后汉之末年"已比王国维、范文澜之"王肃说"接近事实。

6. 篇目(或书目)

一篇文章之流传后世且为人所知晓,远非我们所能想象的那么容易或理所当然。如陶渊明的《桃花源记》流传众口,但其小序却为人所忽略;王勃的《滕王阁序》流传至今,但序后之诗却沉埋黄卷。高步瀛所选文中亦有部分篇目并非如我们今天所见到的如此这般,有些书目辗转流传亦早已面目全非,通过高步瀛之考订,才让我们见识了庐山真面目。最典型的如贾谊之《过秦论》。

关于《过秦论》之分篇,古人已起纷讼,然今人对此问题之涉足者并不多。早在2005年,吴承学教授曾发表过一篇研究《过秦论》之经典化的论文,然对分篇问题并未做太多阐释②。安平在其硕士学位论文《〈过秦论〉分篇、思想及其精神影响研究》的第一章分两节详细梳

① 高步瀛:《两汉文举要》,第109页。

② 吴承学:《〈过秦论〉:一个文学经典的形成》,《文学评论》2005年第3期。

理了“两篇说”或“三篇说”的“研究史”，又对“一篇说”提出了四点理由[①]。他如孙钦善、阎振益、钟夏等亦有论及。今重提此话题者为刘跃进教授，其分析了《过秦论》之“分篇缀合”，并提出《文选》所收《过秦论》底本源于《汉书》[②]。对此问题之阐释，不应忽略高步瀛之考订。

高步瀛亦主上、中、下三篇说，通过分析可知其继承姚鼐、曾国藩、吴汝纶一系。他的考订亦涉及三篇之缀合：

> 《汉书·陈胜项籍传赞》注引应劭曰：“贾生书有《过秦》二篇，言秦之过。”案：《过秦》当依小司马（按司马贞）索隐及贾谊《新书》宋潭州本作三篇为是。（《新书过秦》有作上下篇者，如宋建宁刻本是也；有作上中下三篇者，如宋潭州刻本是也。卢文弨抱经堂校本并引之。应劭言《过秦》二篇，建本与之合。《秦始皇本纪》索隐曰：“按贾谊《过秦论》，以孝公已下为上篇，秦兼并诸侯山东三十余郡为下篇。”据此，则秦并海内为中篇可知。潭本与之合。）上篇过始皇，中篇过二世，下篇过子婴，界画甚明。《史记》于《始皇本纪》取其下篇，故曰“贾生推言之”；于《陈涉世家》取其上篇，故曰“吾闻贾生之称”。裴骃集解引《班固奏事》曰：“太史迁取贾谊《过秦》上下篇以为《秦始皇本纪》、《陈涉世家》下赞文。”其确证也。后人以《本纪》但载下篇为未足，故又以上中二篇续其后，（《史记》亦当有二本，一本载二篇之下篇。集解引徐广曰一本无秦孝公已下，而又以秦并兼诸侯山东三十余郡继秦并海内篇末者，是也；一本载三篇之下篇，即秦并兼诸侯至社稷安矣，是也。后人又以上中二篇附录其后，即今本《史记》是也。梁玉绳《史记志疑》但主应劭二篇之说，谓今本《史记》以下篇后段

① 安平：《〈过秦论〉分篇、思想及其精神影响研究》，安徽师范大学 2013 年硕士学位论文。
② 刘跃进：《〈过秦论〉三题》，《中山大学学报》2016 年第 2 期。

置上篇之前，以下篇前段置上篇之后。不知若为一篇之文，传写者虽妄，亦不至如此割裂。）而秦孝公篇遂与《世家》相复。后人又妄改太史公为褚先生，（此说本之王鸣盛《十七史商榷》。）集解引徐广曰："一本作太史公。"当是未改之本。而《汉书》及《文选·过秦论》注引应劭注以秦孝公篇为第一篇，且曰司马迁取以为赞，不言为褚所补。裴骃亦谓言褚先生者，非也。然则《本纪》、《世家》皆太史公所引，不当复出明矣。《本纪》三篇既为后人妄增，遂致次第颠倒。何焯（《义门读书记》）、李兆洛（《骈体文钞》）曲说附会，以遂其非，皆不足取也。①

高步瀛认为《过秦论》分三篇的依据为司马贞和潭州本《新书》。三篇之缀合，则依照裴骃所引《班固奏事》。对三篇之缀合，其驳正了梁玉绳，又指出何焯、李兆洛之"曲说附会"。今天，我们阅读和研究《过秦论》，大多根据三篇说②。

高步瀛博学多识，于目录学亦有研究，他对书目之存佚也常予以梳理。如陶弘景《答谢中书书》，高步瀛考订道：

此书见《艺文类聚》。案：《隋书·经籍志》别集，有《梁隐居先生陶弘景集》三十卷，内集七卷。新旧《唐志》但载《陶弘景集》三十卷。内集已至《崇文总目》及《郡斋读书志》等，皆不载。似南宋时已佚。诸本载此文，大抵皆从《艺文》迻录。《艺文》所录之文多节录，非全文也。然一篇精华，盖亦略具于此。③

---

① 高步瀛：《两汉文举要》，第1—2页。

② 如施丁《再评〈过秦论〉》第三部分"《过秦论》的要旨"。见载于《史学史研究》1996年第1期。

③ 高步瀛：《南北朝文举要》，第445页。

（五）草木鸟兽

古人非常重视“名物”之学，孔子有所谓“多识于草木鸟兽之名”。高步瀛对草木鸟兽等名物亦多予以考证，且与训诂不同。训诂目的是解明字义，而考证则既关乎字义，亦关注用法，且因语境不同，同一名物可能具有不同的意思。如若木，曹植《与吴季重书》云“折若木之华，闭蒙汜之谷”，高步瀛先溯源若木之出处，引《离骚》曰：“折若木以拂日兮。”接着指出“古言若木有二”，一为西极之若木，引《大荒北经》、《淮南・坠形篇》、《离骚》王逸注；一为东极之若木，引《说文》训“叒”[①]。曹植此处只是用“若木”之典，具体为西极之若木，抑或东极之若木，并不重要。鲍照《登大雷岸与妹书》有云“若华夕曜”，高步瀛谓“若华，谓若木之华也”，并考若木，与《与杨德祖书》一致[②]。

简文帝《招真馆碑》云“旭日晨临，同迎若华之色”，高步瀛考此句中的若华，所据文献与上考证曹植、鲍照文之若木大同小异，只增加了段玉裁《说文注》，然考证却不同。一是指出了王逸《离骚》注“若木”所本，二是结合语境，断此文若木从《说文》之说，即东极之若木[③]。反观鲍照之“若华夕曜”，朝夕相对，其亦应为东极之若木。

（六）礼制

高步瀛对经学研究亦深有造诣，尤其礼学研究，为时人所共知。其在萃升书院所讲即有“三礼”。他后来在《师大月刊》上发表《段懋堂顾千里论学制书平议》，首段曾介绍他在萃升书院时开始“稍稍究心三礼”，成“三礼学制郑义考”。“九一八”事变后回到北平，又把“三礼学制郑义考”当作讲义在中国大学讲授。

高步瀛在北师大所讲主要是《文选》和历代古文笺注，于三礼并未见其有专门讲义。上所言《三礼学制郑义考》，初发表于《国学丛编》

---

① 高步瀛：《魏晋文举要》，第45页。

② 高步瀛：《南北朝文举要》，第55页。

③ 同上，第290页。

1932年第1卷第4期。按他自己的想法,“以郑君之义,还之郑君;以其他汉儒之义,还之汉儒;以魏晋南北朝诸儒之义,还之魏晋南北朝诸儒;以唐宋诸儒之义,还之唐宋诸儒。而以清代诸儒之说殿焉”①。王森然先生评价说:“述三礼所载学制,一以郑义为主,郑所未及明言者,以孔贾补之;孔贾间有未合者,以唐以前礼家之说济之。要皆折中于郑义,其虽附于郑,而实与郑相戾者,概从削去,以申一家之学也。”称赞说:“其治三礼,科条比具,左右采获,文理密察,断制谨严。不盲从郑贾家法,尤疾夫妄设汉宋门户者,固亦经生之法式也。”②程金造曾回忆道:

> 先生治学,宏通精博,一以征信为准,于经,专经“三礼”。尝曰:“《周易》本充卜筮,先贤以言天道。至炎汉,而施、孟、梁丘传授分歧。刘石之乱,淹然荡析。今欲缀彼遗文,逞我胸肊,思继绝学于千载,则非吾所能也。《国风》原出谣唱,采诗事非无稽,而年历旷邈,势已更易。今以微末异同,遥定古诗之邪正,亦非吾所能也。惟‘礼’历代遵行,虽因事制宜,而损益可晓。远稽邃古,俯察近时,核其递婵(按当为嬗)变迁之迹,一一列之目前,则吾人之事也。”为“三礼研究”若干卷。其书,述“三礼”源流,明堂、学校、祭祀之制度,穷摭博讨,尽周、秦、汉、魏、晋、唐、宋若清,今古家说,而纲清目举,申剖定订,论者谓集礼学大成。③

两个“非吾所能”实乃谦虚,而“吾人之事”则可以想见高步瀛于礼学的那份自信与担当。在历代文举要中,亦时时可见高步瀛对礼制之考据。如对颜延之《三月三日曲水诗序》中“三月三日”、“上巳祓

① 高步瀛:《段懋堂顾千里论学制书平议》。
② 王森然:《高步瀛评传》。
③ 程金造:《霸县高先生行状》。

禊”的考辨。其先引《周礼·春官》载“女巫掌岁时祓除舋浴”。针对这一句，引郑玄注“岁时祓除”曰：“如今三月上巳如水上之类”。引应劭《风俗通义·祀典篇》训“禊”、“春”，曰：“禊者，絜也。春者，蠢也，蠢蠢摇动也。”《风俗通义》又引《尚书》载“以殷仲春，厥民析”，并分析道：“言人解疗生疾之时，故于水上盥絜之也。”

《风俗通义》于此另训“巳”，谓：“巳者祉也，邪疾已去，祈介祉也。”《风俗通义》提到的“盥絜”，高步瀛加了校勘，云：“盥字，今本作舋。”校勘所据底本为：《文选》李善注、《艺文类聚》岁时部中、《太平御览》时序部十五。接着对上巳祓除予以考辨。

（1）引顾炎武《日知录》卷三十二对“巳”之训：“吴才老《韵补》古巳午之巳，亦读如已矣之已。季春之月，辰为建，巳为除，故用三月上巳祓除不祥。古人谓病愈为已，亦此意也。”高步瀛加按语指出“亭林此说即本仲远”[①]。

（2）何焯对顾炎武之说有所怀疑，理由是他以为上丁、上辛皆取十干，上巳理应如此。高步瀛批驳他“不知上辛者取于斋戒自新之义，上丁者取于丁壮之义，上巳者取于邪疾已去之义，不必定为天干也”。（周密《癸辛杂识》续集下“十干纪节”条亦认为上巳应为上已）

（3）高步瀛又引张云璈说。张氏《选学胶言》卷十八谓：“上巳，盖用三月中第一巳日，如上辛、上丁之类。”张氏引《后汉书·礼仪志》所载上巳日官民东流水洗濯祓除，指出后人“但以三月三日为上巳”之误；又引沈约认为上巳日如端午，“止用五月中第一午日”（见《宋书》）；继引《论衡》指出误“以午为五”。

高步瀛同意张云璈对上巳的考证，但指出人们至上巳日祓除的原因，各家之说又不同。

（1）刘昭注《续汉书·礼仪志上》（即张云璈所引条）引蔡邕观

① 按，应劭之字，有仲远、仲援之说，吴树平先生据王先谦《后汉书集解》所引碑刻材料，断为“仲瑗”。吴树平：《秦汉文献研究》，济南：齐鲁书社，1988年，第297页。

点,认为三月上巳祓除源于《论语》中曾点之志向①。引杜笃《祓禊赋》有云:“巫咸之徒,秉火祈福。”祓禊则成了巫祝之说。又引传说后汉郭虞三月上巳产两女,二日不育,俗以为大忌,遂至东流水上洗濯祓除。引流行觞,遂成曲水。最后引《韩诗》载郑国风俗,于三月上巳这天到溱、洧这两条河上招魂续魄。并指出《汉书》中亦记载“八月祓灞水”,亦是此义。

最后,刘昭总结,指出郭虞之说乃“荒诞”,又指出自魏开始,不复用三日水宴。

(2)《宋书·礼志二》训祓,谓“或用秋”,并引《汉书》“八月祓于霸上”、刘桢《鲁都赋》“素秋二七,人胥祓除”。《宋书》总结道“自魏以后,但用三日,不以巳也”。又提及魏明帝天渊池南宴群臣、晋海西钟山后流杯曲水延百僚。

(3)《晋书·束皙传》载武帝问挚虞“三日曲水”之义,挚虞的回答类似于后汉郭虞之传说,谓汉章帝时徐肇三月初生了三个女儿,但过了三天就都夭亡了。村人觉得奇怪,就携带着到了水滨洗祓,顺着流水泛酒。武帝听了挚虞的回答,认为三日曲水“比如所谈,便非好事”。束皙觉得挚虞胡说八道,便进言给武帝,说挚虞无知,并给武帝解释道:昔日周公在洛邑建都城,顺着流水泛酒;又秦昭王以三日置酒河曲,后称霸诸侯,便立曲水。束皙之解释亦不确,其本意乃在于用周公、秦昭王的故事来感动武帝。

(4)高步瀛引姜宸英《湛园札记》卷四批驳沈约《宋书》、束皙之解“不可解”、“未必可信”。

(5)高步瀛引陈立《句溪杂箸》卷一《记禊》谓后世行此礼,不尽用辰月。陈立引《西京杂记》载汉高祖与戚夫人于正月上辰祓妖,则用

① 《论语·先进第十一》:“莫春者,春服既成。冠者五六人,童子六七人,浴乎沂,风乎舞雩,咏而归。”朱熹:《四书集注》,第147页。

寅月;汉武帝八月祓霸上,则用酉月;刘公幹《鲁都赋》素秋二七,则用申月;《九歌》春兰秋菊,姱女容与,则又春秋并用。陈氏指出"历代相沿,多以辰月为正",如张衡《南都赋》莫春之禊,元巳之辰;《荆楚岁时记》亦有三月三日,士民出泛江渚,为流杯曲水之饮。宋元嘉、齐永明,相沿为故事,故颜延之、王元长有《曲水诗序》,而王右军亦于是日修禊山阴也。陈氏最后不忘指摘挚虞所谓徐肇"亡女之说""固属不经",束皙"周公泛觞""亦无确证","俱置而不论可也"。

高步瀛针对陈立"后世行此礼,不尽用辰月"之说,亦举出数例加以证明:《史记·外戚世家》载"武帝祓霸上",《集解》引徐广云:三月上巳,临水祓除谓之禊;《吕后本纪》载"三月祓";《汉书·五行志》载"高后八年三月,祓霸上";《外戚传》载"帝祓霸上",引孟康注云:三月上巳祓禊也;《元后传》载"率皇后列侯夫人桑,遵霸水而祓除",言桑,亦在三月。高步瀛指出"《续汉志》刘注及《宋书礼志》皆引《汉书》'祓霸上'。姜宸英《湛园札记》卷四、《学海棠》三集卷十五、陈澧《秋禊赋》、曾昭《周礼注疏小笺》卷三、孙诒让《周礼正义》卷五十五皆引之而不言见某卷。此云'汉武八月祓霸上',孙璧文《新义录》引《汉书》'八月,帝与群下祓于灞上',亦不言所据"①。

其他关于丧礼、九族、禘祫等考证,皆可见高步瀛对礼学之精湛造诣。

(七)名称(称谓)

对一些名称(称谓)的考订,不仅有助于理解文义,亦提供了一种资源性意义。如贾谊《陈政事疏》有云:"故秦人家富子壮则出分,家贫子壮则出赘。"对"出赘",应劭谓:"出作赘婿也。"颜师古解释"赘婿"谓"其不当出在妻家",或"家贫无有聘财,以身为质"。对贾谊及

---

① 以上所引,见高步瀛:《南北朝文举要》,第12—13页。按,田余庆先生亦有对上巳之考证,所引材料基本不出高步瀛之范围。参田余庆:《东晋门阀政治》,北京:北京大学出版社,2012年,第21页。

颜师古关于赘婿之看法，高步瀛引钱大昕考证曰：

问：家贫子壮出赘，贾生以为秦俗之薄。窃疑昏姻论门户，贫富谅必相当，子就妇家，贫者固得所愿，恐非女家所乐；若富家有女，安肯与贫人昏。汉时七科适戍，赘婿与吏有罪亡命者并列，又何故也？曰：《说文》：赘，以物质钱也，从敖贝。敖者，犹放贝当复取之也。《汉书·严助传》：岁比不登，民待卖爵赘子以接衣食。如淳云：淮南俗，卖子与人作奴婢名曰赘子，三年不能赎，遂为奴婢。然则赘子犹今之典身立有年限取赎者，去奴婢仅一间耳。秦人子壮出赘，谓其父子不相顾，唯利是嗜，捐弃骨肉，降为奴婢而不耻也。其赘而不赎，主家以女匹之，则谓之赘婿，故当时贱之。师古谓家贫无有聘财以身为质者，非也。今人以就婿为赘婿，亦失之。若卖妻与人作婢，谓之赘妻，《淮南子》云：赘妻鬻子（《本经篇》）。是也。（《潜研堂文集》卷十二）

钱大昭亦同钱大昕说。高步瀛又引俞正燮《癸巳存稿》卷七考证齐国“巫儿”（民家长女不得嫁）之陋习，因不得嫁，故必赘婿。俞正燮据此解释贾谊文义是袭“齐巫儿风”。高步瀛引《公羊·襄十六年》何休注曰：“赘，系属之辞，若今俗名就婿为赘婿矣。”据此，高步瀛指出：“是谓就婿为赘婿，汉时已然。”又引《秦本纪》集解引臣瓒曰：“赘，谓居穷有子，使就其妇家为赘婿。”臣瓒所云与何休一致。又《滑稽传》索隐曰：“赘婿，女之夫也；比于子，如人疣赘，是余剩之物也。”此与颜师古注一致。

高步瀛又引《尔雅·释言》训赘：“属也。”并谓：“盖以物质钱，则物属于钱谓之赘，因而凡系属之物皆曰赘。钱氏泥于本义（上钱大昕考证引《说文》训赘），以解赘子、赘妻犹可，若解赘婿则非。”然赘训属是否合理？高步瀛引《孟子梁惠王篇》“太王属其耆老”，《诗·桑柔》

孔疏引《尚书大传》作“赘其耇老”;又《说苑·奉使篇》曰“梁王赘其群臣”,若泥于本义,“不将谓以耇老群臣质钱乎”。对钱大昕说之非,高步瀛据理批驳。最后又指出俞正燮“巫儿说”之“傅会不足据”[①]。

通过以上考证,知颜师古、钱大昕、俞正燮等说皆不如应劭注接近贾谊本义。

再如“无恙”,古人书信、见面寒暄常言无恙。高步瀛引颜师古《匡谬正俗》卷八考证:

(1) 引应劭《风俗通义》解释恙为一种善食人心之噬人虫,并非疾病。

(2) 引《尔雅》云:“恙,忧心也。”

(3) 引《楚辞·九辩》云:“还及君之无恙。”颜谓此应释为“君之无忧”,“岂谓不被虫食乎?”言下之意,颜师古并不认同恙为食心虫。

(4) 引汉元帝诏贡禹曰:“今生有疾,何恙不已,乃上疏乞骸骨?”颜谓“此言病何忧不差而乞骸骨”,亦主忧心说。

颜师古总谓:“凡言无恙谓无忧耳,安得食人之虫总名恙乎?”

应劭“噬人虫”说,又为《艺文类聚》方术部、马总《意林》卷四、《史记·刺客列传·聂政》索隐、《太平御览》人事部十七、疾病部二所引,文字大同小异。高步瀛同意应劭之说,否定颜师古之辨,谓:“应中远[②]此说乃古人语源之仅存者,后人辗转沿用,遂不复问其原始,师古辨之非矣。”高步瀛复引《说文》训“它”曰:“它,虫也,从虫而长,象冤垂尾形。上古艸居患它,故相问无它乎?”《说文》此训“与无恙之说可以互明”[③]。

高步瀛追溯语源,引《说文》旁证,故能使人明无恙之本义。在《与博昌父老书》、《与朝歌令吴质书》中,高步瀛亦考无恙,所引证据

① 以上考证,参高步瀛:《西汉文举要》,第43—44页。

② 按,此处中远或高氏写错,应为仲远,乃应劭字。然已有人言应劭之字应为仲瑗。

③ 高步瀛:《南北朝文举要》,第479—480页。

同此，然思路较此处为优，其先引颜师古辨应劭，复引邵晋涵主颜师古说，邵谓“颜师古之辨笃矣”，并据《说文》谓无恙应为“无它”。然后高步瀛辩驳颜师古说“未必是”，指出《说文》训“它”与应劭训“恙”虽大致相同，然应劭说“有本”，故邵氏“泥也”[①]。此外，高步瀛在此还指出了古人考证（或训诂）时应避免的一种错误观念，其曰：“古人语言，往往类此，未可尽以后世之义裁之。”也就是上面所主张的语源说。

（八）学术思想

桐城文发展到曾国藩手里，特添加经济一类，以应对时局，与时俱进。高步瀛选文继承了这一文章学思想，如《庄子·天下篇》、曹冏《六代论》、李谔《正文体书》等皆与其时学术、思想、文学流变等有关。故对关乎学术思想之词、潮流等，高步瀛皆予以考订。如汉初重黄老思想，韩愈《原道》云：“周道衰，孔子没，火于秦，黄老于汉。”高步瀛考订引《汉书·曹参传》载曹参“使人厚币请”盖公；引《外戚传》载窦太后好黄老之言，汉景帝及诸窦皆不得不读《老子》。又指出《窦婴田蚡传》、《儒林传》亦皆言窦太后好黄老之言。引《隋书·经籍志》曰：“自黄帝以下，圣哲之士，所言道者，传之其人，世无师说。汉时曹参始荐盖公能言黄老，文帝宗之。自是相传，道学众矣。”最后又引王鸣盛详细梳理汉初重黄老之范围：帝君、宫闱、宗室、将相、名臣、处士等。可见黄老学说之盛极一时。对王鸣盛所引诸家，高步瀛皆标示出文献来源[②]。

再如《关雎》为刺诗说，为《诗经》学史的一个重要问题。在匡衡《戒妃匹劝经学威仪之则疏》中有云：“孔子论《诗》，以《关雎》为始。”高步瀛考订引姚鼐指出匡衡学《齐诗》，而《齐诗》以《关雎》为刺宴起，虽朱熹注《诗经》，虽采《齐诗》之观点，然说诗之出发点不同。接着，高步瀛指出“以《关雎》为刺诗”，见于《史记·十二诸侯年表》、《列女

① 高步瀛：《唐宋文举要》下册，第1325页；《魏晋文举要》，第2页。
② 高步瀛：《唐宋文举要》上册，第146页。

传·仁智篇》、《汉书·杜钦传》、《法言·孝至篇》、《论衡·谢短篇》、《后汉书·杨赐传》、应劭《风俗通》(《文选·齐竟陵王行状》注引)、张衡《思玄赋》、蔡邕《青衣赋》、张超《诮青衣赋》等,且“皆《鲁诗》说也”。又《后汉书·明帝纪、冯衍传》注引薛君《韩诗章句》、《明帝纪》注引《春秋说题辞》,“亦以《关雎》为刺诗”,此《韩诗》说。高步瀛最后总结说:“陈乔枞谓《诗纬》多《齐诗》说,是《关雎》为刺诗,三家相同,而与毛异也。”①

此处高步瀛梳理了三家诗与毛诗对《关雎》的看法,亦揭示了匡衡之师说,不仅对解决相关学术问题有助益,亦有利于理解原文。他如鲁恭王坏孔子壁得书考、公羊学流传考、穀梁学流传考、班马优劣论、方术、卜筮、坚白同异之辩、惠施十事考等,皆有利于相关学术思想之研究。

(九) 历史事件(本事)

在高步瀛之考据内容中,还有关于历史事件(本事)之考订,如孔子适陈考、周公负成王朝诸侯考等,既可做人物行年研究之用,亦有裨于历史研究。如在欧阳修《资政殿学士户部侍郎文正范公神道碑铭》中,高步瀛详细考证了吕(夷简)范(仲淹)二公相恶事。据司马光《涑水记闻》载范仲淹因屡攻吕夷简之短而被贬知饶州,后复旧职(知开封),而吕夷简亦于此时复相。吕氏向宋仁宗推荐了范仲淹,谓不应只恢复旧职。随即范仲淹被任命为龙图阁直学士陕西经略安抚副使。此事,天下人皆认为吕氏对当日范氏之诋毁不嫉恨,所谓“不念旧恶”。

范仲淹去世后,欧阳修作碑铭,然范子范尧夫以为欧文有不合处,遂予以删削,目的是突出吕夷简之恶。高步瀛引苏辙(文定公)《龙川志》,邵博《邵氏闻见录》、《邵氏闻见后录》,陈与义《后山谈丛》,魏泰《东轩笔录》,范仲淹《祭吕相公文》,张邦基《墨庄漫录》,朱熹《答周益

① 高步瀛:《两汉文举要》,第174页。按,《毛诗》以《关雎》为“后妃之德”。

公书》,真德秀《续文章正宗》,姚鼐及尚秉和等所记,辨明此事。不仅还范仲淹、吕夷简二公本事,亦对碑铭原文进行了考辨,如尚秉和所论,则又论析了欧阳修此文之特色①。

程金造曾追忆道:"(高步瀛)灵车从北京北城高公庵出发,沿途有日本国人照相。因为日本学人,认为广东黄节、晦闻的诗学,桐城吴闿生、北江的古文,和高先生的考据,称中国三绝。"并评价高步瀛之考据学曰:"先生的考据,既精且博。所谓博是于书无所不读,精通声音训诂、典章制度之学,对于两千年来之政治得失、学术源流、风俗纯薄、人才优劣、职官、地理沿革,如指出掌。所谓精,是有宏通之识见,凡所著书,对前人学说,善能鉴别其真伪然否,博辨纵横,归于至当。非襞积罗列无持择者比,卓然为一代伟人。"②此诚可作为高步瀛考据学的定评。

二、 考据方法

清人如戴震、阮元等,对自己所从事的考据学虽亦有方法上的总结,然清代学术方法体系的建构,却是晚清民国学术转型背景下经由梁启超、刘师培、胡适等完成的。参照西方学术所引入的诸如归纳、演绎等逻辑方法论,不仅为研究清学提供了便宜,且深刻影响了时人治学方法之选择及20世纪的学术发展。高步瀛考订所使用的方法,正体现了时人之蕲向。

1. 归纳与演绎

对清代汉学家考证方法的根本观念,胡适曾总结道:

> (1) 研究古书,并不是不许人有独立的见解,但是每立一种新见解,必须有物观的证据。

① 具体参高步瀛:《唐宋文举要》中册,第717—719页。

② 程金造:《高步瀛传略及传略后记》,《晋阳学刊》1983年第4期。

(2) 汉学家的“证据”完全是“例证”。例证就是举例为证。

(3) 举例作证是归纳的方法。举的例不多,便是类推(Analogy)的证法。举的例多了,便是正当的归纳法(Induction)了。

(4) 汉学家的归纳手续不是完全被动的,是很能用“假设”的。[1]

高步瀛在考证过程中采用的主要方法便是归纳[2],通过博征广引,也即举例,归纳推理出结果。在具体实践中,又因证据的不同(多寡),或枚举,或尽可能多的举例(所谓完全归纳法);有时亦归纳出具有普遍适用性的义例。如繁钦《与魏文帝笺》有云:“声悲旧笳,曲美常均。”李善引《乐汁图征》解释“均”为“调六律五声之器”。宋均之解释同此。梁章钜以“均”为古韵字。胡绍煐亦以均为调乐之器,且非古韵字。高步瀛通过征引诸家解释,最后归纳曰:“调乐之器,非奏乐时所用,恐于本书不甚合。均即古韵字,后人别制韵字,而反疑均韵为二字,非也。”[3]结合繁钦原文,“均”为古“韵”字亦较“调乐之器”为优。

在举例考证时,高步瀛常注意到时人对语词的惯性选择,从而归纳出一定的规律,如傅亮《为宋公修张良庙教》有云:“微管之叹,抚事弥深。”高步瀛引《论语·宪问篇》载孔子感叹“微管仲,吾其披发左衽矣”,引胡绍煐《文选笺证》卷二十六引侍中王公碑云“体亚黄中,功及微管”,从而推出“季友(傅亮字)屡用此语(按即微管)”。高步瀛由胡绍煐推出傅亮屡用“微管”,进而引《宋书·武帝纪》载永初元年夏六月诏曰“夫微禹之感,叹深后昆”,又“德参微管,勋济苍生”。又引《武

① 唐德刚译注:《胡适口述自传》第六章《青年期逐渐领悟的治学方法》,欧阳哲生编:《胡适文集》第1册,北京:北京大学出版社,1998年,第290页。

② 有关清儒归纳法之研究,可参周勋初:《当代治学方法的进步——以归纳法、假设法为重点所进行的探讨》,《当代学术研究思辨》(增订本),北京:北京大学出版社,2013年,第181—216页。

③ 高步瀛:《魏晋文举要》,第59—60页。

二王·彭城王义康传》载扶令育上书曰“臣以顽昧，独献微管”，又谢朓《和王著作八公山诗》云“微管寄明牧”，以上“皆沿用微管字”。并指出王楙《野客丛书》卷二十九引潘岳诗“岂敢陋微管”之误，因此诗为潘岳在河阳县作，故应为“微官”，非“微管”①。

高步瀛之举例论证有时是穷其所能找到的所有文献，所谓完全归纳也。如陶渊明《归去来辞》有云“策扶老以流憩”，“扶老”为何物？高步瀛先引《意林萃之井》载“鸠杖扶老”指明出处，进而梳理“扶老有数说”：

（1）以竹为扶老：引《中山经》曰：“龟山其下多扶竹。”郭璞注曰：“邛竹也，高节实中，中杖也，名之扶老竹。”引戴凯之《竹谱》曰：“竹之堪杖，莫尚于筇，一曰扶老，名实县同。”引何孟春引《谈助》云：“邛竹可为杖，磥砢不凡，谓之扶老。”

（2）以藤为扶老：引《后汉书·周磐传》注引《汝南先贤传》载：“蔡顺事母至孝，井桔槔朽，在母生年上，而顺忧不敢理之。俄而有扶老藤生绕之，遂坚固焉。”引《困学纪闻》卷十三据章怀注释此句曰：“谓扶老藤也。”何孟春注亦引。

（3）以木为扶老：引《诗·皇矣》毛传：“椐，樻也。”陆玑疏曰：“节中肿似扶老，即今灵寿是也。”引《汉书·孔光传》曰：“赐灵寿杖。”孟康注曰：“扶老，杖也。”又引服虔注曰：“灵寿，木名。”

通过以上梳理，高步瀛推论曰：“盖杖者扶老之具，而邛竹、灵寿及藤皆可为杖，故并有扶老之名耳。”②

此条，高步瀛详细征引有关扶老之解释，并予以分类。在解释“以木为扶老”条中，亦可看到其由解释“椐”开始，推导出“灵寿”，由推出灵寿可为杖，最后又指出灵寿为木名。步步推进，环环相扣，缺一不可。

---

① 上引见高步瀛：《南北朝文举要》，第3页。

② 以上见高步瀛：《魏晋文举要》，第156页。

他如五霸之构成、汤陵之位置有四说、周公负成王分襁褓与非襁褓两说、题凑分两类说等等，高步瀛皆予以条分缕析，能断则断，不能断则兼存。

2. “历史的眼光”

清卢文弨曰：“学固有自源而达流者，亦有自流以泝源者。”①胡适将清人这种“泝源达流”的方法解释为“历史的眼光”。高步瀛考证亦注重运用“历史的眼光”，对某一问题进行学术史的梳理。如颜延之《三月三日曲水诗序》有云：“三奏四上之调，六茎九成之曲。”对“四上”，高步瀛考证道：

> 《楚辞·大招》曰：“四上竞气，极声变只。”王逸注曰：“四上，谓上四国代、秦、郑、卫也。”洪兴祖《补助》曰：“四上者，代、秦、郑、卫之鸣竽，伏羲之驾辩，楚之劳，商、赵之箫也。”案：王、洪皆依上文为说，然皆无确证，故朱子《楚辞集注》谓“四上”未详。王萌《楚辞评注》、胡濬源《楚辞新注求确》皆谓古乐四节：初升歌，二笙入，三闲歌，四合歌，凡四次上。似近之。而王夫之《楚辞通释》谓上声四韵相叶，夏大霖《楚骚心印》谓吹乐之谱有四上工七，蒋骥《楚辞注》、陈本澧《屈词精义》皆据笛色谱四音上声说之，皆非古义也。②

一词之考证，征引九位楚辞学家之说，自东汉王逸迄清陈本礼，诚可谓“历史的眼光”。

3. 经典互证

高步瀛之考据继承了清人不以孤证为据、参合诸多经典相互印证

---

① 卢文弨《答朱季才理齐书》，《抱经堂文集》卷十九。

② 高步瀛：《南北朝文举要》，第21页。按，陈本澧，应为陈本礼（1739—1818），清著名藏书家、楚辞学家。

的严谨方法，从而能够得出较为客观、可靠的结果；即使不能明确最终的结果，也能够在比较、互证中给后人继续探索提供借鉴。我们以高步瀛对“柴奇”的考证为例。在《陈政事疏》中有云“柴奇、开章之计不萌”，应劭曰：“柴奇、开章，皆与淮南王谋反者。”高步瀛曰：

> 《史记》、《汉书》、《淮南王传》并言棘蒲侯柴武太子奇，《史记·孝文纪》遣棘蒲侯柴武为大将军，《汉书·高五王传》作柴将军，张晏曰柴武，《贾山传》曰又讼淮南王无大罪，又言柴唐子为不善足以戒。是柴唐即柴武也。《史》、《汉》《功臣表》《高五王传》并作棘蒲侯陈武。钱大昭曰：“明有二姓。”周寿昌曰：“盖武育于陈，后复柴姓，唐或其字。”王先谦曰：“陈武一姓柴，如繁延寿之一为李延寿矣。”①

由柴奇、柴武、柴唐至陈武，高步瀛引《史记》、《汉书》所载相互印证，又以后人钱、周、王诸人之考证相发明，从而使人明晰文义。

4. 超越师训(家派)

“昔周季诸子，源远流分，然咸守一师之言，以自成其学；汉儒说经，最崇家法；宋明讲学，必称先师；近儒治学，亦多专门名家，惟授受谨严，间逊汉宋。”②清儒自国初便严分朱陆，汉宋分歧，乃至互相攻讦；今古异途，纷讼不休。衍至民国，如章太炎、刘师培仍以古文经学相标榜，对今文经学不时加以诋呵③，范围亦扩大到经学以外的其他方面。高步瀛虽“不喜今文家，以为意主用世，而缘饰经术”④，然其考据学却能超越今古文之藩篱，一以真知为准的。

① 高步瀛：《两汉文举要》，第36页。

② 刘师培：《近儒学术统系论》，《刘申叔先生遗书》第49册《左盦外集》卷九，宁武南氏校印本，民国二十三年(1934)。

③ 可参刘巍：《中国学术之近代命运》，北京：北京师范大学出版社，2013年。

④ 王森然：《高步瀛评传》。

刘孝标《广绝交论》曰："约同要离焚妻子，誓殉荆卿湛七族。"高步瀛先引李善引张晏曰："七族，上至高祖，下至曾孙。"张晏此说，亦为颜师古注《汉书·邹阳传》引。王念孙《读书杂志·汉书九》引王充《论衡·语增篇》载"秦怨荆轲，并杀其九族"，又曰："九族、七族，小异而大同。"又《史记邹阳传》《索隐》引张晏又载一说曰："父之姓一也，姑之子二也，姊妹之子三也，女之子四也，母之姓五也，从子六也，及妻父母，凡七族矣。"王先谦《汉书补注》则以张晏说为非，云："张说曾祖至曾孙，无同在一时被诛之理，《索隐》说是。《论衡》云：九族众多，同里而处。亦以戚族言也。"针对以上诸说，高步瀛加按语曰："张晏、小司马解七族，皆就九族之说而小变之。"然后详细梳理今、古文家之九族说：

今文夏侯、欧阳等说九族，乃异姓有亲属者，父族四：五属之内为一族，父女昆弟适人者与其子为一族，己女昆弟适人者与其子为一族，己之女子子适人者与其子为一族。母族三：母之父姓为一族，母之母族为一族，母女昆弟适人者与其子为一族。(《白虎通·宗族篇》以母之父母、母之昆弟、母之女昆弟，为母族三。与此小异。)妻族二：妻之父姓为一族，妻之母姓为一族。

古文说九族者，从高祖至玄孙，凡九皆同姓。见《五经异义》。(《书·尧典》疏、《诗·葛藟》疏、《左·桓六年》疏、《通典·嘉礼十八》皆引之。)

《左·桓六年》杜注曰："九族谓外祖父、外祖母、从母子及妻父母、姑之子、姊妹之子、女子之子并已之同族，皆外亲有服而异族者也。"即今文说也。

张晏从古文说，上减高祖，下减玄孙，为七族。小司马从今文说，并母族三为二，并妻族二为一，为七族。从子当作从母之子，与杜注同，传写偶脱耳。

又古文说，上及高祖，下及玄孙，皆当指行辈相当者而言。若指定高祖及玄孙之本身，则一人必无能及之理，是《尚书》言“亲九族”，《诗序》刺“弃九族”，皆为虚言矣。孔颖达《桓六年》疏，已执此驳古文说。王氏谓“曾祖至曾孙无同在一时被诛之理”，所驳与孔意同。然皆泥于本身，而不知以行辈言之也。①

通过以上梳理，高步瀛不仅梳理了今、古文“九族说”之不同，亦揭示了古文家九族说之依据，并指出了孔颖达、王念孙之“泥”。他如考证三公九卿、三族、冠礼等，亦能分别今古文，对今人之研究极有借鉴作用。

5. 既贵古，亦贵今

白居易言：“夫贵耳贱目，荣古陋今，人之大情也。”②古人治学，亦容易走向贵古贱今一途，以前贤之学为成说，而忽略当代。高步瀛之考据虽皆以古代典籍、前人成说为依据，表现出贵古的治学方法（或态度），然对前人成说并非照搬挪用，而是有所辨证，是其是，非其非，这在上文已多处言及。其最可贵处在于对其同时，甚至稍后学人之研究成果，只要有助于自己之考证，则多加引用。这可谓一种治学规范的变化，类似于当今的学术研究，对前人之研究状况要有一定的掌握，对同时人之研究亦须了解。

（1）继承前代：高步瀛之考证，多参考了颜师古、王应麟、顾炎武、王念孙、钱大昕、王鸣盛、赵翼等前辈学者之观点，亦有所辩证。对多为清人所忽略之杨慎、方以智之考据学成就亦多吸收，如杨慎《丹铅总录》卷十三考嫦娥（《宋孝武宣贵妃诔》）、卷二十据《南史·任昉传》及杜甫《游何将军山林诗》考“绿沈”（《谢赵王示新诗启》）、《艺林伐山》卷十三考“素女之经”（《答周处士书》）、《谭苑醍醐》卷一《庄子解》考

① 以上引见高步瀛：《南北朝文举要》，第461页。

② 白居易：《与元九书》，白居易著，谢思炜校注：《白居易文集校注》卷第八，北京：中华书局，2011年，第327页。

“鲲”(《逍遥游》)、方以智《通雅》考“鲲”(《逍遥游》)、考“赪茎素毳”(《三月三日曲水诗序》)等。

(2) 借鉴友人:高步瀛之考证,亦多吸收同辈之观点,如曾提及其好友有刘综尧(《郑伯克段》、《晋楚城濮之战》)、尚秉和(《秦晋韩原之战》)、徐行可(《应责》)、吴闿生等。

(3) 称引专家:对某领域之专家,如日人安井衡之《左传》研究,陈寿昌(有《南华正义》)、王闿运(有《庄子注》)之《庄子》研究等,皆能称引。他如晚近之俞樾、章太炎,亦多为高步瀛称引。

(4) 关注前沿:如《庄子·天下篇》多引顾实之学说;论惠施十事,引章太炎《国故论衡·明见篇》及胡适《中国哲学史》卷上,二氏之书皆为当时风行之作;又考证“朴牛”(《河清颂》),引王国维《殷卜辞中所见先公先王考》,考证“五经博士”(《移让太常博士书》),引王国维《汉魏博士考》卷上。

6. 征引有据,不剽掠前人

高步瀛之考据学(乃至其一生之治学)所遵循的根本方法便是征引有据,从不剽掠前人。对所引文献,必标明书名、卷(册)数;对所引前人论据,遇有未标明卷(册)数的,则予以标识;对前人论据,遇有差异,则予以校勘;对所提出的观点,只要前人提及,必标明所本。如考“雷水”(《登大雷岸与妹书》),引《太平御览》地部三十引《水经》,高步瀛指出此处所引“当是郦注逸文”;考“岸门”(《苏代约燕王》),高氏最后标出“说本杨守敬《战国疆域图序》”。

这既是治学方法的实际显示,也昭显了一种可贵的治学精神、态度,是给予今人研究最大的启示。

第三节　高步瀛考据学的学术史价值

王汎森教授在《方东树与汉学的衰退》一文中曾分析清季学者在

面对“知识与现实世界断裂”的危机感时曾怀疑“当时居学术界主流地位的汉学考据,究竟与现实政术及道德风俗有何关联?这一门学问是不是完全失去了现实观照性,以致于学术自学术、社会自社会,汗牛充栋的考据学著作非但不能为现实世界带来一尺一寸的进步,反倒有恶劣的影响?”[①]然怀疑归怀疑,现实情况却是考据学及相关著述不仅仍大兴,且如樊少泉所注意到的,考证之学在近二十二年间发生了“从古未有之进步”,特别体现在罗振玉、王国维等人的研究之上[②]。高步瀛身处清季民国考据学思潮的影响之下,又对清儒考据学传统知之甚深,兼及自己之师承与学人圈影响,故其考据学成绩便很明显地体现出继承传统、顺应潮流及开示后学的学术史价值,为我们重新审视民国学术、重写学术史提供了一个鲜明的个案。

一、 对清代考据学传统的继承与发扬

清儒之考据学不仅内容丰富、成就卓著,更重要的是他们在研究过程中所指示的治学方法、培养的学术道德,这是后人尤须继承与发扬的。

1. 治学范围的继承与扩充

通过上文对高步瀛考据内容的梳理可以看出,不管舆地、职官、名物、学术、历史、文体、典制等,皆不出清儒考据学之范围,而高步瀛能够综合前人成说,加以自己之辩证,从而为后人之研究提供了丰富的内容。如舆地考证,今天的历史地理学者皆重视杨守敬等学者之研究,然高步瀛之考据亦应引起注意,对有志于文学地理学研究之学者,

---

① 王汎森:《中国近代思想与学术的系谱》,长春:吉林出版集团有限责任公司,2010年,第4页。

② 樊少泉:《最近二十年间中国旧学之进步》,转引自罗志田:《文学的失语:整理国故与文学研究的考据化》,《裂变中的传承:20世纪前期的中国文化与学术》第2版,北京:中华书局,2009年,第256页。

亦应了解高步瀛之研究。高步瀛曾考证湘水、潇湘[①]、汉水[②]、山东[③]，较之张伟然教授所论“类型化文学意象的地理渊源”[④]不无借鉴意义。高步瀛对礼制的考证，如禘祫[⑤]、“舜葬苍梧，二妃不从”[⑥]等，对今人之礼学研究不无裨益。时代发展也促使高步瀛以“新知融化旧学”，如其引西儒之“地圆说”来解释“日方中方睨”[⑦]等，更可见高步瀛考据学之价值。

2. *学术道德的继承与发扬*

清代考据家所建立的学术规范在后世看来可谓一种宝贵的学术道德，可总括为实事求是。王鸣盛曰：“盖学问之道，求于虚不如求于实，议论褒贬皆虚文耳，作史者之所记录，读史者之所考核，总期于能得其实焉而已矣，外此又何多求邪？”[⑧]梁启超将惠栋、戴震、段玉裁、王念孙、王引之等人称为清代学术思潮中的“正统派”，并将此派学风之特色总括为十条，可作为清儒学术道德的完美诠释[⑨]。高步瀛学问

---

① 高步瀛：《唐宋文举要》（中册），第653页。

② 高步瀛：《先秦文举要》，第93页。

③ 高步瀛：《唐宋文举要》（中册），第621页。

④ 张伟然：《中古文学的地理意象》，北京：中华书局，2014年，第193—246页。

⑤ 高步瀛：《唐宋文举要》（上册），第173—182页。

⑥ 高步瀛：《两汉文举要》，第180页。

⑦ 高步瀛：《先秦文举要》，第147页。

⑧ 王鸣盛：《十七史商榷序》。

⑨ 梁启超撰，朱维铮导读：《清代学术概论》十三“朴学”，上海：上海古籍出版社，1998年，第47页。按，梁氏所总结的十条为：1. 凡立一义，必凭证据；无证据而以臆度者，在所必摈；2. 选择证据，以古为尚。以汉唐证据难宋明，不以宋明证据难汉唐；据汉魏可以难唐，据汉可以难魏晋，据先秦西汉可以难东汉。以经证经，可以难一切传记；3. 孤证不为定说。其无反证者姑存之，得有续证则渐信之，遇有力之反证则弃之；4. 隐匿证据或曲解证据，皆认为不德；5. 最喜罗列事项之同类者，为比较的研究，而求得其公则；6. 凡采用旧说，必明引之，剿说认为大不德；7. 所见不合，则相辩诘，虽弟子驳难本师，亦所不避，受之者从不以为忤；8. 辩诘以本问题为范围，词旨务笃实温厚。虽不肯枉自己意见，同时仍尊重别人意见。有盛气凌轹，或支离牵涉，或影射讥笑者，认为不德；9. 喜专治一业，为“窄而深”的研究；10. 文体贵朴实简洁，最忌“言有枝叶”。

的根基是考据学，不仅继承了清儒的学术道德，且能够予以发扬光大。他通过选文以举要，从而得窥古代文章之全豹；笺注、考证等皆能溯源达流，一以文义为中心。较之后世诸多文选（作品选），要优胜许多。如今学术研究之大环境趋于浮躁，而清儒及高步瀛等民国学人所培养的学术道德，亟须今人重新审视与发扬。

二、对民国学术潮流的呼应

高步瀛虽未过多阐明其治学方法、治学目的等，但从其实绩来看，其考据学所包含的舆地研究，是民初杨守敬等人所形成的潮流延续；其校勘远承顾广圻与段玉裁，近则与陈垣、杨树达诸家相应；其文选学考据，既继承了清代选学家之成绩，亦是利用罗振玉影印之《文选集注》及敦煌古钞本等新材料而作出的开拓，与骆鸿凯等人一起为二十世纪新选学研究奠定了基础，在很多方面为后人指示了门径。民初顾颉刚等提倡并从事的"古史辨"运动在高步瀛之考据中亦能见到踪影。这里我们以孟姜女故事研究为例。

20世纪20年代，伴随着古史辨运动的开展，顾颉刚亦开始从事歌谣征集活动。其向世人展示的成绩，引起世人热烈响应并影响了后世民俗学等多个领域的便是关于孟姜女故事的研究。这个看似比较"小"的问题却被顾颉刚作成了大文章。有人指其"小题大做"，顾颉刚回应道："至于小题大做，乃是不成问题的，因为天下事只有做不做，没有小不小，只有你肯做，便无论什么小问题都会有极丰富的材料，一粒芥菜子的内涵可以同须弥山一样的复杂（但这是生着势力眼的人们所不能理会的）。"[①]顾颉刚最初关于孟姜女之研究是1924年11月23日发表于北京大学《歌谣周刊》上的《孟姜女故事的转变》。然早在1923年，顾颉刚已帮吴立模将"孟姜女故事的转变"整理成文，并发表

① 顾颉刚：《孟姜女故事研究——〈古史辨自序〉中删去之一部分》，顾颉刚著，王煦华编：《孟姜女故事研究及其他》，北京：商务印书馆，2014年，第99页。

在文学研究会会刊《星海》上[①]。

高步瀛亦有对孟姜女故事之考据。曹植《求通亲亲表》有云“崩城陨霜,臣初信之”,此处曹植用“崩城”之典,高步瀛之考证先引《列女传·贞顺传》载齐庄公袭莒,杞梁殖战死,杞梁妻“就其夫之尸于城下而哭之,十日而城为之崩”。又引《说苑·立节篇》载:“齐庄公伐莒,杞梁斗死,其妻闻之而哭,城为之阤,而隅为之崩。”若单就曹植之用典来说,高步瀛引此两条材料,亦可说明典故。然其却详细梳理了杞梁妻事,指出相关记载最早见于《左传·襄二十三年》及《礼记·檀弓下》,然“不言城崩事”;又《孟子·告子下》“亦但言善哭其夫,而变国俗而已”。直到《列女传》、《说苑》才“始言城崩”。

以上考据,涉及三个问题:1. 杞梁妻事之最早出处;2. 城崩之最早出处;3. 杞梁妻哭夫事之转变,即由单纯之哭夫、“变(齐)国俗”而转为城崩。

既然杞梁妻之哭夫使城为之崩,那么便涉及所崩之城。故高步瀛指出:“杞梁战死于莒城下,其妻就尸而哭,则坏者当为莒城。”然《古今注·音乐篇》仅在杞梁妻哭杞,都城感之而颓,并未说明杞梁战死何地,故“都城者已不能辨为齐为莒”。《琴操》亦载援琴而鼓,城为之坠。高步瀛谓“皆不免傅会也”。

通过对所崩之城的考证,已可大致推测城崩事非实,应为人所傅会。刘向之《列女传》、《说苑》本身即含有“小说”性质,故为增强故事情节性,杜撰出城崩事实属正常。

高步瀛又引《琱玉集·感应篇》引《同贤记》所载秦始皇修长城,燕人杞良因逃役被打死,并筑进了城墙内。杞良之妻孟仲姿“向城哭,其城当面一时崩倒”。唐贯休据此作诗,其中有云:“筑人筑土一万里,

---

① 参彭春凌:《“孟姜女故事研究”的生成与转向:顾颉刚的思路及困难》,《云梦学刊》2007年第1期。

杞梁贞妇啼呜呜。”高步瀛云:“竟与俗传范郎妻孟姜女事相似,流俗附会,不可究诘。顾炎武《日知录》二十五但讥贯休,似未考其始。孙璧文《考古录》六,谓秦杞良与齐杞梁似为二人,亦曲为之说也。”①

以上高步瀛对杞梁妻事之考证,所涉及的问题皆见于顾颉刚之研究。王森然曾言,高步瀛撰定《魏晋文举要笺证》是在其自萃升书院退归北平任教北师大时。由此回到上文所提顾颉刚研究之发表时间,高步瀛是否吸收了顾颉刚之成果?按照高步瀛严谨的治学方法及学术道德来讲,若其参考顾颉刚,必予以标明。那么这只能说明,高步瀛亦具有同样的学术眼光,如其所引用的《琱玉集》,便为顾炎武等不见,乃日本真福寺所藏唐代抄本残本。而将杞梁妻事之源头溯源至《左传》、《礼记》,亦可见其卓识。

他如对介子推割股食文公的考证②,亦如上对杞梁妻之考证一样。高步瀛曾论清儒之考据学曰:

> 有清一代考据之学,蔚然称盛,然如程易畴(瑶田)《九穀考》(在《通艺录》内),震动一世,然以稷为今之高粱,高绿波(润生)《尔雅穀名考》辨其误矣;俞荫甫(樾)《明堂考》(在《群经平议》内),精过前人,而五室之制,依李谧等说,列四室于四正,与郑违异,孙仲容《周礼正义》正其失矣。可见考据之学,虽号至精者,亦不免千虑一失。是当博览深思,勿狃于故见,勿惊于新奇,返之一心而不欺,质之载籍而不舛,庶乎其得之矣。③

以此来衡量高步瀛自己之考据学亦非常恰当,其所取得的成就、所蕴含的价值,皆须今人挖掘,然亦须征诸载籍,以商榷其“千虑一失”,方不误后学。

---

① 以上见高步瀛:《魏晋文举要》,第35—36页。

② 详参高步瀛:《先秦文举要》,第28—29页。

③ 高步瀛:《文章源流》,《历代文话续编》(下册),第1399页。

结　语

王风先生曾困惑道："所谓历史研究，究竟是为了什么。或者逝去的世界终究还是个世界，我们试图去重构'真相'，固然是不可能最终成功的冲动，但或许意味着事关'公平'的努力，并不因时过境迁而放弃。如此的话，对于'过去'的追究，就是给予'现在'以信心，那么也是为了'未来'了。要言之，人文学术的究极，无非就是世道人心。"①相较于理工科学者，人文社科学者在做研究时恐皆遇到过王氏的困惑，以至于在困惑之初影响到研究的开展。然自古而今数以万计的人文学者并未因困惑而止步，反倒做出了累累硕果。就像蒋百里所困惑的经世致用本应是理工学科所完成的任务，却成了人文学者的使命、且产生了非常大的效果一样②。回过头来，审视本书之选题，便觉得这

① 王风：《世运推移与文章兴替：中国近代文学论集·前言》，北京：北京大学出版社，2015年。

② 蒋氏为梁启超《清代学术概论》所作序言谓："吾于清学发达之历史中亦有数疑问……自亭林以迄颜李，当时几成学者风尚。夫致用云者，实际于民生有利之谓也，循是以往，亦物质发达之门。顾何以方向转入于经典考据者，则大盛，而其余独不发达？"

项研究不仅有用,且很值得。

为文著述,能够反映社会现实,而如高步瀛编纂选本、教授文章,亦可对学术潮流、社会动态、人心向背等予以呼应,从而表达与传播自己之主张、建构自己之思想。其历代文举要呼应了当时的文学教育、文学史教材编纂、文派之争等时代命题,同时以自己的学问铸就了文选学、文章学、考据学、校勘学等方面的成就。

此外,高步瀛还以文章教育寓以了深切的时代关怀,表达了自己作为一个文人、一个士人之于天下的担当意识。顾学颉追忆说:

> 七七事变前,北平处境已岌岌可危。为了激励国人的爱国热情,学校设有民族文学一课,由高先生主讲。他选了有关历代抗敌御侮、爱国志士的文章,其中讲到《礼记》中所载幼童汪踦挥戈抗敌殉国的事,非常激动;顺便援古喻今,谈到奸佞误国、忠良被害时,激昂慷慨,声泪俱下。讽古实所以励今,听者无不为之感动。①

高步瀛以自己之所作所为,感召时人,使传统文章发挥了其原本可能并不存在的功用。由此,历代文举要不仅具有一定的学术史意义,为我们呈现了多方面的学术资源,也是我们今天发掘中华优秀传统文化的载体。

但我们也看到,尽管历代文举要蕴含着高步瀛对传统选学的梳理与辨证,对文章辨体理论的实践与建构,以及深厚的考据学成就,可自中华书局出版历代文举要以来,其并未产生太大的影响。能够引起研究者注意的,仅局限于《唐宋文举要》。当今人以"散文选"的视角来审视历代文举要时,便也很明显地发现其"不合时宜"处:所选文章中

① 顾学颉:《笺证、考据学大家——高步瀛先生》,第69页。

有太多在今天被称为“应用文”的碑铭、状志、奏议、上表、对策等，这些已很难引起一般读者的兴趣；即使一些被古代读书人奉为经典的文章，在今天或也失去了曾经的魅力，比如司马相如的《喻巴蜀檄》、韩愈的《原道》等等；更令人难以卒读的则是其与今人的述学语体不相统一的笺疏、考证。因此，自各个版本“文学作品选”早已泛滥的上世纪90年代开始，历代文举要因其本身的著述体例，中华书局版甫一问世便决定了它无人问津的悲剧命运。高步瀛曾在其《文选李注义疏叙》中为李善注不无伤感的感叹道：“则夫蓬衡下士，困于衣食奔走，即一书之成否且不可知，又安问茫茫不可知之人与不可知之世哉？”不意却成了自己著述的“谶言”。

但实际上这些选文又的确承载了多方面的价值。今人多斥高步瀛选了太多墓志铭之类的文章，殊不知这类文章恰提供了墓主多方面的原始材料，是我们再次回望，走向当时之人、之世的重要凭借。而从文章源流、传播的角度来讲，这些又皆可作为传叙文学给世人以写作方法上之借鉴。而如《正文体书》、《南阳樊绍述墓志铭》之类，虽为实用文体，却表达了对文体、文章源流、文学理论的看法，可作为文学批评史、文章学等多学科之构建材料。历代文举要中又确有很多文章经典值得我们今天传习。高步瀛曾引述日本人赖山阳评韩愈《送李愿归盘谷序》曰：“此文有六代风习，虽不深于文者亦知之，惟其造语依然昌黎本色，试以六代文字来比较之，何人手笔得仿佛于此？是非深于文者不知也。”有感于此，高步瀛为韩愈在晚清民初之“地位”鸣不平，他说：“退之之文，日人且能深知之，而今日不知文者，妄加排斥，良可慨也。”[①]总之，除了将历代文举要作为传统文章选本来看之外，更应认识到其给予今人研究、欣赏、学习等提供了多维的角度。惟其如此，才不至使这些要文湮灭于世。

① 以上诸家评语参高步瀛：《唐宋文举要》，第233—237页。

参考文献

一、高步瀛作品

高步瀛著:《张味鲈续春灯话序》,《小说月报》1918 年第九卷第十二号《文苑》。

高步瀛著:《寒山社诗钟续集序》,《小说月报》1919 年第十卷第七号。

高步瀛著:《史记太史公自序笺证》,《女师大学术季刊》1930 年第 1 卷第 1 期。

高步瀛著:《曾浩然转语释补序》,《女师大学术季刊》1930 年第 1 卷第 1 期。

高步瀛著:《三礼学制郑义述》,《国学丛编》1931 年第 1 卷第 4 期。

高步瀛著:《四库全书选印目录表》,《东北丛刊》1931 年第十五期。

高步瀛著:《选学纲领》,《东北丛刊》1930 年第 11 期。

高步瀛著:《读史偶识》,《师大国学丛刊》1931 年第一卷第一期。

高步瀛著:《获鹿张君墓表》,《国学丛编》1932 年第 1 卷第 5 期。

高步瀛著:《杨公墓志铭》,《国学丛编》1933 年第 2 卷第 1 期。

高步瀛著:《段懋堂顾千里论学制书平议》,《师大月刊》三十二周年纪年专号(1934 年)。

高步瀛选注,刘大杰、钱仲联点校:《唐宋文举要》,上海:上海古籍出版社,1982 年。

高步瀛著,曹道衡、沈玉成点校:《文选李注义疏》,北京:中华书局,1985 年。

高步瀛选注,胡俊林点校:《先秦文举要》,北京:中华书局,1991 年。

高步瀛选注,陈新点校:《两汉文举要》,北京:中华书局,1990 年。

高步瀛选注,孙海通点校:《南北朝文举要》,北京:中华书局,1998 年。

高步瀛选注,陈新点校:《魏晋文举要》,北京:中华书局,2005 年。

高步瀛选注,吴鸥点校:《唐宋诗举要》(全本),北京:中国书店,2011 年。

二、近现代人专著

姚渔湘著:《高步瀛的思想与著作》,《大陆杂志史学丛书》第一辑第八册,台北:大陆杂志社,1967 年。

钱穆著:《史记地名考》,香港:龙门书店,1968 年。

程金造著:《史记管窥》,西安:人民出版社,1985 年。

曹道衡著:《中古文学史论文集》,北京:中华书局,1986 年。

程金造著:《回忆先师高步瀛阆仙先生》,《学林漫录》(十二集),北京:中华书局,1988 年。

骆鸿凯著:《文选学》,北京:中华书局,1989 年。

吴小林编:《唐宋八大家汇评》,济南:齐鲁书社,1991 年。

屈守元著:《文选导读》,四川:巴蜀书社,1993 年。

郭英德等著:《中国古典文学研究史》,北京:中华书局,1995 年。

严修撰,武安隆、刘玉敏点注:《严修东游日记》,天津:天津人民出版社,1995 年。

万福增著:《河北真儒高步瀛》,《河北历史名人传·科技教育卷》,石家庄:河北人民出版社,1997 年。

顾学颉:《海峡两岸著名学者:师友录》,北京:人民文学出版社,1997 年。

陈垣著:《校勘学释例》,上海:上海书店出版社,1997 年。

梁启超撰:《清代学术概论》,上海:上海古籍出版社,1998 年。

王森然著:《近代名家评传》,北京:生活·读书·新知三联书店,1998 年。

傅刚著:《〈文选〉版本研究》,北京:北京大学出版社,2000 年。

葛兆光著:《中国思想史》,上海:复旦大学出版社,2001 年。

孙继民、吴宝晓等著:《燕赵历史文化名人》,北京:当代中国出版社,2002 年。

王立群著:《现代文选学史》,北京:中国社会科学出版社,2003 年。

梁启超著:《中国近三百年学术史》,天津:天津古籍出版社,2003 年。

车吉心主编:《民国轶事(第四卷)》,泰安:泰山出版社 2004 年。

陈平原著:《从文人之文到学者之文》,北京:生活·读书·新知三联书店,2004 年。

皮锡瑞著,周予同注释:《经学历史》,北京:中华书局,2004 年。

刘家和著:《史学、经学与思想:在世界史背景下对中国古代历史文化的思考》,北京:北京师范大学出版社,2005 年。

卞孝萱著:《现代国学大师学记》,北京:中华书局,2006 年。

聂石樵著:《古经史学家高步瀛》,《励耘学刊》(2007 年第 5 辑),学苑出版社,2007 年。

钱锺书著:《管锥编》,北京:生活·读书·新知三联书店,2007 年。

桑兵著:《晚清民国的学人与学术》,北京:中华书局,2008 年。

左玉河著:《移植与转化:中国现代学术机构的建立》,郑州:大象出版社,2008 年。

徐有富主编:《中国古典文学史料学》,北京:北京大学出版社,2008 年。

王汎森著:《中国近代思想与学术的系谱》,长春:吉林出版集团有限责任公司,2010 年。

曹道衡著:《中古文学史论文集续编》,北京:中华书局,2011 年。

顾炎武撰,张京华校释:《日知录》,长沙:岳麓书社,2011 年。

刘东、文韬编:《审问与明辨:晚清民国的"国学"论争》,北京:北京大学出版社,2012 年。

田余庆著:《东晋门阀政治》(第 5 版),北京:北京大学出版社,2012 年。

戚其章著:《晚清社会思潮演进史》,北京:中华书局,2012 年。

赵俊玲著:《〈文选〉评点研究》,上海:上海古籍出版社,2013 年。

程尔奇著:《晚清汉学研究》,北京:人民出版社,2013 年。

罗志田著:《经典淡出之后:20 世纪中国史学的转变与延续》,北京:生活·读书·新知三联书店,2013 年。

魏义霞著:《中国近代国学研究》,北京:生活·读书·新知三联书店,2013 年。

罗志田著:《权势转移:近代中国的思想与社会》,北京:北京师范大学出版社,2014 年。

罗志田著:《道出于二:过渡时代的新旧之争》,北京:北京师范大学出版社,2014 年。

顾随讲,叶嘉莹笔记,顾之京、高献红整理:《中国古典文心》,北京:北京大学出版社,2014 年。

胡宝国著:《汉唐间史学的发展》(修订本),北京:北京大学出版社,2014 年。

罗志田著:《近代中国史学述论》,北京:北京师范大学出版社,2015 年。

三、期刊论文

王森然:《高步瀛先生评传》,《北华月刊》1941 年第 5 期。

王森然:《高步瀛先生评传续》,《北华月刊》1941 年第 6 期。

程金造:《高步瀛传略及传略后记》,《晋阳学刊》1983 年第 4 期。

叶征洛:《〈文选李注义疏〉评议》,《浙江学刊》1987 年第 3 期。

宋绪连:《从李善的〈文选〉注到骆鸿凯的〈文选学〉》《辽宁大学学报》,1988 年第 6 期。

蒲金瑞:《〈文选李注义疏〉疑文举例》,《古籍整理研究情况简报》1991 年第 241 期。

伏俊连:《〈文选李注义疏〉标点斠议》,《古籍整理研究学刊》1992 年第 6 期。

陈复兴:《仰之弥高、钻之弥坚:读高步瀛〈古文辞类纂笺〉》,《社会科学战线》,1998 年第 4 期。

王立群:《论 20 世纪〈文选〉学家流派与〈文选〉学研究分期》,《中州学刊》1999 年第 3 期。

徐希平:《不囿门户独具特色:论〈唐宋诗举要〉对王士祯、姚鼐选录标准之突破》,《西南民族大学学报》(人文社科版)1999 年第 3 期。

张连科:《二十世纪〈文选〉研究述评》,《江西社会科学》1999 年第12期。

王立群:《20世纪现代〈选〉学对清代传统〈选〉学的继承和发展》,《阜阳师范学院学报》2002年第1期。

孙琴安:《桐城派诗选的经典:评价姚鼐的〈今体诗钞〉》,《古典文学知识》2003年第3期。

曾光光:《桐城派在中国近代文学史上的贡献与地位》,《江淮论坛》2004年第6期。

王兵:《论清廷学术宗尚对桐城派文论及其选本实践的影响》,《北方论丛》2008年第4期。

穆克宏:《高步瀛与〈文选〉学研究》,《许昌学院学报》2009年第3期。

胡传志:《〈唐宋诗举要〉与桐城派诗学》,《古典文学知识》2010年第4期。

杨榕:《经典论断的评析与认同:柳宗元〈封建论〉的接受与再接受》,《河北经贸大学学报》(综合版)2011年第4期。

石珂:《桐城末学的群体构成与唐宋古文接受》,《安徽大学学报》(哲社版),2011年第6期。

徐雁平:《批点本的内部流通与桐城派的发展》,《文学遗产》2012年第1期。

石树芳:《〈文选〉研究百年述评》,《文学评论》2012年第2期。

赵成杰:《高步瀛交游新证》,《牡丹江师范学院学报》(哲社版)2013年第2期。

赵成杰:《高步瀛著述考略》,《重庆科技学院学报》(社科版)2013年第7期。

徐雁平:《〈贺葆真日记〉与晚期桐城派文选的深入研究》,《华南师范大学学报》(社科版)2014年第2期。

傅刚:《20世纪的〈文选〉学研究》,《上海师范大学学报》(哲社版)2014年第5期。

四、 学位论文

李继红:《从哲嗣到谬种:后期桐城派的命运》,北京大学1996年硕士学位论文。

卞仁海:《〈文选〉李善注训诂初探》,暨南大学2004年硕士学位论文。

孙文杰:《李善〈文选注〉徵引式训诂体式研究》,兰州大学2007年硕士学位论文。

张艳:《〈文选李注义疏〉研究》,山东大学2008年硕士学位论文。

路建国:《桐城派文统与道统之关系》,云南大学2010年硕士学位论文。

禹秀明:《桐城派古文理论与〈史记〉》,西南大学2010年硕士学位论文。

韩传慧:《〈唐宋文举要〉研究》,安徽师范大学2012年硕士学位论文。

郑凯歌:《高步瀛〈唐宋文举要〉研究》,广西大学2012年硕士学位论文。

马菲:《高步瀛〈文选李注义疏〉诠释研究》,山东大学2014年硕士学位论文。

赵建章:《桐城派文学思想研究》,北京大学2002年博士学位论文。

冯淑静:《〈文选〉诠释研究》,山东大学2006年博士学位论文。

郭蓉:《〈文选〉李善注征引式训诂研究》,山东大学2007年博士学位论文。

后　记

《高步瀛历代文举要研究》的校样呈现在了面前,回首过程,顿生感慨。按照惯例,该写篇“后记”交代一下自己的心路历程,但却不知从何说起。

最初听说“高步瀛”这个名字,是缘于《唐宋诗举要》,但并没有把这本书读完。读博第一年,除去上课,便是随心读些耐读的书。有次,偶然读到了高步瀛给庾信《哀江南赋》作的笺注,觉得很有意思,于是搜集材料,写了一篇小文,经导师修正后发到了《国学季刊》上。博一的下学期,有次跟导师在办公室聊天,谈及博论选题,导师提起了高步瀛的这几本“举要文”,并随口说了一些研究价值,叫我回去查查可不可以做这个系列举要文的研究,我当即回复了“可以”。回到宿舍便在网上买了这套书,也便开始了我的高步瀛“阐释”。

博士论文的写作非常辛苦,但有时也会为解决了某个问题而感到畅快。博一期间读了王汎森、桑兵、罗志田等人的著述,尤其是史景迁的《王氏之死》,所以我努力把高步瀛的著述所涉及的“小问题”放置到晚清民国学术、社会的大背景中阐释;也因为读了导师多篇论文,想学学他的"问题意识",所以尽量把高步瀛的研究提炼为一个个小问题。但结果却没有达到我的预期,尤其是论文写作完成后,有种力不从心的感觉。直到确定书稿交由凤凰出版社出版,我一直想修订一下,却限于时间、精力,留下了诸多遗憾和不足。

不管怎样,一本书的"面世"便有其特殊的价值。因为研究高步瀛,所以喜欢上了他。把这本博士论文正式出版,既是对三年博士求学、问道的一个见证,也是对高步瀛这位乡先贤的致敬。所以,我要感谢这一路走来,陪我完成写作、给予我指导的各位师友。

感谢导师徐国荣教授。回想 2015 年 10 月间,有次我把写好的习作带给导师指点,导师说:"你眼前的食材已经备好了,但你还不是一个好厨师。"(大意如此)自入徐门以来,导师不仅努力把我培养成一个"好厨师",在生活上也处处给予关心,尤其在办公室同他饮茶聊天时,常给我讲些民国学人的往事,潜移默化地教导我如何做人。也常给我梳理徐门的师承,让我记住自己身上所传承的学术渊源。

自 2010 年 9 月,我只身到广州求学,迄今已过八年。感谢这八年里一直帮助、支持我的硕导聂巧平老师、李俊师姐、马国华师兄、陈磊……还有太多的名字,若是写在这后记里,恐怕得写上三页纸。但要特别感谢一下谷卿。

谷卿虽与我们同龄,然他的才、学、识均超过我们太多。2010 年我俩同入暨南大学读硕,相识八年,谷卿常为我删削文稿,发在他自办的公众号"禅机"上。我读本科时文史基础没打好,读硕士时虽读了些书,但并不觉得能做什么学问,即使读了博士,也一直觉得自己只能做个读书人。但谷卿并未觉得我"出身浅俗",多次帮我推荐发表论文,去年还约我承担了他主编的"至元集林丛书"中的《八代诗汇评》。这本博士论文即将出版,他又特意帮忙请中华书局的徐俊先生题写书名,等等。如今他只身在北京而我在广州,脑海里常常浮现黄庭坚那首“我居北海君南海”。

因为研究高步瀛,结识了云南大学的博士后赵成杰学兄,值此小书即将出版,特致谢忱。感谢读博时给予教诲的诸位暨南大学古代文学教研室的老师,感谢答辩时提出宝贵修改意见的五位答辩委员,还有就是为这本书的出版提供经费支持的我的单位——广东开放大学,感谢人事处王江处长、科技处李光先处长、文化与传播学院蓝天院长。没有这些领导的支持,书稿也许还要存箧几年。当然,也要感谢凤凰出版社的不弃,以及为了书稿出版付出辛苦的责编王清溪学兄。

最后要感谢我的家人。岳母抛开岳父和两个小孙子,来到广州帮忙照看外孙;老婆一边忙着教学,一边还要编书,更重要、更辛劳的还要喂养儿子。是她们的付出换来了我写作、看书的时间。远在老家的母亲、弟弟和弟媳,也时常提醒我要多注意休息,给了我精神上的莫大支持。

德国哲学家狄尔泰在其《阐释学的形成》中曾说:“阐释永远把自己的任务完成到一定程度,一切理解永远只是相对的,永远不可能完美无缺。”他这话说的非常绝对,但却说到了每个阐释者的心里。如果将来有时间,我愿意继续“阐释”高步瀛。

刘晓亮

2018 年 10 月 29 日于金晖花苑微注室